KB250390

뱀파이어
생존 투쟁기

뱀파이어 생존 투쟁기 5

토돌 판타지 장편 소설

초판 1쇄 찍은 날 § 2004년 3월 10일
초판 1쇄 펴낸 날 § 2004년 3월 20일

지은이 § 토돌
펴낸이 § 서경석

편집장 § 문혜영
편집책임 § 유경화
편집 § 권민정
마케팅 § 정필 · 강양원 · 이선구 · 김규진 · 홍현경

펴낸곳 § 도서출판 청어람
등록번호 § 제1081-1-89호
등록일자 § 1999. 5. 31
어람번호 § 제1-0475호

주소 § 경기도 부천시 원미구 심곡1동 350-1 남성B/D 3F (우) 420-011
전화 § 032-656-4452 팩스 § 032-656-4453
http://www.chungeoram.com
E-mail § eoram99@chollian.net

ⓒ 토돌, 2003

값 8,000원

ISBN 89-5831-042-1 04810
ISBN 89-5505-896-9 (SET)

※ 파본은 본사나 구입하신 서점에서 교환하여 드립니다.
※ 저자와 협의하여 인지를 붙이지 않습니다.

토돌 판타지 장편소설

뱀파이어
생존 투쟁기

5

징조

도서출판
청어람

목차

5 딩도

● Chapter 27
콜 오브 크루세이드

Chapter 27

콜 오브 크루세이드

"망할 녀석. 도대체 여기가 어디야? 아무래도 북극이나 남극 어디쯤 인 거 같은데, 누구 얼려 죽이려고 작정했나. 날려 보내려면 좀 제대로 날려 보내줄 것이지."

철민은 툴툴대었다. 하지만 툴툴대는 것과는 달리 그의 몸은 떨고 있진 않았다. 단지 눈에서 눈물이 흐르고 있을 뿐이었다. 그리고 그 눈 물은 땅에 떨어지기도 전에 얼어서 부서져 나갔다.

"핫하하. 참으로 너무 어이없네. 모자간의 이별이라는 거 좀 더 극 적이어야 하는 거 아냐? 어머니는 이제 잡혀가서 무슨 일을 당할지 모 르고 자식은 엉뚱한 데로 튕겨왔건만, 제길. 극지방이라는 거 날씨 툭 하면 매우 나쁘다면서 오늘은 왜 이렇게 맑은 거야?"

너무나 어이가 없을 정도로 간단히 무너진 행복. 지금이라도 돌아가면 그의 어머니가 반겨주거나 혹은 뭐라고 잔소리하거나 할 것 같은데, 더는 돌아갈 수 없었다. 그의 어머니를 위해서도, 그를 이곳으로 날려 보낸 친구를 위해서도 그는 '죽은' 몸이 되어야 했다.

"멀쩡히 살아 있는데 대체 어디 가서 살아야 하는 거지?"

그 철민에게 대답하는 소리가 뒤에서 들려왔다.

"그거라면 제가 제공해도 되겠습니까?"

철민은 흠칫하고서 뒤를 돌아보았다. 두꺼운 털옷을 입고, 장갑에 마스크까지 끼고, 선글라스까지 쓰고 있었지만 그는 상대를 알아볼 수 있었다.

"또 왔군. 그래, 당신의 말대로 되었군."

몰라볼 수가 없었다. 아직 멋모르던 시절 갑자기 들끓는 힘에 뭘 어찌해야 할지 모르는 그의 앞에 나타나 그 힘을 진정시키고 다룰 수 있게 해주었던 자.

"제가 말씀드렸지 않습니까? 그때 그냥 저와 함께 가는 편이 나을 거라고."

그리고서 자신의 비밀을 알려주고 함께 가자고 했던 자.

"저와 함께 가지 않으시겠습니까? 차라리 지금 헤어지는 편이 가장 깔끔할 것입니다. 미련이 남더라도 그만 헤어지시지요. 저라면 당신을 안전하게 숨겨줄 수 있습니다. 어차피 그녀는……."

"싫어요! 아저씨가 뭘 알아요. 누가 뭐래도 엄마는… 그러니까 그녀는……."

"후우. 아직 그녀를 사랑하시는군요. 당연하긴 합니다만, 그러니 지금 헤어지는 편이 더 더욱 그 추억이 더 빛바래기 전에 끝낼 수 있을 텐데."

"그런 거 몰라요! 난……."

"알겠습니다. 그렇다면 당신이 원하는 대로 해드리지요. 하지만 나중에 저를 원망하지는 마십시오. 그리고 이것만은 호의에서 하는 충고이니 새 겨들으십시오. 어떤 일이 있어도 절대로 이 힘을 다시는 쓰지 마십시오. 건드리는 순간 이미 당신의 운명은 이 힘의 영향에서 벗어나지 못할 겁니다."

그리고 그의 어머니도 몰라보게 숨기는 법까지 가르쳐 줬던 자.

"당신 말은 틀렸어. 이렇게 헤어졌다 해도 어머니와의 시간은 여전히 내게 소중하게 가슴속에 남아 있어."

스스로 확신하지는 못했을지 몰라도 철민은 그렇게 말했다. 그리고 철민의 말에 상대는 미소를 지은 듯했다. 마스크 때문에 확실치는 않았지만 말이다.

"원망 듣지는 않을 테니 다행이로군요. 설마 이렇게 될 걸 짐작했으면서 왜 막지 않았냐고까지는 안 하시겠지요?"

"그 말 들으니 하고 싶어지지만 관두지. 이제 뭘 제안하러 온 거지? 나한테 뱀파이어로서 인간을 사냥하는 법이라도 가르치러 온 건가?"

분노의 대상이 틀리다는 것은 알고 있었지만, 철민의 말은 결코 곱게 나가지 못했다. 그러나 결국 절박한 것은 그였고 드뤼셀은 그 사실을 잘 알고 있었다.

"사냥의 의지가 문제이지 사냥법이라면 이미 충분히 알고 있지 않습니까? 전 싫다는 사람에게 강매 같은 건 안 합니다. 게을러서 홍보 활동도 잘 안 나가는걸요."

"망할. 본론을 말해! 이번에는 뭘 제안하러 온 거지?"

철민은 알 수 있었다. 비록 그가 알에 의해 이 극지로 날려왔다고 해도 이 세계 어디에서도 그를 노리는 자들에게서 안전한 장소는 없었다. 단지 그 장소를 안전한 곳으로 만들 힘이 있을 뿐이었다. 그리고 그만한 힘의 소유자로서 지금 그가 기댈 수 있는 곳이 이 한 곳뿐이라는 것도.

"당신을 여기로 도망시킨 이가 바란 대로 당신이 고요하고 평화롭게 살 장소를 제공하고자 할 뿐입니다. 남미의 작은 도시입니다. 이름도 외모도 바꾸고 살긴 해야겠지만, 잡인들이 귀찮게 하지는 않을 겁니다."

"……."

침묵하는 철민을 보고 드뤼셀은 다시 말했다.

"그 외에 드릴 것이 있다면 '예전'에 당신이 받기를 거절했던 보관되어 있는 과거에 대한 기억, 그리고 그에 따른 아직 깨어나지 않은 당신의 나머지 힘에 대한 접속 능력이 있습니다만."

"필요없어. 그걸 넘기고 무슨 일을 시키려는 거지?"

드뤼셀은 한숨을 내쉬었다.

"글쎄, 강매는 안 한다니까요. 은신처만 마련해 드리고 나면 그쪽에서 먼저 찾지 않는 한 제가 찾지도 않을 겁니다."

철민은 드뤼셀을 흘깃 보았다. 여유로운 목소리가 기분 나빴다. 상대는 거짓말은 안 할지 몰라도 충분히 이번 일에 챙기는 실속이 있는 게 틀림없었다. 하지만 거절할 수 없었다.

"제길. 그래, 받아들이지. 하지만 난 인간이야. 그쪽 일에 날 이용할 생각은 하지 말라고."

"알겠습니다."

그 말과 함께 드뤼셀이 가볍게 손가락을 튕기자 마법진이 바닥에 나타났다.

"가시지요. 당신께 약속드린 곳이 나올 겁니다."

철민은 내키지 않는 발걸음으로 한 걸음 한 걸음 걸었다. 그리고 빛 속으로 사라졌다. 철민을 보내놓고 나서 드뤼셀은 선글라스를 벗었다. 철민의 생각과 달리 그 눈은 웃고 있지 않았다. 오히려 묘한 쓸쓸함이 담겨 있었다.

"테트라 로드(Tetra Lord)들의 선에서 이번 싸움을 끝내려고 했는데, 아직 잠들어 있어야 할 에잇 폰(Pawn)의 일원이 이렇게 깨어나 버리는군. 그 킹에 그 폰이야. 후. 철민 군, 이번에도 파국을 예상하고서도 당신을 막지 않았다고 나중에 화내지는 말기를 바랍니다. 예상하는 바와 무관하게 당신에게 제안한 바가 유지되어도 좋겠다 생각하고 있으니까요. 그걸 돕지도 방해하지도 않을 것이지만."

철민을 그렇게 보내놓고서 드뤼셀은 돌아갈 채비를 했다. 폰과 달리 킹은 내버려 둘 수가 없었다. '킹'이 바라는 대로 혹은 결코 바라지 않는 대로의 일이 일어날 밑바탕을 준비하는 것. 그것이 '비숍'인 그가 해야 할 일이었다. 그는 한 걸음을 옮겨 '가게'로 돌아왔다. 문을 열고 안으로 들어가면서 드뤼셀은 작게 중얼거렸다.

"추기경께서 목적한 바를 이룰 강력한 카드를 마련하는 데 성공하셨으니 나로서도 잘된 일이지. 하아. 중간에 말린 철민 군만 불쌍하게 되었군."

쇠창살이 쳐진 작은 창문 사이로 저녁 햇살이 희미하게 스며들어 왔지만 그래도 방은 어두웠다. 그 방의 한쪽에 비치된 십자가 앞에서 여인은 기도하고 있었다. 그때 딸각 하는 소리와 함께 문이 열리며 추기경이 들어왔다.

"이런. 기도 중인데 내가 방해한 건가?"

"아닙니다, 예하. 막 끝내려던 참이었습니다."

예의 바른, 그러나 무표정한 얼굴로 고개 숙이는 몽연을 보는 추기경의 얼굴에 쓸쓸함이 스쳐 지나갔다.

"내가 원망스럽겠군."

"아닙니다. 예하께서는 해야 할 일을 하신 것이니까요."

전혀 진심이 담겨 있지 않은 그 답변에 추기경은 지그시 웃었다.

"괜찮네. 이해하네. 내가 만약에 일개 신부였다면 자네와 똑같이 했을지도 모르니까."

"예하?"

그 의외의 말에 몽연의 눈이 커졌다. 추기경이 뒷짐을 진 채 십자가를 바라보며 말했다.

"자네는 알고 있지? 내가 누구의 화신인지 말야."

"예지의 대천사장 라지엘이라고 들었습니다."

"그래. 그리고 지금 내 예지력은 어느 때보다도 더 영민하지만 동시에 거의 마비 상태라네."

그 모순된 말에 몽연은 혼란스러워졌다. 전혀 예상치 않게 인간적으로 약한 모습을 드러내는 추기경도, 추기경의 말도 모든 게 그녀가 상상했던 것과 달랐다.

"처음 뱀파이어 나이트가 나타났을 때 상당히 강한 고위 요마의 출현을 느끼고 거기에 희생될 생명들을 느꼈지. 그래도 그때만 해도 괜찮았네. 그 다음에 세리우스를 제압하고서도 놓아주었다는 뱀파이어 알렉시안을 보고서 나의 예지는 더욱 날카로워지면서 무뎌져 갔네. 다른 때보다 훨씬 더 생생하게 느껴지는 위험. 그와 동시에 그 재앙의 불길한 그림자는 너무나 짙어서 다른 어떤 것도 느끼지 못할 지경이었지."

"그런······."

몽연은 추기경이 갑자기 늙어 보인다고 생각했다. 그의 아들과 헤어지게 만든 추기경에게 여전히 감정이 좋지 않았음에도 그러했다.

"처음 이 임무를 맡길 때 강태인이라는 친구가 그러더군. 어떤 자도 죄를 저지를 가능성만으로 미리 처벌받아서는 안 된다고. 핫하. 맞는 말이야. 그리고 훌륭한 친구였네. 비록 주를 따르지 않는다 하나 그 뜻에서 크게 어그러짐이 없는 마음, 강력한 능력. 그가 지키고자 하는 대상이 그 뱀파이어만 아니었다면 닥쳐올 싸움에서 그만큼 든든한 동지가 또 있었을까."

추기경은 노을 빛이 깃들어 본래의 흰색이 아닌 붉은빛으로 변한 십자가를 지그시 바라보았다.

"그러나 그 친구가 옛 예언에서 말한 '어둠의 왕'을 지키는 인간의 '배신자'이기에 나는 그 친구도 그냥 놔둘 수 없네."

몽연은 부르르 떨었다. 추기경의 확고한 결심이 그녀에게 전해지고 있었다. 방금 전까지 그의 잔혹함이 신의 뜻에 어긋난다고 자신했었건만 점점 자신이 없어지고 있었다.

"아니기를 정말로 바랐지. 흑룡에게 보내면서 차라리 그 친구가 죽어버리기를 내 얼마나 바랐는지. 그랬다면 그에 대한 나의 죄를 속죄하며 평생을 보내는 한이 있더라도 이 거대한 재앙에 대한 불안감이 잠깐의 착각으로 끝났을 텐데."

"하지만… 하지만 아무리 예하께서 예지하셨다 하여도 그들은 아직 아무 일도 저지르지 않았습니다. 범죄 예비자로 보인다 해서 미리 총을 쏘는 경찰관은 없습니다."

몽연의 그 항변에 추기경은 순순히 고개를 끄덕이며 인정했다.

"맞네. 하나 그들이 일을 저지른 다음에는 늦네. 미리 했다면 막을 수 있었을 비극 앞에서 내가 나 자신의 정의로움을 지키기 위해 기다려야 할까? 그리고서 나는 내가 할 수 있는 최선을 다했다고 자위해야 할까? 나는 그리할 수 없네. 나는 일개 경찰관이 아닐세. 주께서 예지의 권능을 부여한 대천사장 라지엘의 화신으로서, 교황도 간섭하지 못하는 엑소시스트들의 총지휘에 대한 권한을 부여받아 밤의 교황으로까지 불리는 특별한 교구없는 추기경으로서 그리할 수 없네."

"그러나… 그러나."

몽연은 힘겹게 말을 쥐어짰다.

"예하께서도 모든 것을 완벽히 예지하는 것은 아니잖습니까. 99명의 범인을 잡기 위해 한 명의 억울한 자를 만드는 것은 신의 뜻에 합치하지 않을 것입니다. 설령 미처 막지 못한 비극이 생긴다 해도 그것 또한 신의 뜻. 그 비극에 휘말린 슬픈 영혼에 대한 보상과 놓쳐 버린 범인에 대한 징벌은 신께 맡기고 우리는 올바름만을 다하여야 합니다."

"자네의 말이 옳네. 그러나 아는가? 지금 이번에 닥쳐올 재앙은 한두 명이 휘말리고 끝날 것이 아니네. 다음 시대가 이대로 인간이 번영할 빛의 시대인지, 아니면 멸망으로 치달을 어둠의 시대인지를 결정 짓는 그런 대재앙이 될 걸세. 올바른 말만을 설교하며 신의 성소에 들어앉아 기도만 하면서 나의 마음에 거리낄 일은 하나도 하지 않은 채, 내 이 순백의 예복에 어떤 더러움도 끼지 않게 할 수도 있겠지. 하나 나마

저 그리하면 누가 이 대재앙을 막을까? 흙탕물에 눈을 찌푸리고 고개를 돌리기는 쉬우나 아무도 그 안에 들어가지 않으면 다리는 저절로 생겨나지 않네."

"예하, 당신은 지금……."

몽연은 뭐라고 말하려다가 힘없이 고개를 떨구었다. 추기경은 누구에게도 함부로 하지 못할 말을 이 좁은 반성실 안 십자가 앞에서 털어놓겠다는 듯 말했다.

"이 예복이 피로 얼룩지는 한이 있더라도 나는 이 대재앙에서 인류가 무사히 건너갈 다리를 놓아야겠네. 후대의 자들이 이 싸움에 임하여 내가 행한 방도의 그릇됨을 꾸짖어도 좋네. 그들이 그러할 수 있다면 나의 사명을 제대로 행했다는 뜻이니. 만약에 내가 망설여 일을 제대로 못한다면 나의 우유부단함을 원망할 자들이 있을지조차 자신할 수 없네."

"어째서, 어째서 제게 그런 말을 하시는 것입니까."

어떻게 들으면 울음을 터뜨리기 직전으로도 들리는 몽연의 말에 추기경은 감정을 배제한 목소리로, 그러나 고개를 돌리지 못한 채 말했다.

"금방 결심하라고 하지는 않겠네. 그 뱀파이어가 자네를 어떻게 따랐는지 나도 보았으니까. 이 안에서 천천히 머물며 생각해 보게. 자네가 은퇴하기 이전에 자네가 구했던 자들이 어떻게 살아가고 있는지. 자네가 누렸던 그 18년의 행복이 바로 자네가 지켜냈던 행복들일세. 그리고 앞으로 지킬 수도 있는 행복들이고. 마침내 결심이 서서 이 싸움에 자네의 힘을 다해 도와줄 각오가 서면 나를 찾아주게. 자네의 자식은 생각 이상으로 이번 싸움에서 중요한 단서가 될 것이고 자네는 그를 움직일 수 있는 가장 강력한 카드일세."

추기경은 그대로 방 밖으로 발걸음을 옮겼다. 막 문밖으로 나가는 추기경의 등에 대고 몽연은 절규하듯 물었다.

"구하고자 하는 생명이 여럿이라 하나 예하께서 희생시키는 자들도 살아 있습니다. 신의 법정에서 네 어찌 생명의 무게를 수로 세었느냐고 물으신다면 뭐라고 대답하시렵니까? 철민이는 뱀파이어이니 애초에 신의 자식이 아니라고 하시렵니까?"

"그 말대로 그들은 뱀파이어일세. 인간을 닮았으나 결국 최후의 싸움이 벌어진다면 신에 대적하는 자들의 편에 서 인간을 멸하려고 들 존재들. 그 겉모습이 달콤하리만큼 매혹적이나 결코 그 실체를 잊어서는 안 될 상대. 그러나 나는 이 싸움을 시작하며 자네의 행복과 마음을 짓밟았고, 그 청년의 미래를 짓밟았으며, 앞으로 또 어떤 한 인간의 앞날을 짓밟을지 모르니 자네의 첫 질문에도 대답해야겠군. 그 준엄한 질책에 정말로 통할 변명이 있다고 믿을 만큼 난 어리석지 않네."

탁.

추기경은 나갔고 문은 닫혔다. 멀어져 가는 추기경의 발소리를 들으며 몽연은 십자가 앞에 무너지며 눈물을 흘렸다.

"철민아. 철민아. 으흑. 으흑."

그녀는 두 손 모아 쥐고 고개를 올려 십자가를 쳐다보며 외쳤다.

"주여, 제가 어찌하오리까. 어떻게 하여야 당신의 뜻에 맞으오리까. 이러한 시험은 제게 너무나 가혹하나이다."

그녀는 울고 또 울었다. 추기경의 말이 단순한 위선이라면 간단히 거절할 수 있을 텐데 그럴 수 없었다. 알고 있었다. 추기경은 희생되는 게 자기 자신이라고 해도 망설일 인물이 아니었다. 그걸로 추기경의 행동을 변명할 수는 없겠지만 말이다.

끼익.

한적한 한 시골의 언덕 앞에 작은 차 하나가 멈춰 섰다. 모델로 보아 매우 오래된 차는 그래도 쓰는 사람이 꾸준히 손질해 준 덕분인지, 깨끗해 보이긴 했다. 언덕 앞 고아원에 사는 아이들은 이 새로 온 낯선 차의 주인이 혹시 자기들에게 뭔가 선물이라도 들고 오지 않았을까 하는 기대에 쳐다보았다. 경험상 저런 차는 뭔가 가져왔다고 해도 많은 것을 가져오지는 않는다는 걸 알았지만, 그래도 작은 기대를 품지 않을 수 없었다.

그 허름한 차 문을 열고 나타난 자는 뜻밖에도 매우 고급스러워 보이는 옷을 입고 있었다.

새하얀 예복에 금색 실로 수놓아진 무늬, 거기에 기품있게 늙은 얼굴. 타고 온 차와는 물론이고 자신들이 사는 작은 고아원과도 전혀 어울리지 않는 이 뜻밖의 손님에 아이들의 눈이 동그래졌다. 그런 아이들에게 자애로운 미소를 지어 보이며 노인이 다가왔다.

"원장 선생님은 안에 계시냐?"

"뒤뜰에 계세요. 저, 그런데 할아버지는……?"

"옛 벗이란다. 안내해 주겠느냐?"

"네. 따라오세요!"

아이들은 평소 교육받은 대로 친절하게 노인을 안내했고, 노인은 그런 아이들에게 부드러운 목소리로 말했다.

"고맙구나. 주님이 항상 너희들을 올바른 길로 인도하시기를."

"원장 선생님! 손님 오셨어요! 옛 친구 분이시래요."

뒤뜰에서 밭을 손질하고 있던 원장이 그 말에 고개를 돌렸다. 원장이라는 단어에 어울리지 않게, 젊은 얼굴이었다.

"옛 친구? 헛! 예하. 어쩐 일로 여기를. 사전에 연락이라도 주시지 그러셨습니까. 마중이라도 나갔을 것을."

원장은 깜짝 놀라 일어서며 고개 숙여 보였다. 그런 그에게 가볍게 손을 저어 보이며 추기경은 인사했다.

"괜히 번잡하게 하기 싫어서 말야. 작은 천사들과 잘 지내는데 갑자기 불쑥 찾아들어 그 평온을 깨뜨렸으니, 미안하군."

"아닙니다, 예하. 안으로 드시지요."

추기경을 안내해 가던 원장은 문 앞에 세워진 낡은 차를 보고 슬쩍 한마디를 던졌다.

"아직도 그 낡은 차를 손수 몰고 다니시는군요. 슬슬 바꿀 때도 되지 않았습니까?"

"그런 말 말게. 주께서 이 땅에 복음을 전파하러 다니실 때는 두 다리로 걸어다니셨거늘, 그 사도라는 자가 차를 타고 다님도 이미 과분한 사치가 아닌가. 세상에 헐벗고 굶주림이 아직 많건만, 늙음을 핑계 삼고 바쁨을 변명 삼아 차를 소유함도 죄송할 일이거늘 새 차를 산다니. 안 될 말이지."

"핫하! 여전하시군요. 뭐 예하다운 일이긴 합니다만. 그런데 어쩐 일이십니까? 젊고 팔팔한 신예들을 놔두고 저 같은 퇴물을 찾으시다니."

겉모습은 20대를 유지하고 있었으나 실제 원장 노릇을 하고 지내는 그의 나이는 그보다 훨씬 많았다.

"껄껄. 그 모습으로 그 말 하기 미안하지 않은가."

"예하가 사람 상대하기 편하려고 그대로 늙어가는 모습을 택하셨을 뿐, 제 나이도 예하 못지않은데 미안할 게 뭡니까."

농담을 농담으로 받아치는 상대에게 잠시 웃어주다가 추기경이 마침내 정색을 하고 진지하게 말했다.

"라파엘, 그 이름을 다시 불러야 할 때가 왔기 때문일세."

그 순간 원장의 얼굴이 잠시 딱딱하게 굳었다. 젊은 세대들에게 앞날을 맡기고 은퇴한 지 5년, 천수를 다할 날도 얼마 남지 않은 그를 속세의 이름이 아닌 천상이 부여한 이름으로 다시 부른다는 의미는 간단하지 않았다.

"꽤나 영광스러운 최후의 전투가 될 자리가 마련된 모양이군요. 사무엘을 불러갔다는 것은 전해 들었습니다. 그걸로도 부족하다면, 설마 전원 소집입니까?"

"그렇게 되었네. 아직 미카엘과 가브리엘은 어리니, 우리들 전부가 나서야겠네."

라파엘이 잠시 진심이냐는 눈빛을 추기경에게 던졌다. 그 확고한 표정에서 이게 오랜만에 만나 건네는 농담이 아니라는 걸 확신한 원장은 기막히다는 듯 말했다.

"아핫. 이거야 원. 늘그막에 호강하는군요."

라파엘은 가볍게 한숨을 내쉬었다. 은퇴하여 하늘로 돌아갈 날만 기다리고 있는 원로는 교황청에서 어지간한 일이 있어도 절대 부르지 않았다. 마지막 몇 년을 앞두고 몸과 마음을 정갈히 하는 그 시간은 아래로 인간을 돌보는 만큼이나 중요한 위로 신을 섬기는 시간이었다. 그런데도 소환한다는 것은 그 이상으로 중요한 일이 생겼다는 의미였다.

"지옥의 마왕급이 완전한 힘을 발휘할 수 있는 채로 강림하기라도 하는 모양이지요?"

대천사장이라고 해도, 천상의 본신이 지닌 힘을 그대로 발휘하지는 못했다. 그러니 그 정도라면 그들 일곱 전부가 모여야만 할 사유가 되기에 충분했다. 그러나 추기경은 고개를 저었다.

"아닐세. 그 정도라면 교황청 밖 이들의 손을 빌릴지언정 자네들을 부르지 않았을 걸세. 우리가 상대해야 할 것은 그 이상일세. 천상의 방을 열 예정이네. 둘이 비긴 하겠지만."

라파엘의 눈이 커졌다. 그는 잠시 동안 아무 말 하지 못했다. 천상의 방을 연다. 그건 은유법이었다. 그 실체는 발동 자체에만 목숨을 내놓을 사제가 백 명이 필요한 바티칸 최고의 대악마 신성진이었다. 그럼으로써 그 진 안에서 각각의 권역을 차지한 대천사장의 화신들은 평상시에 자신들 전부가 모였을 때에 못지않은 본래의 힘을 낼 수 있게 되고, 아무리 적이라 해도 시간이 그의 편이 되지 않는 그 공간 안에서 최강의 천사들이 지키는 관문을 차례대로 돌파하다 보면 쓰러지게 되어 있었다.

"…제가 몇 번째입니까?"

"두 번째로 들어가게 될 걸세. 미안하네."

라파엘의 표정이 매우 딱딱하게 굳었다. 추기경이 사과함은 적이 두 번째 관문도 돌파해 갈 걸로 예상하고 있다는 말이었다.

"일백의 순교자가 생명을 바치고, 라지엘이 직접 그 흐름을 이끄는 마법진 안에서 두 번째인 저조차 돌파할 자라. 대체 누굴 잡으시려는 겁니까?"

"인세 이전에 지상을 지배하던 자들 중 세 번째. 힘을 지배하는 기사, 세리우스. 대답이 되었나?"

"들었습니다. 자칫 교만해지기 쉬운 어린 천사들에게 좋은 교훈이 되어주었다더군요. 하지만 그게 다가 아니었습니까?"

이미 라파엘의 모습에 사람 좋던 원장의 모습은 없었다. 거기에 자리 잡은 건 주의 적을 맞이하여 대전을 준비하는 전사였다.

"모르겠네. 그때는 그것이 다였을지도. 한 가지 확실한 것은 그 검을 꺾어버리기 위해서는 먼저 네 천사장의 날개가 꺾여야 할 거라는 나의 예지일세. 하지만 두 번째를 자네로 지목한 것은 나의 계산일세. 미안하군."

그 말에 라파엘은 딱딱함을 풀고 본래의 모습으로 돌아가 웃었다.

"미안하시긴요. 제가 오히려 고맙습니다. 돌아가기 전 마지막으로 맡은 일이 대업을 위해 버려지는 사석의 역할이라니, 엑소시스트로서 가장 영광된 포상 아닙니까. 전투의 계획은 이미 서신 겁니까?"

추기경은 말없이 고개를 끄덕였다. 더 이상은 사과도 감사도 필요없었다. 그거야말로 상대의 진심에 대한 모독이었다.

"예하의 작전이라면 제 피의 마지막 한 방울까지 필요한 곳에 흘려지겠지요. 그러나 솔직히 궁금하군요. 그가 정말로 예언의 그 존재인지. 그렇다 해도 정말로 그 예언대로 강대한 힘을 지녀 그 하나를 위해 네 천상의 문이 열려야 할 정도인지."

"나도 궁금하네. 내 예지가 나를 속이고 있는 것은 아닌지. 내가 위기를 너무 과대하게 여겨, 불필요한 일을 벌이고 있는 게 아닌지 말일세. 그러나 어쩌겠는가. 남들이 잠들어 있을 때 타오르는 불을 홀로 보았다 하여 끄지 않고 지켜볼 수는 없는 일이니. 당장 내 말을 믿고 아낌없이 힘을 빌려줄 존재가 자네들밖에 없군."

"바티칸 성십자회 바람의 기사단 전 단장 라파엘, 기꺼이 부름에 응하겠습니다. 단지 아이들이 걱정이군요. 예하께서 손써봐 주셨겠지만,

그래도 저를 무척 믿고 따르던 녀석들인데. 작별 인사할 시간을 주시 겠습니까?"

"그리하도록 하게. 그 애들한테는 미안할 따름일세."

문을 열고 원장과 추기경이 나가자 문밖에서 틈으로 귀를 기울이며 듣고 있던 아이들이 말했다.

"원장 선생님, 저분이랑 가시는 거예요? 그럼 우리들은 어떻게 되는 거죠?"

"미안하다, 얘들아. 하지만 내가 아니면 안 되는 일이 있어서 갈 수 밖에 없구나. 새로 오는 원장 선생님도 좋은 분이시란다. 그분과도 잘 지내주겠니?"

"안 가시면 안 돼요? 우리도 원장 선생님이 필요한데."

"마레스, 떼쓰지 마. 정말로 중요한 일이시라잖아."

"하지만……."

울먹이려는 어린아이 앞에 추기경은 무릎 꿇고 눈을 맞추었다. 그리고 작은 손을 늙은 그의 두 손으로 잡고서 말했다.

"미안하다. 이 늙은이의 힘이 부족하고 지혜가 모자라, 너희에게서 너희의 보호자를 뺏어가는구나. 용서해 주겠느냐?"

"…네."

어쩔 수 없다는 걸 느끼고 고개를 끄덕이는 아이에게 추기경은 나지막하게, 그러나 진실된 목소리로 말했다.

"고맙구나. 약속하마. 너희를 지키기 위한 싸움이라 하여 너희의 보호자를 내가 데려갔으니, 내 마지막의 마지막 숨결을 내뱉는 순간까지 너희의 미래를 지키는 일에 모든 것을 바칠 것이다. 결코 어떠한 어둠의 힘도 너희가 살아갈 이 지구를 침범하게 내버려 두지 않으마."

그곳에 있는 아이들이 추기경의 말 자체를 전부 이해한 것은 아니었다. 그러나 추기경의 어조에서, 표정에서 전해오는 마음을 느끼고서 아이들은 조용해졌다. 추기경은 자리에서 일어나 라파엘에게 말했다.

"밖에서 기다리겠네. 정리되면 나오게."

"감사합니다."

밖으로 나와 그의 차를 향해 걸어가며 추기경은 목에 걸린 십자가를 쥐었다. 라파엘만이 아니었다. 사무엘, 우리엘, 사리엘. 그는 본래라면 마지막을 조용히 쉬어야 할 자들을 전부 불러 모으는 중이었다. 덧붙여 목숨을 내놓을 순교자들까지도. 그들 모두의 생명의 무게를 메고서 자신은 나아가야 했다.

'신이여, 굽어 살펴주소서. 저 가엾은 어린 양들을 위해 자신의 피를 흘리고자 하는 사도들 이렇게 모였으니, 그들의 피가 헛되지 않게 하여주소서. 스스로의 죄지음으로 인하여 구원에 가까이 가지 못함도 이미 저들에게 충분한 시련이나이다. 저 탐욕스런 사탄의 무리와의 싸움에서 흘릴 피는 저희의 피만으로 끝내게 하여주소서. 그럼에도 다른 이의 희생이 필요하다면, 제게 그것을 가장 적게 흐르게 할 지혜와 용기를 주소서.'

"세리우스, 알렉시안……."

추기경은 그가 대적하게 될 강대한 예언 속 적들의 이름을 차례대로 불렀다. 십자가를 쥔 그의 손에 힘이 들어갔다.

"그리고 이름이 아직 밝혀지지 않은 어둠의 지배자들이여, 너희가 어떠한 힘과 어떠한 계략과 어떠한 거짓을 지니고 있더라도 나는 굳센 믿음으로 너희와 싸울 것이니. 나는 혼자가 아니요, 주께서 나를 살피시고, 뜻을 같이한 벗들이 함께한다. 내 이미 모든 죄업과 고난을 각오하고서 보다 하나라도 많은 이를 지키기로 맹세하였으니, 결단코 미래에 너희의 몫은 없다."

밖으로 나오는 라파엘을 보고 추기경은 차 안으로 들어갔다. 그러면서 낮게 중얼거렸다.

"이제, 이단들을 깨우칠 차례인가. 후우. 완전히 타락하지는 않은 영혼을 지녔으나 주로부터 예지를 받지 못해 아직 현재의 위기를 제대로 못 느끼고 있으니. 우리의 앞선 희생이 그들의 눈을 뜨게 해야겠지. 그들이 너무 늦기 전에 주의 뜻을 깨닫고 따르도록 해야 할 텐데."

한적한 오지에 자리 잡은 작은 별장은 언뜻 보기에는 그냥 평범한 별장으로 보였다. 하지만 그 주위에 둘러친 풍경, 정확히는 풍경을 이루고 있는 사람들이 이곳을 평범하지 않은 공간으로 만들고 있었다. 한 명 한 명이 정예이자 어딜 가든 대우받기에 부족함이 없어 보이는 실력을 지닌 자들이 십여 명씩 무리를 지어 득시글대고 있었다.

정순한 공력을 지니고 있는 무승들, 오랜 수도 생활 끝에 얻은 법력을 지니고 있는 법술승들. 지니고 있는 십자가가 성력과 공명하여 떨리는 사제들. 그런 사제들 못지않은 신성력을 보여주는 이슬람교의 인물들. 강력한 마력을 운용하며 연신 주위를 도는 마도사들. 그 외에도 각양각색의 인물들이 모여 주위를 돌았다. 그런 그들이 이렇게 모여서 경호하는 자들은 그 안에서 막 회합을 시작하고 있었다.

"나무아미타불."

"어서 오시지요."

"헛허. 회장님께서는 더욱 건강해지신 것 같군요."

모인 자들끼리 의례적인, 그러나 회의에 앞서 분위기를 부드럽게 해주기에 빠질 수 없는 인사들이 오고 갔다. 하나둘씩 원탁에 앉고 그 뒤로 한 명씩의 수행원이 섰다. 그러고 나자 이번 모임의 주창자인 추기경이 나서서 회의를 시작했다.

"바쁘신 가운데도 이렇게들 와주셔서 고맙습니다. 번다한 인사치레는 생략하도록 하지요. 이번에 이렇게 만나뵙고자 한 이유는 이미 들어서들 알고 계실 것입니다. 이번 위기에 대처하기 위해서는 범인류적 차원의 협력이 필요한 바 각자의 의견을 기탄없이 말해 주시기 바랍니다."

바로 본론으로 치고 들어온 추기경 때문에 잠시 좌중에는 침묵이 흘렀다. 각자의 의견을 말해 보라고 했지만 추기경이 요구하는 바는 명백했다. 범인류적 차원의 공동 전투. 물론 지금도 필요할 시 서로 간의 부분적 협력이야 자주 일어나는 일이었지만 그 이상의 연합군을 창설하자는 것이었다.

유럽 마도사 협회 회장 아케리트는 아무래도 자신이 총대를 메야 되겠군이라고 속으로 한숨을 내쉬었다. 여기 모인 자들의 절대다수는 마도사 협회 분류 기준에 따르면 '홀리 파워' 나 '홀리 포스' 의 소유자였다. 그리고 그런 자들 중에는 제대로 된 균형 감각을 지닌 자가 없었다. 그러니 어쩌겠는가. 싫더라도 정상적인 인간인 자신이 나서서 저 광신도를 말려봐야지.

"허허. 그런데 추기경 예하, 통지는 받았습니다만 작금의 사건 몇 가지만을 가지고 예언의 때가 왔다고 단정하는 것은 너무 이르지 않은지? 아, 물론, 그 나이트 오브 뱀파이어의 가공할 힘을 저도 익히 들었습니다만, 뭐 사실 전 지구적 차원에서 보면 며칠 사이에 교통사고로 죽는 자만 해도 그 정도는 되지 않겠습니까. 그만한 자가 두셋 더 있기로서니 골치야 아프겠지만, 새삼 연합군을 창설한다는 건 쥐 한 마리 잡자고 온 집을 뒤엎는 격이 아닌지?"

예상한 반론에 추기경은 가볍게 미소 지었다. 저런 자들을 상대로 믿음의 은혜와 하늘로부터 온 예지의 중요성 같은 것을 논하는 건 소용없었다. 각자에게는 그에 맞는 대처법이 있었다.

"그거라면 제 말로는 납득하기 힘드시겠군요. 다른 분들도 보고 계신 바가 있을 터, 어떻습니까? 예언의 때가 지금이라는 교황청의 결론에 대해 어떤 의견을 내리셨는지 한말씀 해주시지 않겠습니까?"

삼인성호. 같은 말도 여럿이 하면 믿음이 가는 법이고, 그게 권위자들이라면 거의 진리가 되어버리는 법이었다.

"나무아미타불. 천기가 극히 어지러운 것은 사실이지요. 네 마군성의 곁에 여덟 별들이 모여들기 시작하였습니다. 마성에 이어 낭성까지 흐르기 시작하였으니 비록 예언의 때가 맞다고 단정까지 하기는 조금 이르다 해도 충분히 우려할 만하오이다."

"알라의 가호 아래 나 또한 현재의 위기를 느꼈소이다. 겉으로 제대로 드러나지 않았을 뿐, 물밑으로 거대한 위기가 생겨나기 시작했음을 의심할 필요는 없을 듯하오."

두 명 정도가 추기경의 말을 거들고 나서자 더는 반론을 제기할 수 없는 분위기가 형성되었다. 하지만 아케리트도 산전수전 다 겪은 자였다.

"예언이 맞다고 쳐도 그 예언이 예고하는 바가 이렇게 전부 다 모여서 호들갑을 떨어야 될 만큼 큰일이 맞습니까? 원체 예언이라는 게 과장과 은유가 섞여 있는 것이 아닙니까. 아, 물론 사람이 죽고 다치는 게 작은 일이라는 것은 아닙니다만 지금의 상황에서 좀 더 유기적으로 협력 체제를 다지는 선이면 되지 않을지요?"

"그 정도로 아니 되기에 이리 모은 것입니다. 제 자리를 걸고 말하건대, 인류가 전력을 기울여 최선을 다해도 위험할 일일 것입니다. 뱀파이어 나이트 세리우스와 그에 맞먹는 힘을 지닌 채 숨어 있을 다른 로드들. 거기에다가 드러난 신분으로 교묘하게 실체를 숨긴 알렉시안, 그들은 물론이고 각지에 숨어 있는 화근덩어리들을 완벽하게 이번에 씨를 말려야 함을 강력하게 주장하는 바입니다."

아케리트는 입맛을 다셨다. 저렇게까지 나서는데 난 싫은데라고 간단히 발 빼자니 자기만 너무 미움 살 것 같아서 그는 일단 좌중의 반응을 살피기로 했다. 다행히 소림에서 온 자혜 대사가 그를 대신해 주었다.

"아미타불. 추기경 예하께서 심려하는 바가 무엇인지 압니다. 하온데 서로의 힘을 합쳐 화근의 뿌리를 뽑자 함은 좋은 말이나 그 수단에 지나친 감이 있습니다. 당장 알렉시안만 해도 뚜렷하게 드러난 죄가 없지 않소이까? 거기다가 그를 치면 그 비호자인 협회의 강태인까지 쳐내야 할 터인데, 그것이 될 말이오이까?"

'강태인 그자 또한 혐의 대상에서 빠질 수 없음을 그대도 모르진 않을 텐데.'

하지만 추기경은 그 말은 하지 않았다. 그건 아직은 꺼내서는 안 될 묵시적 금기였다. 적어도 인간의 적을 토벌하기 위한 성전이 선포되기 전까지는 말이다.

"허허. 여러분이 힘을 빌려주신다면 둘을 분리해 처리하는 것쯤이야 무에 어렵겠습니까. 그리고 우리의 적들이 매번 사고를 치고 나면 뒤늦게 달려가 대응하는 방식으로는 계속해서 희생자를 만들 수밖에 없습니다. 이제는 예방적 차원의 선공이 필요한 때입니다. 살인범이 총 들고 담을 넘어가고 있는데, 안에 들어가서 사람을 쏠 때까지 기다려야 겠습니까?"

자혜 대사가 뭐라고 하기 전에 이슬람 쪽의 대표로 온 알 브레힘이 입을 열었다.

"흐음. 확실히 일리는 있는 말이긴 하나, 예방적 차원의 전쟁이 얼마 나 많은 과오를 가져왔는지 잊으신 것 아니오? 마녀 사냥이 얼마나 대 실패작이었는지 굳이 지적해 주지 않아도 잘 아실 것이오만."

교황청의 해묵은 과오를 찔러오는 브레힘을 상대로 추기경은 너털 웃음을 지었다.

"어찌 잊었겠습니까. 안심하십시오. 그래서 강태인 같은 인간을 상 대로 하자는 것이 아니라, 인간의 적이 확실한 마물만 제거하자는 것입 니다. 뱀파이어나 늑대인간, 그 밖에 아직도 그 잔당들이 숨어 지내는 각종 마물을 이 기회에 제거하자는 것이지요. 설령 강대한 마왕들이 깨어난다 해도 그들이 부릴 만한 세력을 미리 청소해 놓는다면 그 피 해를 최소화할 수 있지 않겠습니까?"

"그런 마물과의 싸움이라면 지금도 계속하고 있지 않습니까? 아니 면 추기경께서는 세리우스나 그와 동급의 마물을 잡기 위한 특별 부대 라도 창설하자는 말씀인지?"

미리 추기경과 사전 협약이 되어 있었던 개신교 쪽의 명사, 힐러스 목사가 질문을 하는 척하며 의견을 던졌다.

"바로 그것입니다. 그리고 그 첫 번째로 저 교활한 뱀파이어 알렉시 안의 제거를 주장합니다."

'뭐 하자는 거야?'

아케리트는 이야기가 조금 묘하게 돌아간다는 걸 느꼈다. 알렉시안 하나 때려잡자고 자기 같은 인간을 다 불러 모은다? 말이 안 되었다. 미국, 러시아, 프랑스, 독일, 영국 등의 정상이 다 모여서는 동네 폭력배 하나 처리 방안 논하자는 말과 다름없었다. 물론 알렉시안이라는 뱀파이어의 위치가 동네 폭력배보다야 훨씬 컸지만.

'교황청 단독으로 해버릴 수도 있는 일을 이렇게 다 불러 모아놓고 안건으로 꺼낸다? 이거 뭔가 있군.'

추기경의 말에 자혜 대사가 잠시 눈살을 찌푸리더니 다시 입을 열었다.

"그 뱀파이어 건은 교황청이 내린 임무를 해낸다는 전제 하에 넘어가기로 한 것이 아니었는지요."

"아아. 물론이지요. 그러나 그 뱀파이어는 일견 임무를 수행하는 척하면서 사실은 더 큰 음모를 꾸미고 있었습니다. 마지막에 맡은 임무가 다른 뱀파이어 하나를 제거하는 것이었는데, 제거하기는커녕 몰래 빼돌렸더군요. 뿐만 아니라 그 빼돌린 뱀파이어를 한층 더 강화까지 시켰습니다."

예기치 못한 말이었을 텐데도 자혜 대사는 겉으로 내색하지 않았다.

"추기경 예하께서 거짓말을 하실 리는 없을 터이나 믿기 어렵군요. 이번에도 세리우스 때처럼 그 뱀파이어가 그만 작은 인정을 베풀고 만 것을 잘못 보신 것은 아닌지. 또다시 같은 뱀파이어를 토벌하라는 임무를 내린 자체가 과하다고 생각지 않는지요?"

'이거 겉으로 드러난 것 말고 안으로 서로 감추는 이유가 따로 있다는 건데.'

아케리트는 두 사람의 말 사이에 숨은 행간을 찾으려고 노력했다.

양쪽 다 내세우는 이유와는 다른 진짜 이유가 따로 있었다. 그게 무엇이나를 파악해야 앞으로의 행보를 결정할 수 있었다.

"헛허. 그렇게만 보이셨소이까? 하나 빼돌린 뱀파이어가 어떤 자인지 안다면, 또한 우리가 방심하고 있는 사이에 적이 얼마나 거대해졌는지 안다면 그리 말하지 못하실 것입니다."

"누구이기에 그리 말씀하시는 것인지?"

추기경은 드러나지 않게 속으로 회심의 미소를 지었다. 누구에게나 아킬레스건이란 것이 있는 법이었다.

"혼천묵염강이라고 하지요? 사일마황(射日魔皇)이 다시 나타났더군요. 저희보다 소림이 훨씬 잘 아시겠지만 말입니다."

추기경이 내놓은 카드는 주효했다. 짧은 순간이었지만 자혜 대사의 평정이 눈에 띄게 흔들렸다.

"지금 혼천묵염강이라고 하셨소이까?"

"700년 전 중국에 정사대전이 벌어진 걸로 알고 있습니다. 그때 마도 제일고수였던 자의 절세무공이 맞지요? 소림사에서는 결코 묵과할 수 없는 일 아닙니까?"

"……."

자혜 대사는 바로 대답할 말을 찾지 못했다. 물론 그때와 지금은 사정이 많이 달랐다. 사일마황이 설령 환생했다 해도 그를 뒷받칠 마도의 세력이 지금의 중국에는 제대로 없었다. 반대로 정파의 힘은 그때와 비교가 안 되게 강성했다. 황실을 대신한 중국 정부도 훨씬 협조적이고 말이다. 그러나 과거의 트라우마란 간단한 문제가 아닌 법이었다. 혼천묵염강이 다시 나타났다고 한다면, 자혜 대사 본인의 의도와는 관계없이…….

'소림 내부는 내가 어찌 잡는다 해도, 중국 전체가 들끓는 것은 어이 할 것인가.'

결국 자혜 대사는 한발 물러설 수밖에 없었다.

"혼천묵염강이라면 결코 간단하지만은 않은 일이군요. 하나 그 정도라면 그냥 통보만 해줘도 될 것을 그러셨습니다. 교황청에서 처리하기에 여력이 없으시다면 소림이 나서도록 하지요."

"허허. 선사께서는 천기를 보신다고 들었는데, 아직 위기를 실감치 못하신 것입니까? 다른 건 그렇다 쳐도 알렉시안의 제거에는 범인류적 협력이 필요합니다. 혼천묵염강은 차라리 사소합니다. 유리빙천공의 세리우스조차 그자와 한패입니다. 그 이외에 얼마나 많은 자들이 더 숨어 있을지 모릅니다. 부디 다들 도와주십시오."

자혜 대사가 침묵했다. 그 침묵에 숨겨진 의미를 반 정도는 간파한 아케리트는 이쯤에서 선을 긋기로 했다. 자칫 잘못하다가는 교황청이 주도하는 대규모 성전이라도 일어나고 자신이 거기에 휘말릴 판이었다.

"허허. 그거참. 그야 세리우스 정도가 다시 나타난다면 우리도 어찌 돕지 않겠습니까만, 알렉시안 정도에 우리를 다 불러 모으신 것은 심하지 않습니까. 교황청에서 하기 힘들면 차라리 그냥 대신 처리라도 부탁하실 일이지."

"알렉시안 정도가 아니오. 그자가 얼마나 위험한지 정녕 모르시겠습니까?"

추기경이 호소하듯 소리를 높였지만 아케리트는 두루뭉실 넘겼다.

"헛허. 이것 참. 아무리 그래도 협회 차원에서 대규모 힘을 움직이려면 그럴듯한 이유가 있어야 하는데 세리우스 정도라도 되면 모를까, 힘들 듯하군요. 그 알렉시안이 어디서 대규모 학살이라도 저지른 것도 아니고."

추기경이 애초에 기대도 하지 않았다는 듯 시선을 돌렸다.

"다른 분들의 의견은 어떠신지? 이미 알렉시안은 세리우스와 혼천 묵염강을 익힌 다른 뱀파이어—아, 이름을 말씀드리지 않았군요. 철민이라고 합니다—와 손을 잡고 있음이 드러났습니다. 그런데도 그가 계속 지상을 떳떳이 돌아다니며 어둠 속에서 더 깊은 음모를 짜게 내버려 두자고 하실 것입니까?"

"음. 굳이 그렇다면 우리 쪽은 교황청이 하는 일을 막지는 않겠소이다. 아마 다른 분들의 의견도 그와 같으신 듯하니 이 안건은 넘어가도록 하지요. 그러면 각자가 몇 명씩 고유 권한으로 움직일 수 있는 정예를 내놓아서 그 알렉시안을 제거하는 것으로 하면 되겠지요?"

이슬람에서 온 알 브레힘이 나름대로 내놓은 중재안에 자혜 대사의 얼굴엔 주름이 짙어졌다.

'사조님, 어찌해야 하오리까? 교황청이 단단히 작정하여 물러서지 않을 기세인데, 혼천묵염강의 이름까지 나온 상황에서 그 뱀파이어를 비호할 수만도 없습니다. 어이해야 하오리까?'

―정도를 버리고는 무엇도 얻지 못한다. 그 말을 명심해라.

"그게 좋겠군요. 그러면 저희 쪽에서는 성배 기사단원 중……."

막 힐러스 목사가 그대로 안건을 확정 지으려 할 때 자혜 대사는 결심을 하고 입을 열었다.

"미안한 일이나 우리 소림에서는 돕지 못하겠소이다. 혼천묵염강에 대해서는 추기경께서 말하셨으니 우리가 나서서 조사를 해보겠소이다.

하나 그 알렉시안이라는 뱀파이어의 죄상이 그 와중에 명백해지지 않는 한 짐작만으로 살계를 여는 것은 율법상 불가합니다."

"헛허. 뱀파이어도 생명이다 이것입니까? 소림의 자비가 더욱 넓어졌군요."

"항상 부족한 것이 부끄러울 뿐입니다."

언제부터 그렇게 만물을 다 사랑했냐고 던지는 추기경의 작은 비꼼에도 자혜 대사는 단호하게 말했다. 다소 억지가 되더라도 밀릴 수 없었다. 다소 험악해진 분위기를 밀교에서 온 법왕이 정리했다.

"자자. 다들 마음을 가라앉히십시오. 따지고 보면 다 동도가 아닙니까. 작은 생각의 차이로 다투어서야 되겠습니까. 일단 그 안건은 결론을 뒤로 미루지요. 한데 안건은 그것 하나뿐입니까?"

이런 경우에 있어서 미룬다는 부결의 또 다른 한 형태에 불과했다. 언제 어떤 일로 그들이 또다시 쉽게 모인단 말인가. 가재는 게 편이라고 소림의 편을 들어주는 법왕에게 곱지 않은 시선을 던지며 추기경이 대답했다.

"그것만으로 바쁘신 분들을 모셨겠습니까. 두 번째 안건으로 지금 위치를 파악하고도 드러난 해악을 끼치지 않는다는 이유로 존재를 가납하고 있는 마물들의 말소를 주창하는 바입니다."

"지나치오! 과오를 기억한다 해놓고 마녀 사냥을 다시 한 번 벌이겠다는 것이오!"

이번에야말로 자신이 기세를 잡을 때임을 느낀 자혜 대사가 약간의 고의적인 노성까지 섞어가며 소리쳤다.

"마녀 사냥이 아닙니다. 애꿎은 인간이 희생되는 일은 없을 것입니다. 글자 그대로 확실한 마물들만 대상에 오를 것이니까요."

"인간이 아니라 하여 무조건 마물이라 할 수 없소."

"그야 물론이지요. 제 말은 어디까지나 뱀파이어와 늑대인간 같은 확실한 어둠의 종족만을 가리키는 것입니다. 물론 그렇게 되면 이미 예전에 대부분의 마물을 몰아낸 저희와 달리 불문 쪽의 분들이 할 일이 많아진다는 것은 압니다만, 어찌 주창자로서 손만 놓고 있겠습니까? 교황청의 모든 힘은 물론이요, 저희가 움직일 수 있는 정관계의 힘까지 동원해서 도와드릴 것입니다. 그러니 안건만 던져 놓고 정작 일은 다 떠넘기려 한다는 우려시라면……."

고의적인 도발. 거기에 법왕과 브레힘조차 눈살을 찌푸렸다.

"그건 역시 지나치다는 데 나도 동의하는 바이오. 공연히 얌전히 있는 자들을 들쑤셔 문제를 만드는 꼴밖에 안 된다고 생각하오."

그 말에 추기경이 기막히다는 듯 허허거리며 웃었다. 그리고는 굳이 비꼼을 숨기지 않는 말을 내뱉었다.

"알렉시안을 힘 모아 제거하는 것도 곤란하다, 예언의 때 마왕들의 수족이 될 자들을 미리 처리하는 것도 곤란하다. 그러면 대체 무엇을 하잔 말씀이신지? 이대로 손 놓고 있다가 예언대로 차곡차곡 인간이 죽어가면 이 일을 어이할까, 천기가 어디 있는 것일까 같은 타령만 해 댈 것이오?"

시작은 비꼼이었으되 마지막 말은 신랄한 비난이 되어 나갔다. 그 정도 자제력이 없지 않을 텐데도 추기경은 고의로 목소리를 높였다. 좌중은 눈살을 찌푸리면서도 정면으로 반박하지는 못했다.

"말씀이 지나치신 것 아니오."

그저 사소한 형식의 문제를 지적하는 브레힘의 일침에 추기경은 적당히 고개 숙여 보였다.

"실례했습니다. 알겠습니다. 하지만 여러분도 지금의 위기를 못 느끼고 계시진 않을 것입니다. 그리고 그 알렉시안이 예언의 존재 중 하나로서 세리우스와 동급 내지 그 이상일 가능성이 크다는 걸 모르시지는 않겠지요. 그런데 확고한 물증이 부족하다고 손 놓고 있자는 말씀입니까?"

"아미타불. 우리도 그 예언을 모르는 바는 아니나 예언만으로 단정하여 함부로 무고한 생명을 죽여봐야 천기를 거스를 수는 없을 것이오. 모든 것은 인과응보라. 죄지은 바 있다면 잔수로 면해질 수 없는 것. 순리를 따르는 것만 못하오."

자혜 대사는 속으로는 망설이면서도 대답했다. 허공 사조님이 남긴 유언을 그는 믿었다.

"순리를 거스르는 대가로 내가 지옥에 간다 해도 세상을 구하겠노라 한 고승은 이제 소림에서 사라졌나 보군요. 좋습니다. 더는 아무 말 하지 않지요. 일단 알렉시안이 빼돌린 철민이라는 뱀파이어에 관한 걸 보여 드리겠습니다. 그걸 본 후에 다시 한 번 회의를 열도록 하지요. 그때도 여러분들의 생각이 바뀌지 않는다면 교황청은 단독으로라도 알렉시안과 맞서겠소."

"헛허. 이것 참."

회의는 그렇게 끝나 버렸다. 최소한의 관계 악화를 막기 위한 작별 인사 정도는 오고 갔지만 분위기는 실로 냉랭했다.

돌아가는 길에 추기경의 뒤에서 수행했던 미하일이 조심스럽게 말했다.

"회의가 실패로 돌아가 심려가 크시겠습니다. 하지만 저희들이 그들의 몫까지 해낼 것입니다."

그 말에 추기경이 너털웃음을 지으며 미하일을 돌아보았다.

"실패? 핫하. 실패라고 느꼈나? 아닐세, 미하일 군. 내가 회의를 열어놓고 과격하게 말하며 오히려 깨어버리는 데 의문이 들지 않았나?"

"예하께서 하시는 일이라 믿었습니다."

"고맙군. 처음부터 예고된 결렬이었네. 내가 어떻게 말해도 이번 한 번 모임에 의견을 바꿀 그들이 아니지. 이번 회의는 어디까지나 다음을 위한 초석으로써 깔아둔 것뿐일세. 그 자극적인 언사도 다음을 위한 씨앗일세. 안타까운 일이나 이번 대재앙은 우리만의 힘으로 막기에 부족할 터이니, 힘들더라도 그들도 바른길을 깨우치도록 할 수밖에 없지."

"그러셨군요. 과연 예하이십니다."

그 칭찬에 추기경은 부드럽게 미소 지었다. 하지만 잠시 뒤 그 미소가 사라진 얼굴에는 깊은 수심이 어려 있었다. 그는 실로 나지막하게 중얼거렸다.

"우리가 먼저 앞장서 피 흘려야 할 게야. 그러면 그들도 눈을 뜨겠지. 모든 고난이 우리에게 오고 남은 영광은 그들의 몫이 될지라도 그로써 이 세계가 지켜진다면 주의 앞에 섰을 때 떳떳할 수 있을 것이니."

아케리트 또한 전용 비행기에서 비서와 얘기하고 있었다.

"추기경이 지구적 규모의 마물 사냥을 결심한 모양이야. 지금이 위기긴 위기인가 보군."

비서가 의아하다는 듯 물었다.

"예언을 안 믿는다 하지 않으셨습니까?"

아케리트는 철없는 비서를 보고 혀를 찼다.

"그거야, 믿는다고 했다가는 코 꿰일 테니 그런 거고, 저 정도 자들이 걱정하는 예언이면 무시했다가는 큰코다치지."

"그러면… 그 알렉시안이라는 뱀파이어의 힘도 상상을 초월하는 것이겠군요. 맙소사. 이거 우리도 힘을 보태서 더 문제가 되기 전에 없애야 하는 것 아닙니까?"

"자네가 갈래?"

그 말에 비서가 낯을 붉혔다.

"그, 그야 아니지만. 그래도 그렇게 위험한 자라면 놔뒀다가는 나중에 정말 큰 문제가 되어 저희까지 위험해질 수도……."

"쯧쯧. 자네 정말 세상을 더 배워야겠군. 물론 그 뱀파이어가 처음생각보다 강하긴 강하겠지. 아마 정말로 세리우스와 동급인 모양이야. 하지만 그 정도라면 교황청에 미뤄둬도 되네. 정 안 되면 거기에 소림이니 밀교니 이슬람이니 우리 대신에 나서줄 자가 좀 많은가. 추기경이 노리는 건 따로 있어."

"따로라면?"

"알렉시안이라는 자는 깃발이지, 깃발. 지구적 차원의 마녀 사냥? 절대로 그냥은 통과 못 되지. 하지만 세리우스와 동급인 한 위험한 뱀파이어의 제거? 그 정도라면 비교적 쉽게 힘을 모아볼 수 있지. 바로두 계단 오르기는 어려워도 한 계단씩 오르는 건 쉽거든. 그걸 시작으로 점차 규모를 키우려는 거지. 그걸 알기에 불교 쪽의 인간들이 초장부터 극렬하게 반대하고 나온 걸 거야."

"과연 그렇군요."

"생각해 보게. 알렉시안을 제거하는 게 그렇게 급한 문제라면 솔직히 비밀 병기 꺼내 들면 교황청 단독으로는 못하겠나? 은퇴했네 하면서 자취를 감춘 전대 천사장들과 함부로 못 보이네 하면서 숨겨둔 비천사장들 다 나오면 알렉시안이 얼마나 강한들 뭐가 문제겠어. 그리고 천하의 교황청이 수상쩍은 뱀파이어 하나 때려잡았기로서니, 나중에 가서 누가 그걸 일일이 시시비비를 따지겠어? 불교 쪽 인간들도 지금 반대하는 거지 그때 가서 백팔나한이 몰려가서 죽은 뱀파이어의 원혼을 달래겠다고 교황청 사제라도 죽이려 들까?"

"풋. 재밌는 말씀이군요."

아케리트의 유머에 비서는 적당히 장단 맞췄다.

"뭐, 협회 멤버인 강태인을 무시함으로써 체면이 손상당한 격이 된 퇴마사 협회는 조금 항의는 하겠군. 어쨌든 지금 추기경이 진짜로 주장하고 싶은 건 예언의 위기가 닥쳤으니 미리 지구적 규모의 성전을 벌이자는 걸 거야."

"으음. 그런데 그런 위기라면 추기경 말대로 해야 하는 것 아닙니까?"

"나도 그게 복잡해. 보통의 위기가 아니긴 아닌 모양인데, 군이 우리가 나서지 않아도 그들끼리 해결해 주면 가장 좋은데 말야. 불교 쪽 인간들이 아직은 반대하는 거 보면 그렇게까지는 안 심각한 거 같기도 하고. 어쨌든 두고 보자고. 누가 지키든 지구가 지켜만 지면 되는 거니까. 알렉시안 건만 해도 우리가 그 뱀파이어랑 원한도 없는데, 괜히 미움 사며 싸울 이유가 없지. 그러다 다치기라도 하면 우리만 손해지. 지구적 규모의 대전이 벌어진다 하더라도 그 이후도 대비해야 하지 않겠나? 위기는 곧 기회인 법이지."

"알겠습니다. 과연 협회장님의 식견은 남다르십니다."

"핫하. 그 정도 식견도 없이 어찌 이 자리에 올랐겠나."

법왕과 함께 돌아가며 소림 방장은 의견을 교환했다.

"어쩔 생각이시오? 우리가 돕지 않는다 해도 그는 단독으로라도 알렉시안을 제거할 심산인 듯한데. 그것까지 막을 수는 없지 않소?"

"일단은 혼천묵염강부터 처리해야겠지요. 소림이 비록 다른 명문정파의 도움 아래 중국 내 무림에서 영도자적 위치에 있다 하나 지배력이 있는 것은 아닙니다. 그에 반해 교황청은 단독으로 전 무림을 상대할 만한 거대 조직. 소림이 무림을 이끌 명분조차 잃는다면 교황청의 독주를 제어할 수 없을 것입니다. 혼천묵염강은, 신화나 다름없는 유리빙천공을 제외하면 무림인에게 가장 두려운 마도의 이름이니 그 건에 대해 명쾌한 결론을 내리지 않으면 무림은 분열될 것이고 그들 중 상당수는 교황청과 동조하겠지요. 추기경은 그것을 충분히 활용할 자입니다."

"어렵구려. 후우. 거기다가 추기경의 말에도 일리가 없지는 않으니. 지금이 정녕 예언의 때라면 손 놓고 있을 수만은 없다고 하는 그의 심정도 충분히 이해가 가오."

"예언의 때와 유사하긴 하나, 반드시 그러하다고 장담할 수도 없습니다. 또한 예언의 때가 맞다 하여도, 마왕들의 수하가 될 가능성이 높다는 이유로 미리 씨를 말린다니요. 그럴 수는 없는 법입니다."

하지만 그렇게 말하는 자혜 대사의 말에는 약간 자신감이 없었다. 스스로 행하지 않는다 해도 천하가 그리 행하는 것을 막을 수 있는지에 대해 답할 말이 아직 충분하지 못했다.

"그야 그렇소. 그러나 실제로 그렇게 살려둔 자들 중에서 문제 되는 마물이 종종 나오는 것도 사실이고 보면 얘기가 간단하지가 않구려. 한데 알렉시안에 대한 공격까지 반대한 것은 이게 큰일의 전초가 될까 우려한 때문이오?"

"그것만은 아닙니다. 사조님이 남기신 말이 있습니다. 마왕성을 멸할 수 있는 것은 화의 기운을 지닌 남의 마군성뿐이라고 하셨습니다. 그 뱀파이어가 매우 위험한 무엇을 지니고 있는 것은 분명하나 그렇다면 그야말로 하늘이 인간에게 내린 대재앙. 간단히 죽여 없앤다는 게 과연 올바를지, 가능할지 의문입니다. 저로서는 괜히 그를 핍박하다가 아까운 인재인 강태인까지 잃을까 우려되는군요."

"알겠소. 나중에 다시 연락하겠소."

법왕과도 헤어지고서 자혜 대사는 작게 한숨을 내쉬었다. 추기경이 마지막으로 던진 말이 그의 귓가를 울리고 있었다.

'내가 지옥에 가지 않으면 누가 가랴. 과연 어떤 것이 옳은 것인가. 어찌해야 하는가. 세존이시여, 소승이 무능하여 아직도 불법을 다 알지 못하나이다. 부디 깨우침을 주소서. 깨우침을.'

● Chapter 28
일하지 않는 자 먹지도 말라

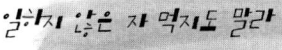

조용한 레스토랑의 한쪽 방. 주위 손님에게서 전혀 방해를 받지 않고 얘기를 나누도록 별실로 있는 공간 안에서 태인과 혜련은 마주 보고 있었다. 먹다 남은 스테이크 접시 옆에 포크와 나이프를 가지런히 놓고서 혜련은 물었다.

"결심한 거야?"

"응. 대외적으로는 끝났다고 하지만 이제 시작이라는 느낌이라서. 그렇게 되기 전에 깊숙이 숨어버릴 생각이야. 이해해 줘. 그리고……."

태인은 함께 가주겠냐고 묻지 못한 채 혜련을 쳐다보았다. 그녀가 어떤 걸 좋아하는 성격인지 알고 있었다. 그럼에도 그 모든 걸 포기하고서 그를 따라와 준다면 무척이나 고맙겠지만, 그걸 차마 요구할 각오는 나지 않았다. 이전처럼 만일에라고 물을 때와는 다른 문제였다. 이제는 정말로 모든 걸 실행에 옮기기 직전이었다. 그런 태인의 마음을 알았는지 혜련이 생긋 웃었다.

"전에 한번 말했잖아? 같이 가겠다고. 두 번 말하게 시키지 마. 이미 끝까지 함께하기로 마음먹었으니까."

태인은 한동안 아무 말도 하지 못했다. 그리고 천천히 고개를 들고서 혜련에게 미소 지었다.

"고마워."

"같이 가줄까? 일이 쉽지 않을 텐데?"

"아냐. 나 혼자서 다녀야 할 거야. 지금도 감시하고 있다면 나 혼자서 움직이는 게 그나마 숨기 좋아. 둘을 커버하는 건 훨씬 힘들어. 상대의 탐지 능력도 보통을 훨씬 넘어서니까 말야. 모든 일이 다 준비되면 연락할게."

태인의 계획은 일단 그 자신만을 탐지에서 감춘 후 세계를 떠돌아다니며 결계를 반영구적으로 고착화할 만한 장소를 찾는 것이었다. 그리고 그곳에서 결계를 완성한 후 알과 혜련을 거기까지 다시 데려가는 것이었다. 물론 그 와중에 교황청의 탐지를 막는 것은 상당한 무리가되겠지만 단기라면 해볼 만했다.

"그래, 알았어. 너를 믿어."

혜련은 다시 한 번 밝게 웃었다. 그녀는 정말로 태인을 믿었다. 그렇지 않았다면 이번처럼 무리를 해가면서까지 태인을 구해보기로 하는 결정을 내리지 않았을 것이었다.

'정말이지, 너 나중에 바가지 좀 긁힐 각오 해야 해. 하아. 어쩌자고 자꾸 알 녀석을 감싸고 도는 거야? 너다운 일이기는 하지만 그것도 정도껏 해야지. 지금 네가 얼마나 위험한지 어느 정도 느끼면서도 그래? 하아. 너 구하려다 나까지 다칠 판이라고.'

"고마워."

"그런데 알은 어쩔 거야? 역시 걔는 데려갈 건가?"

"아니. 이번에는 알도 놓고 갈 거야. 알까지 데리고 가기에는 무리야. 얼마나 오래 돌아다녀야 할지 모르니까 말야. 하지만 걱정 마. 알은 절대로 그들이 못 찾을 곳에 놔둘 테니까 말야. 생각해 둔 곳이 있어."

거기가 어디야라고 묻고 싶어지는 것을 혜련은 간신히 참았다. 아직은 드러낼 때가 아니었다. 지금 알이 습격당한다면 그녀가 했다는 게 너무 표가 날 것이었다. 거기다가 태인이 말해 줄 것 같지도 않았고 말이다.

"그래, 알았어. 기다릴게. 꼭 무사히 돌아와야 해. 알지?"

"걱정 마."

자신에게 진심으로 고마워하는 태인을 보고 혜련은 만족했다. 그 뒤 이어진 기나긴 작별 키스도 괜찮았다. 하지만 그 모든 것에도 불구하고 돌아오는 길에 혜련의 마음은 어두울 수밖에 없었다.

'하아. 정말이지, 이대로 태인에게 얽히는 건 나로서도 정말 모험인데. 어쩔 수 없지. 역시 가치가 있는 것들은 하나같이 그만한 값을 요구하는 거지.'

어느 정도의 위험이 앞날에 놓여 있는지 알게 된 그날 무척이나 고민했었다. 그럼에도 태인을 놓치고 싶지 않다라는 결론이 나오기까지 오래 걸리지 않았다. 태인 자체가 아깝기도 했고.

'사실 빚도 있으니까. 갚아야겠지. 이대로 나 몰라라 한다면 그건 너무 비양심적이잖아?

몸에 좋은 약은 입에 쓴 법이었다.

'지금 하려는 걸 태인이 바라지는 않겠지만 말야. 하여간 그 멍청이는 너무 마음이 여려서 탈이라니까. 어쩌겠어. 나라도 해줘야지. 하지만 역시 미움받기는 싫으니.'

혜련은 홋 하고 웃었다. 정말로 순수하게 빚진 걸 갚고 싶은 게 다라면 미움받는 게 두려울 이유가 없었다. 빚진 건 빚진 거고 그 이상의 감정이 있다는 걸 인정하지 않을 수 없었다.

'뭐, 따지고 보면 그럴 만한 남자잖아?'

혜련은 자신감을 가지고서 걸었다. 비록 지금은 일이 여러모로 꼬였지만 결국 시간이 흐르면 모든 것이 잘될 것이다. 때로는 참고 기다릴 줄 알고 때로는 노력할 줄 아는 사냥꾼에게 행복이란 사슴은 아무리 까탈스러워도 걸려들기 마련이라고 스스로에게 속삭였다.

"부탁드리겠습니다."

무릎 꿇고 앉아서 눈앞의 상대에게 얘기하면서 태인은 스스로가 꽤나 뻔뻔해졌다고 생각했다. 혜련에게 말한 '알'을 철저하게 숨겨줄 곳이라는 게 바로 그가 제 발로 뛰쳐나왔던 곳이니 말이다. 그 뒤로 진 빚도 다 갚지 못한 주제에 새로운 부탁을 또 한다는 게 상당히 염치없는 일이었다. 그러나 그 염치없는 부탁을 받아줄 곳도 달리 없었다.

"세상으로부터 도망치기로 하였느냐?"

"죄송합니다. 하지만 무작정 도망은 아닙니다. 시간이 필요하다고 생각합니다. 부디 허락해 주십시오."

자율 선사에게서 혀를 차는 소리가 들려왔다. 못마땅해하는 소리였지만 또한 승낙의 소리이기도 했기에 태인은 미소 지었다.

"한 생명이 잠시 피난할 곳을 마련해 달라는 말을 어느 절이 거절하랴마는, 전혀 모른다 하진 않겠지? 네가 세상으로부터 빼돌리려는 자가 어떤 존재인지."

태인은 침을 꿀꺽 삼켰다.

'어디까지 알고 계시는 걸까. 발이 넓으신 분이니 불교계에서 알 만큼은 알고 계시다 봐야겠지? 문제는 그 선이 어디까지인가겠지?'

"이놈. 잔대가리 굴리는 소리가 여기까지 들리는구나. 하는 바가 떳떳하다면 무엇이 두려움이냐."

"스스로 떳떳하나, 그 떳떳함을 믿고 망치기엔 너무 귀중한 일이기에 두려움이 앞섰을 뿐입니다. 고정하십시오."

자율 선사의 호통 소리에 태인은 다시 고개를 숙였다. 하지만 이렇게 되자 앞 질문에는 뭐라고 대답해야 할지 정확히 가늠할 수가 없었다. 다행히 자율 선사가 먼저 말해 주었다.

"천기가 갈수록 어지러워지고 있다. 시바 세계의 하늘은 아직 그 형상을 유지하고 있으나 영계의 하늘은 이제 쳐다보기가 두려울 정도이다. 유사 이전부터 잠재워져 왔던 분노들이 마침내 터질 때가 되었는지도 모르지. 인간이 쌓은 바 공덕도 작지 않으나 그 죄업이 더 커서 저울의 균형이 한계에 다다르고 있다. 그걸 막고자 하는 자들이 차례대로 네 앞을 막아설 것이니 쉽지 않은 길이 될 것이다."

"가고자 하는 길이 힘들다 하여 다른 길로 간다면 엉뚱한 곳밖에 더 가겠습니까."

'역시 교황청도 이걸로 끝은 아니라는 거겠지. 그리고 교황청만이 아니라는 건가. 이제…….'

넌지시 일러주는 자율 선사의 말속에 숨은 의미를 태인은 놓치지 않고 붙잡았다.

"그런데 천기가 그 정도로 어지럽습니까?"

그 문제에 알이 관련되어 있다고 보는 자들이 있다면 결코 좋은 소식이 아니었다.

"쯧. 그 정도의 주력을 다루는 놈이 아직 영계의 하늘조차 보지 못하느냐. 완전히 반쪽짜리구나. 타고난 힘을 속성으로 깨우친 것뿐이니 오죽하랴마는."

"이번에 은거하고 나면 제대로 기본을 닦을 것입니다."

태인이 순순히 인정하자 자율 선사는 더 탓하지 않고 말해 줬다.

"아직 마왕성은 어둠 속에 그 본체를 숨기고 있으나 그 주위를 감싼 네 마군의 별 중 북쪽과 남쪽의 둘은 완전히 영계의 하늘 한가운데에 자리 잡아 이제 한낮의 태양 빛에조차 맞서기 시작했다. 특히 북쪽의 별은 일견 그 빛이 약해진 듯하나 남쪽의 별은 마왕성이 있어야 할 자리에 나타나 마왕성의 기운을 읽지 못하게 막고 있다."

'남이라. 그게 빠진 룩이겠지. 그리고 아마도…….'

태인은 침을 삼켰다. 자율 선사 역시 그 무언가를 상당히 짐작하고 있는 게 틀림없었다. 어쩌면 아까의 그것이 허락이라고 생각한 건 그만의 착각이었을지도 모르겠다는 불안감이 들었다.

"하나 천기가 다 무엇이랴. 인간은 올바른 도만 행하면 그뿐, 인과응보를 왜곡하려 무슨 잔수를 쓰랴. 걱정 말고 맡기고 가거라. 한데 은거할 곳은 알아보았느냐?"

"지금부터 찾을 생각입니다. 세계적으로 영적 기운이 짙은 곳들만 골라서 차례대로 답사해 볼까 합니다."

자율 선사가 다시 혀를 찼다.

"그래서 어느 세월에 찾겠느냐. 히말라야에 가서 늑대인간 무디브를 찾아보거라. 내 이름을 대면 박대하지는 않을 거다."

"감사합니다."

안 그래도 사실 그게 문제였던 터라 태인의 표정이 환해졌다. 그대로 큰절을 올리는 태인에게서 등을 돌리며 자율 선사는 축객령을 내렸다.

"그만 일어나거라. 네가 오래 머물 곳이 아니니 밖에 세워둔 그 아이를 데리고 들어오너라."

"알겠습니다."

태인의 발걸음 소리가 멀어지자 잠시 뒤 자율 선사는 매우 나지막하게 중얼거렸다.

"도율이여, 내게 너무 무거운 짐을 넘기고 떠났구려. 내로라하는 자들이 다들 그 조각만을 겨우 볼 뿐 전체를 모르는 이 커다란 겁난에서 저 아이를 내가 어찌 이끌어야겠소. 어찌 저 아이가 거느리고 있는 마물이 찾아오기 전날 남의 마군성의 기운을 내가 한층 더 짙게 느낄 수 있는 것이오. 겁난이 벌어진다면 한국 호국 불교의 천오백 년 저력을 집대성한 것이 저 아이가 될진대 대체 저 아이와 마군에 저런 인연을 맺어둔 하늘의 뜻을 내 알 듯하면서도 모르겠구려."

사천왕문 밖으로 나온 태인은 밖에서 기다리고 있는 알을 데리고서 다시 안으로 들어섰다. 툴툴거리면서 서 있던 알에게 태인은 차분히 일렀다.

"알았지, 알? 난 외국을 돌아다니면서 일들을 처리하고 올 테니까 그동안 얌전히 잘 있어야 한다."

"지금 이런 곳에 박아두고 내가 얌전히 안 있으면 어쩔 거라고 걱정하는 척하는 거야?"

태인은 웃으면서 좋게 말했지만 알은 전혀 그러지 못하고 불평했다. 다 좋았다. 외국에 나가서 이것저것 알아봐야겠다는 것도 이해할 수 있었고, 그러면서 종적을 남기지 않겠다는 것도 이해할 수 있었다. 그 와중에 자신이 남에게 들키지 않고 있을 안전하게 격리된 장소가 필요하다는 것도 납득할 수 있었다.

'그렇지만 그게 왜 하필 여기냐고요.'

알의 내심을 읽었는지 태인이 한층 더 부드럽게 웃었다. 그리고 한 손을 들어 알의 어깨에 올려놓고 따뜻하게 말했다.

"알, 어차피 그렇게 불평해 봐야 바뀔 건 하나도 없으니 순순히 좋게 대답할래? 아니면 꼭 분위기 험악하게 만든 다음에 조용해질래?"

부드러운 어조로 얘기하면서 어깨를 꽉 눌러오는 태인에게 알은 재빨리 굴복했다.

"…잘 갔다 와. 내 걱정은 말고."

"그래. 잘 지내라. 한국에서의 마지막이 될지도 모르니까 말야."

일주문 안에서 기다리고 있던 자율 선사에게 알을 넘기며 태인은 다시 한 번 허리를 숙였다.

"그러면 부탁드리겠습니다."

무리한 자신의 부탁을 들어준 사문에 대해 태인은 진심으로 감사의 인사를 표했다. 자율 선사는 그 인사를 받지 않고 등을 돌리며 말했다.

"네가 파계한 죄인이지, 이 어린아이가 무슨 잘못이 있겠느냐. 계율대로 행할 것인즉 더 이상 조용한 산사를 어지럽히지 말고 떠나거라."

"선사님도 강녕하십시오."

받아주지 않음에도 공손히 인사 올리고 태인은 몸을 돌렸다. 이제부터가 진짜 일이었다. 세상 누구에게도 들키지 않고 조용히 살아갈 수 있는 곳, 그리고 그곳에 가기까지 어떤 흔적도 남기지 않을 것. 두 가지 모두 쉬운 게 아니었다.

'하늘의 그물이 허술해 보여도 빠져나갈 곳이 없어 마침내 사로잡힌다고 했던가. 후. 그리고 보면 그들도 나름대로 하늘이군. 천국의 권세를 이어받은 자들이니 말야. 하지만 그렇다면 그 그물을 찢어서라도 나가봐야겠지.'

멀리 떠나가는 태인을 알은 하염없이 쳐다보았다.

'하아. 은거라. 그런 거 하기에 태인 너무 젊지 않나.'

투덜거리면서 쫓아보냈지만, 알은 조금 마음이 싱숭생숭했다. 따지고 보면 결국 그 모든 게 자신 탓이었다. 잘 살고 있던 철민 모자가 말려든 것도, 자기 없이도 잘 살았을 태인이 저런 식으로 세상으로부터 도망치듯 숨을 곳을 찾아 떠나는 것도 전부 그 때문에 벌어진 일이었다. 그렇지만 그가 뭘 할 수 있단 말인가? 그에게 조금만 더 많은 선택권이 있었다면 결코 택하지 않았을 상황들이 '운명'이라고 부르기도 의심스러운 힘들에 의해 강제로 찾아왔는데 말이다.

'그렇지만 그건 순전히 내 입장에서 대는 핑계에 지나지 않겠지. 당하는 사람들 입장에서야 어쩔 수 없다는 게 먹히기나 할 변명이겠어. 그렇게 치면 날 괴롭히는 사람들도 제각기 어쩔 수 없다라는 식으로 댈 사유가 넘칠 텐데. 하아. 그 능글맞은 추기경 할아버지도 나름의 사유가 있을지도. 별로 알고 싶지도 이해하고 싶지도 않지만.'

툴툴대었지만 사실은 태인에게 뭐라고 할 말은 없었다. 이미 그런 걸 따질 사이는 아니었기에 툴툴대었지만 말이다. 그때 쿵 하고 석장이 땅을 짚는 소리가 울렸다.

"무얼 한다고 넋이 빠져 있느냐. 어서 따라오너라."

"아, 예."

알은 화들짝 놀라 정신 차리고 자율 선사를 쫄래쫄래 따라갔다. 그리고 안으로 한 걸음 한 걸음 내디딜 때마다 더 답답해짐을 느꼈다. 예전에 왔을 땐 이 정도는 아니었는데, 엄청나게 결계가 강화되어 있었다.

'경내만이 아니라 온 산을 뒤덮었네. 누가 쳐들어오기라도… 나 때문이구나.'

자체적으로 지닌 기운 때문에 알을 누르기도 했지만 전체적으로 부정한 것을 쫓아내겠다는 것보다는 외부의 기운을 조용히 품어서 흘려보낸다는 의미가 강한 흐름이라는 걸 알아볼 수 있었다.

'우웅. 그때처럼 여기저기 놀러 다니지도 못하겠네. 방 안에 박혀서 얌전히 잠이나 자면서 보내야 하나. 하암. 밀린 잠이야 실컷 자겠지만, 그러고 나면 뭐 하나. 다행히 휴대용 오락기는 하나 가져왔지만. 핸드폰 모바일 게임은 돈이 너무 나올 텐데. 어차피 외국 나가는데 좀 써도 되려나. 아, 그런데 애초에 이 안에서는 핸드폰이 제대로 되지를 않겠다.'

알은 앞날에 대해 이리저리 심각하게 고민했다. 나름대로는 말이다.

"여기서 지내는 동안 네가 묵을 방이다. 깨끗이 사용하거라."

"네."

어차피 이렇게 된 거 방에서 뒹굴어도 시간은 가겠지라는 생각에 알은 편한 마음으로 마루 위에 올라섰다. 깨끗이 정리된 방이 허전하긴 해도 지내기는 좋겠다라 생각하고 방에 들어서려 할 때 자율 선사가 예상외의 소리로 알을 세웠다.

"방을 다 둘러보았으면 따라오너라. 오늘의 할 일을 주마."

"네?"

'이게 무슨 마른하늘에 성수 쏟아지는 소리?'

알은 눈을 껌벅거리며 그 자리에 멈춰 섰다. 그러자 자율 선사가 그대로 석장을 들어 땅을 쾅 내려쳤다.

"못 들었느냐. 어서 따라오너라. 할 일이 많으니 서둘지 않으면 해가 질 것이다."

그리고는 더 가타부타 말도 없이 걸어가 버려서 알은 일단 따라가고 보지 않을 수 없었다.

자율 선사가 알을 데려간 곳은 절 뒤뜰이었다. 거기에는 커다란 항아리가 세 개 놓여 있었다. 그리고 그 한 켠에는 나무 물통 두 개가 달려 어깨에 메고 가게 되어 있는 막대기가 있었다. 뭔가 심상치 않은 분위기를 느낀 알이 손가락으로 항아리와 물통을 교대로 가리키며 물었다.

"저기, 혹시 제가 할 일이라는 게 저 항아리를 이 물통으로 물을 길어 와 가득 채우는 건가요?"

"눈치가 빠르니 좋구나. 빨리 시작하거라."

'전에 왔을 때는 이런 거 안 시켰잖아. 그냥 마음껏 놀게 해주더니. 태인이 그때 숙박비라도 떼어먹고 도망쳤나? 설마 그럴 리가.'

하는 일 없어서 방에서 뒹굴지언정 물 길어 오기 같은 육체 노동을 하기는 싫었던 알은 한마디 내뱉었다. 예전보다 여기저기서 대단한 것을 많이 보다 보니 간만 커져서 일어난 현상이었다.

"그런데 이걸 왜 제가 해야 하는데요?"

"고이얀 놈! 지금 놀고 먹겠다는 것이냐."

따악.

자율 선사의 선장이 알의 머리를 때렸다. 알은 양손으로 머리를 감싸 쥐었다.

'흑. 이 무슨 청소년 노동 착취냐. 이건 인권, 아니, 흡혈귀권 탄압이야. 명색이 절에서 이래도 돼? 태인이 나빠. 그 넓고 넓은 세상에서 아무리 숨을 곳이 없다고 해도 그렇지 이런 위험한 곳에 자라나는 새싹을 처박아두다니.'

알은 분한 마음에 나름대로 반항해 보기로 했다.

"대체 왜 제가 이 일을 해야 하는 거예요? 전 이 물 마시지도 않을 건데. 여기 사는 사람들이 해야지, 왜 잠시 머무르는 손님인 제가 하냐구요"

그 말에 자율 선사가 선장을 꽉 쥐며 근엄한 눈빛으로 알을 내려다보며 설법했다.

"불타가 이르시길 만물에 불성이 있다 하였다. 그러니 곧 흡혈귀인 너에게도 불성이 있음이라. 그 취한 형태가 다르다 하여도 모두 존귀함이니 너 또한 차별없이 바라보아야 함을 이른다."

"좋은 말씀이긴 한데 그게 제가 이 일을 다 해야 하는 것과 대체 무슨 상관이 있… 아얏!"

석장으로 다시 알의 머리에 혹을 만들어주고서 자율 선사는 엄한 목소리로 말했다.

"방금 말하지 않았느냐. 네가 흡혈귀라 하여 달리 대해서는 안 된다고. 온 절의 사람이 자기 밥벌이가 될 일은 하며 수행을 하는데 너는 그저 놀며 절에서 지내려고 했느냐."

그만큼 맞았으면 정신 차릴 만도 하건만 알은 미련을 버리지 못하고 말대꾸했다.

"저는 밥 안 줘도 되는데요."

따악.

그 대가는 겨우 사라지려다가 더 크게 되어버린 혹이었다.

"자는 것은 공짜라더냐. 절에 왔으면 절의 법을 따르는 법. 순순히 일하지 못할까!"

"네……."

더 까불어봐야 맞기밖에 안 한다는 사실을 실감하고서 알은 순순히 일했다. 자율 선사의 석장이 세리우스의 검만큼 치명적이지는 않을지 몰라도 맞고 있기 곤란한 것은 마찬가지였다.

그리고 엄살은 피웠지만 일은 생각보다 힘들지는 않았다. 여린 몸으로 무거운 물통을 들고 걷는 것이 일견 가련해 보일 만도 할 장면이었으나 정작 든 당사자에겐 그렇게 무겁지가 못했다.

"후아, 다 부었다."

몇십 번을 왕복한 끝에 알은 물통에 가득 찬 물을 보고 흐뭇해했다. 아무리 잔소리 많이 하게 생긴 자율 선사이기로서니 이 찰랑거리는 맑은 물을 보고 무슨 트집을 잡겠느냐가 알의 생각이었다.

"다 했느냐?"

어떻게 알았는지 알이 허리를 쭈욱 펴자마자 자율 선사가 다가와 물었다. 알은 괜히 순간 뜨끔했지만 곧 가슴을 펴고 말했다.

"네. 다 채워놨어요."

'저렇게 넘치기 직전으로 채워놨는데 무슨 트집을 잡겠어?'

알의 기대대로 자율 선사는 트집은 잡지 않았다.

"수고했다. 따라오너라. 다음에는 장작을 패야 한다."

"장… 작요?"

단지 새로운 일을 던져 줄 뿐이었다.

"에휴. 에효효. 한겨울 지낼 장작을 내가 온 김에 다 장만하시려는 건가. 무슨 나무가 이렇게 많아. 에효효. 앗, 따거."

처음에 도끼로 몇 번 장작을 패보다가 잘 다룰 줄도 모르는 걸 휘두르는 게 불편하기만 하다는 사실을 깨달은 알은 손으로 장작을 팼다. 하지만 이번에는 나무가 갈라지면서 생겨난 가시에 손이 찔려서 알은 침음성을 흘려야 했다.

"아호. 쓰려라. 손으로도 이거 못 자르겠네. 으, 따가워."

조심스럽게 가시를 뽑아내고서 알은 한숨을 쉬었다. 도끼로 패자니 발등 벌써 한 번 찍은 판이고, 손으로 가르자니 찔리는 게 따가웠다.

"마법으로 쓱싹 해버렸으면 좋겠는데, 장작 패는 마법 없나. 하지만 이 안에서는 흑마법 자체를 제대로 못 쓰는걸. 태인의 그 허연 호랑이가 이런 데 딱일 거 같은데."

정말로 백호를 소환했다면 눈앞의 나무 더미가 장작이 될지 톱밥이 될지 불확실했지만 알은 나름대로 진지하게 고민했다. 그러나 고민해 봐야 뚜렷한 수는 나지 않았고 알은 결국 계속해서 따갑다고 비명을 지르면서도 손으로 나무를 다 쪼갤 수밖에 없었다.

"구백구십둘, 구백구십넷, 구백구십다섯. 다 했다!"

중간에 자신이 숫자 몇 개를 빠뜨렸다는 사실을 망각한 채 알은 구백구십다섯 번의 나무 쪼개기가 끝났다고 만세를 불렀다. 그리고는 그대로 뒤로 벌러덩 넘어져 낙엽 덤불 위를 뒹굴었다. 곧 옷이 엉망으로 더러워진다는 데에 질색해서 일어났지만 말이다.

"얌냠. 이제 좀 쉬자. 아우, 쓰려. 이번에 여기 나가면 꼭 장작 패는 마법은 익혀둬야겠다."

운명이란 예측 불허였으니 오늘의 결심이 알을 위대한 실생활 마법의 선구자적 역할을 한 뱀파이어로 이름을 남기게 할지도 모르는 일이었다. 3분 뒤에 또다시 다가온 자율 선사만 아니었다면 말이다.

"다 쪼개었구나. 수고했느니라."

"헤헤. 정말 고생이었다고요. 손은 쓰리지, 나무는 거칠지. 그래도 다 했어요."

'그 고생을 했으니 조금은 큰소리쳐도 괜찮겠지? 설마 때리려고. 이제 그만 가서 쉬어도 좋다 이렇게 말하겠지.'

스윽.

석장을 쥔 채로 한번 알이 쌓아둔 나무를 둘러본 자율 선사가 갑자기 알을 때렸다.

"아얏. 또 왜 때려요!"

"이놈, 노인이 서 있는데 젊은 녀석이 언제까지 바닥에 퍼지고 앉아 있을 것이냐. 당장 일어나지 못할까!"

"네."

알은 시무룩해서 일어났다. 아무래도 자율 선사가 그를 못 잡아먹어서 안달이 난 듯했다.

"가자. 오늘의 마지막 일을 해야 하지 않겠느냐. 네놈이 게으름 피우는 통에 벌써 해가 저기까지 갔구나. 해지기 전에 일을 마쳐야 할 것인즉 서둘러라."

"해지면 불 켜고 하면 되지. 좀 쉬었다 하면 누가 잡아먹는다고……."

알은 자율 선사가 못 듣게 주의하면서 작은 소리로 궁시렁거렸다. 그러나 노인네의 귀는 알의 생각보다 훨씬 밝았다.

"절의 재산은 태반이 수행 열심히 해서 자신들도 구제해 달라고 시주들이 정성 어린 마음으로 바친 것이다. 어찌 한 치라도 허투루 낭비할 생각을 한단 말이냐. 빨리 따라오지 못할까."

순간 뜨끔한 알은 순순히 대답했다.

"알겠습니다."

'누가 태인 스승 아니랄까 봐, 태인보다 열두 배는 더 독하게 부려먹는 것 같아. 흑. 우엥. 그래도 태인은 식사 시간은 줘가면서 부려먹…지도 않았었구나.'

과거를 미화하려던 알은 진실을 깨닫고서 절망했다. 그 스승에 그 제자였다.

"자, 받거라."

"웬 바구니예요?"

자율 선사가 던져 준 바구니를 엉겁결에 든 알은 모자 삼아 머리에 쓰며 물었다.

"지금부터 약초를 캘 것인즉, 네가 알아보지 못할 테니 내가 함께할 터이나 약초를 캠에 있어서 뿌리 하나 다치지 않게 조심스럽게 캐야 할 것이다."

'나는 허준이 아니라고요오.'

알은 허준이 아니었지만 자율 선사가 유의태 못지않게 독한 것은 확실했다. 알을 데리고 온 산을 다니면서 이걸 캐라 저걸 캐라 하면서 그 와중에 제대로 못 캔다고 잔소리를 해대었다. 그때마다 알은 자신을 버리고 떠난 태인만을 원망하며 손에 흙을 묻히면서 이 풀 저 풀을 캤다.

그렇게 자율 선사를 따라가면서도 알은 감히 뒤처질 엄두를 내지 못했다. 산의 곳곳에 쳐진 결계가 위협스럽게 느껴졌던 것이다. 자율 선사를 놓치면 까닥 잘못하면 그 안에 휘말릴 게 분명했다.

'그랬다가 결계를 부수기라도 한다면 수리비만큼 더 일시킬 거야. 조심하자.'

마침내 해가 어둑어둑해질 때가 되어 자율 선사의 발걸음이 산꼭대기에 이르고서야 알의 채집 활동은 끝이 났다.

"수고했다. 이제 캘 것은 다 캐었으니 조금 쉬었다가 내려가자꾸나."

"네!"

신이 난 알은 지금까지보다 몇 배나 큰 소리로 대답했다. 그리고는 그대로 주저앉아서 자율 선사를 바라보았다. 해는 졌지만 아직 빛은 남아 있는 그 묘한 경계의 시간에 희미한 주홍빛에 물들어 세상을 내려다보는 선사의 모습이 알에게 묘한 감정을 불러일으켰다.

'뭐랄까. 그러니까, 으음.'

진한 핏빛의 추억. 그날의 광경도 이랬었다. 빛이 지배하는 낮에도 어둠이 지배하는 밤에도 죽일 수 없는 지상의 왕을 멸하는 것이 허락된 유일한 시간의 하나. 그날 룩은 마지막으로 그의 심장에 그 '축복받은 성검'을 꽂으며……

'영화를 너무 많이 봤나.'

환상은 자율 선사의 한마디에 깨어지고 알은 현실로 돌아왔다.

"오늘 일을 하면서 무엇을 느꼈느냐?"

'뭔가 그럴듯한 대답을 해야 하는 건가? 에이, 몰라. 생각하기 귀찮아. 때릴 테면 때리라지. 나도 정말 할 만큼 했다고.'

"무지하게 힘들고 귀찮았어요."

다행히 자율 선사는 알을 때리지 않았다. 대신에 산 아래를 내려다보며 조용히 물었다.

"여기까지 올라오는 길에 단풍이 곱게 물들어 있었다. 보았느냐?"

"약초 캐기 바쁜데 그런 거 볼 시간이 어딨어요."

알은 조금 더 대담하게 투덜댔다. 그 말에 자율 선사는 고개를 가만히 끄덕였다.

"인간들도 그러하다. 하루하루를 살아가기 위해서 무척이나 힘겹게 노력을 하는 게 대부분 사바 세계의 중생들이다. 그러다 보니 그들 대다수는 다른 일에 무관심하지. 그게 꼭 그들이 모질거나 사악해서가 아니다."

"......?"

알은 그제야 조금 분위기가 심상찮음을 눈치 챘다. 자율 선사는 무언가 그가 생각했던 이상을 말하려 하고 있었다.

"후우. 불가에서 만물에 다 불성이 있으니 차별하지 말고 보라고 가르치나, 세상 중생이 모두 부처의 가르침을 따를 수 있다면야 우리 같은 중이 예전에 모두 굶어 죽지 않았겠느냐. 잘하는 일이 아닐 것이나 인간이 자기 이상을 잘 돌아보지 못한다 하여도 그들의 힘겨움을 감안하여 화를 삼 푼 정도만 누그러뜨리거라."

"네? 아니, 저 화낸 적도 없는데요."

알은 자율 선사가 왜 갑자기 뚱딴지 같은 얘기를 하는지 어이가 없어서 멋쩍게 웃으려고 했다. 하지만 갑자기 가슴 한구석이 죄어와서 제대로 웃지 못했다.

'윽. 너무 열심히 일해서 가슴이 체했나 보다.'

"하나로 합쳐도 부족한 것을 어찌 둘로 나누는가. 석가세존이 미왕에게도 설법을 한 뜻이 다른 데 있지 않거늘. 아느냐? 내 오늘 너를 부림은 더 이상 문밖의 손님으로서가 아니요, 사문 최고의 비기를 계승한 자의 지인으로서 다른 행자들과 같이 대함이었다."

"아, 네."

'그러니까 신고식이라는 건가?

상대의 말을 단순히 축약해 버리는 데 놀라운 재능을 보이며 알은 나름대로 납득했다. 그 순간 놀랍게도 자율 선사가 알에게 허리를 굽혀 보였다.

"불타께서 만물을 차별치 마라고 한 법어가 어찌 인간이 만물을 차별치 말라는 의미만 지니겠느냐. 그건 네게도 그대로 해당될 말이다. 하나 인간이 너를 차별하는데 네게 인간을 차별하지 말라고 하는 것은 너무나 힘든 일이겠지. 그래도 나는 네게 말할 수밖에 없구나. 이 늙은이의 마지막 세상을 위한 마음이라 생각하고 들어다오."

알은 머리를 긁적였다. 백발이 성성한 노승인 자율 선사가 지금까지의 꼬장함을 버리고 합장하며 고개 숙여 말하니 뭐라고 대답해야 할지 알 수 없었다.

"네게 약속하라고는 하지 않으마. 약속이란 한 번 깨어지고 나면 그대로 사라지는 것이니. 대신에 부탁을 하마. 너와 적이 되는 자들이 있어 네가 어쩔 수 없이 싸우게 되더라도 그 끝에서 오늘의 내 말을 떠올리고 한 번만 더 생각해 다오. 꼭 죽여서 후환을 없애야만 하는지, 그리하여 하나의 원한을 두 개의 원한으로 만들어 더 큰 후환을 만들어야 하는지, 마지막에 작은 관용 하나 베풀 여지는 없는지 말이다."

"아니, 저기, 그러니까."

자율 선사의 말이 너무 거창해지는 것 같아서 알은 눈을 동그랗게 떴다. 아니, 상식적으로 말해서 평범한 현대 뱀파이어가 누굴 죽이네 마네 같은 생각을 애초에 왜 한단 말인가.

'전 정말로 누구 죽이거나 할 생각이 없는데요. 이 좋은 저녁에 산에 올라 무슨 말씀을 하나 했더니 아무리 늙으셨어도 그렇지 쓸데없는 걱정이 너무 많으신 거 아녜요?'

하지만 너무나도 근엄한 표정과 진지한 눈빛으로 선 자율 선사에게 차마 그렇게는 말 못하고 알은 장단 맞춰 적당히 고개만 끄덕였다. 그 무성의한 응답에도 만족했는지 자율 선사는 알에게인지 세상에게인지 알 수 없는 방향으로 시선을 던지며 말했다.

"인과의 그물은 촘촘하니 결국 뿌린 대로 돌아오기 마련이다. 저들만이 아니라 너를 위해서도 하는 말이니, 부디 오늘을 기억한다면 앞으로 어떤 일이 있더라도 한 번은 다시 생각해 다오. 노기가 치밀어 일을 벌일지라도 그 끝에서 이제 진정할 수도 있지 않을지 한 번만 더 고려해 다오."

'안 맞으려면 무조건 알겠습니다라고 얘기해야겠지?'

아무리 자율 선사가 진지하게 얘기해 봐야 알에게는 역시 먼 나라 이야기였기에 대충 대답하려 했다. 하지만 그 순간 알의 가슴속에서는 알 수 없는 감정이 들끓었고 입을 열었을 때 알의 입에서 나온 건 그가 처음 생각했던 것과 전혀 다른 이야기였다.

"그럴듯하게 얘기하지만 결국 나를 봐서라도 인간을 좀 잘 봐달라 그 얘기시네요?"

'으헉! 내가 미쳤나!'

자기 입으로 말해 놓고도 내가 왜 그랬지라는 생각이 절로 드는 무례한 말에 알은 눈을 질끈 감았다. 이제 또 머리에 석장이 날아오면서 고얀 놈, 노인이 이렇게 힘들게 말하면 예의상으로라도 고개를 끄덕일 것이지 등의 말을 해대는 자율 선사가 알의 머리에 떠올랐다. 하지만 그의 예상과 달리 들려온 것은 자율 선사의 작은 한숨 소리였다.

"그래, 네 말이 옳다. 나조차 온전히 인간의 틀에서 벗어나지 못한 주제에 네게는 만물을 차별없이 보아 인간도 너그럽게 봐달라고 부탁하는구나. 그러나 스스로도 실천 못하는 바일지라도 설법하지 않을 수 없는 것이 중이란 사기꾼들의 본업이니, 네가 뱀파이어의 입장을 완전히 버리지 못하는 것을 누가 탓하랴. 어찌 네 목숨까지 버려가며 자비를 행하라고 누가 말할 수 있겠느냐. 그래도 때로 기회가 온다면 내 말을 기억해 마지막 자비심을 가져다오. 만물에 불성이 있다는 말이 어찌 뱀파이어만을 위한 것이겠느냐. 인간을 위한 말이기도 하다."

알은 머리를 긁적이다가 갑자기 피식 웃었다. 하지만 비웃음은 아니었다. 쾌활한 목소리로 그는 대답했다.

"약속은 하지 말라고 했으니 안 할게요. 그냥 그 말 기억만 하면 되는 거죠?"

'으에. 왠지 오늘따라 입이 방정이다.'

노인한테 이렇게 건방지게 말하면 안 되는데, 내가 오늘 마신 피가 상했나라고 고민하는 알에게 자율 선사는 가만히 합장해 보였다.

"고맙구나. 선재, 선재로다."

그러고는 그대로 석장으로 땅을 짚으며 내려가기 시작했다. 알은 화들짝 놀라 그 뒤를 따랐다. 자칫했다가 자율 선사를 놓쳐서 길을 잃기라도 한다면 망신이었다. 이 일대는 사방이 결계투성이였던 것이다.

자율 선사의 발자국을 놓치지 않는 데에만 정신이 팔린 알은 그가 어떤 생각을 떠올렸는지도 기억하지 못했다.

[극락이 그를 돌볼 자의 하나로 택한 네가 하는 말이니 그건 너만의 말이 아니겠지? 좋아, 기억은 해주지. 하지만 인류가 내게 행할 이상으로 내가 갚을 거라고는 기대하지 마라. 이미 참아준 것만으로도 나는 지쳐 가니까.]

다음날의 풍경은 조금 더 폭력적이었다.

"이놈, 또 조느냐."

딱.

죽비가 알의 어깨를 내려치고 알은 화들짝 놀라 깨었다.

"헤헤헤헤."

딱.

웃는 얼굴에 침은 못 뱉어도 죽비로 때릴 수는 있다는 걸 여실히 실감하며 알은 머리를 감싸 쥐었다.

"어른이 좋은 말씀을 내리면 귀를 씻고 새겨들을 것이지 감히 졸다니. 예의범절을 그리도 모르더냐."

"그런 건 아니지만. 다만……."

알은 자율 선사의 얼굴을 보고 재빨리 전략을 수정했다. 사실대로 말해 봐야 좋을 거 하나 없음을 느낄 수 있는 엄격한 얼굴이었다.

"다만 무엇이냐?"

"아무것도 아니에요. 헤헤. 단지 잠자리가 좀 낯설어서 잠을 설치는 바람에."

사실 순 거짓말이었다. 잠자리 좀 바뀌었기로서니 잠을 못 잘 알이 아니었다. 잠은 넘치도록 푹 자고 있었다. 이유는 다른 곳에 있었다. 익숙하지 않은 자세로 앉혀놓고 뭐라고 주문을 읊어대는 자율 선사 때문이었다.

'그러니까 도대체 뱀파이어를 앉혀놓고 불경 강의를 하는 스님이 세상에 어딨냐고! 좀 상식적으로 놀자고요.'

상대가 할아버지만 아니었다면, 아니, 들고 있는 죽비만 아니었다면 알도 할 말 많았다. 가만히 듣고 나면 자세히 풀어 설명된 불경 내용이지만 그냥 듣고 있으면 잠 오게 하는 주문에 가까운 강의를 한 시간씩 해대는데 꿈 많은 청소년인 알로서 어찌 꿈나라로 가지 않고 버틸 수 있단 말인가.

'글쎄, 부처님이 뭐라고 했든 나랑 무슨 상관 있다고 내가 그걸 다 듣고 있어야 하냐고요. 그래 놓고 존다고 혼내다니. 태인이 누구한테 배워서 성격이 그렇게 안 좋아졌나 했더니 다 원인이 있었어.'

"그리도 지겹더냐?"

"그거야 당연히… 아니죠. 헤헤헤."

알은 역시 한국어가 영어보다 위대하다고 생각했다. 중간에라도 재빨리 말을 바꿀 수 있다는 것이 얼마나 많은 하급자를 구했을 것인가. 알의 내심을 읽은 것일까. 자율 선사는 가만히 한숨을 내쉬더니 자리에서 일어났다.

"그래. 네 이미 대답을 하였는데 내 무엇을 더 바랐던고. 밖으로 가자. 네가 지겹지 않을 것을 보여주마."

'히익? 또 산에 데리고 다니면서 이번에는 나물이라도 캐게 시키시려는 건가?'

차라리 여기 앉아서 가끔 졸다가 혼나는 편이 지겨워도 나물 캐는 것보다는 낫다고 생각되었기에 알은 울상을 지었다. 하지만 언제나 하는 말이지만 어느 안전이라고 거역하겠는가. 알은 순순히 일어나 따라갔다.

자율 선사는 이번에는 알을 계곡으로 데려갔다. 알은 약간 의아해서 눈알을 굴렸다.

'설마 하니 물고기 잡아서 매운탕 끓이라고 시키지는 않으실 테고, 물속에 자라는 이끼 캐라고도 안 하시겠지? 그럼 이쪽에서만 자라는 뭐라도 있나?'

일이 과연 쉬울까 어려울까 싶어서 알은 열심히 여기저기를 쳐다보며 눈치를 살폈다.

"긴장할 것 없다. 편히 있거라."

"네? 네."

'지금이라도 스님만 없어져 준다면 얼마든지 편히 있을 텐데요.'

"너는 뱀파이어 중에서는 매우 특별하다. 스스로도 모르지는 않겠지?"

"네? 그, 그거야 뭐. 핫하."

"한번 느껴보지 않겠느냐. 자연의 기운을. 태양이 너를 거부하지 않으니, 너라면 능히 대자연과도 동화될 수 있을 거라 생각한다."

"네? 아니, 뭐 저. 흑마법 말고 다른 계통을 연구해 보라는 말씀이세요?"

"그런 것은 아니다. 단지 네가 빛의 존재는 될 수 없다 하여도, 대자연의 이치란 것이 자비로운 것만은 아니라 하여도 너 또한 이미 이 지구상을 걷는 존재이다. 그럴진대 어둠이니 빛이니 나누어 딱 가르는 것 또한 우습지 아니하냐. 어차피 다 같이 살다가는 한 생명이거늘. 무엇을 가지고서 굳이 분별하는가. 그러나 세상이 너를 분별하매 너 스스로 그에 따르면 결국 그리되고 말 것이니, 말없이 너를 안아주는 자연의 품에서 한번 깊게 호흡해 보라는 말이다."

"……?"

알이 뭔 소리인지 도저히 못 알아듣겠는데요라는 표정을 짓자 자율 선사는 가만히 한숨을 내쉬었다. 더 이상 자신의 말이 들어갈 수 있는 바가 아님을 깨달은 것이다.

"아니다. 내 욕심이 지나쳤구나. 앞으로는 자유롭게 놔둘 터이니 네 하고 싶은 대로 놀다 가도 좋다."

"네? 예! 감사합니다."

자율 선사는 더 이상 알을 괴롭히지 않을 작정인지 등을 돌리고 멀어져 갔다. 고개 숙인 채 눈치를 보던 알은 정말로 자율 선사가 사라지자 즐거이 만세를 불렀다. 이유야 어쨌든 간에 모처럼 찾아온 자유 시간이란 좋은 것이었다. 넘어진 김에 줍고 일어난다고 알은 계곡까지 온 김에 놀다 가기로 했다.

첨벙. 첨벙. 퐁당. 퐁당.

보는 이 하나 없는 계곡의 바위에 걸터앉아 알은 물장구치며 자율 선사의 말을 생각했다.

"특별한 뱀파이어라. 그렇긴 한가?"

알은 곰곰이 생각했다. 확실히 자기는 통상적인 뱀파이어랑은 다를 지도 몰랐다. 하지만 대체 통상적인 뱀파이어란 뭔가 말인가?

'햇빛에도 난 안 타고, 그리고… 에, 뭐 별거있나? 따지고 보면 인간 도 제각각이잖아. 저 스님만 해도 보통의 사람이 먹고 죽을 독 먹어도 끄덕없을 텐데. 우웅. 요는 표준형과 다르다는 건가? 하지만 어차피 세상에 표준형에 딱 들어맞는 건 거의 없을 텐데. 난 그렇게 많이 벗어나는 것도 아니잖아.'

알은 고개를 저었다. 역시 이런 철학적 고민은 자신과 어울리지 않았다.

"알 게 뭐야. 놀자. 놀자."

다시 몇 번의 퐁당거림. 그렇게 얼마의 시간이 흘렀을까. 해가 저물 무렵에 알은 노는 것도 지쳐 나무 그늘 아래 푹 하고 드러누워 퍼질러졌다. 그 상태에서 멍히 흘러가는 구름을 보던 알은 다시 자율 선사의 말을 떠올렸다.

"대자연의 숨결을 느껴보라라. 산 공기 좋으니까 실컷 마셔두라라는 건가? 확실히 도시보다 공기가 훨씬 좋긴 하다. 후후후. 음. 하지만 그런 얘기는 아니겠지?"

일어나 등을 나무에 기대고서 알은 자세를 조금 단정하게 바로잡았다. 그리고서는 손가락으로 허공에 가만히 원을 그렸다.

"아니면 역시 자연적 기운의 힘을 부리는 주문을 익혀보라는 건가. 확실히 안 될 건 없겠지만, 영 별로일 텐데."

신성의 그것처럼 아예 정반대는 아니니까 곁다리 정도의 힘이라면 끌어올 수도 있겠지만, 별로 그럴 만한 이점이 없었다. 능숙하게 구현 가능하고 위력 좋은 흑마법을 놔두고 굳이 다른 걸 익힐 이유가 말이다. 흑마법에 모조리 다 정통해서 다른 것을 심심풀이 삼아 익힐 만한 상황도 아니었으니 더욱 그랬다.

"하긴 그런 말도 아니라고 했지. 그럼 뭐지. 그냥 가만히 이러고 있다가 산새라도 불러들이라는 건가? 와라. 와라. 산새야."

그러자 정말로 산새 한 마리가 다른 나무에서 날아오더니 알의 무릎가에 와 앉았다. 알은 그만 멍해져서 잠시 입을 벌리다가 즐겁게 웃었다.

"아하하. 말이 씨가 된다더니. 하긴, 동물 입장에서 보면 뱀파이어는 별로 무서운 존재가 아니니까. 인간들이 훨씬 무섭지. 그래도 말하자마자 오다니. 그럼 다람쥐도 내가 나무라도 되는 줄 알고 타고 내려오면 되겠다. 그야말로 영화 속에 나오는 자연에 동화된 도사잖아?'

그 말이 끝나고 얼마 지나지 않아 정말로 알이 누워 있던 나무에서 다람쥐 한 마리가 내려와 알의 어깨를 지나갔다.

"호랑이만 아니라 다람쥐도 제 말 하면 오는 건가. 이 정도면 나도 자연에 동화되었어요라고 스님에게 말해 볼까. 그랬다가 헛소리 말라고 한 대 맞기만 하겠지? 헤헤."

알은 빙긋 웃고는 조금 더 몸을 편히 고쳤다. 그리고서 자기 몸에 와 앉은 두 마리 작은 동물들을 가만히 쳐다보았다. 평화롭고 아늑한 자연 속에서의 노을 낀 저녁. 그건 마법의 시간이라 할 만했다. 그리고 그 시간 속에서 자신을 두려워하지 않고 함께 하는 작고 가녀리고 귀엽고 슬픈 동물들. 그들은 자신을 두려워할 필요가 없었다.

"사실 누구도 날 두려워할 필요는 없는데, 난 딱히 자비롭지는 않지만 별달리 잔혹하지도 않으니까."

알은 슬프게 미소 지었다. 하지만 대부분 인간은 그걸 인정해 주지 않았다.

[쿡. 거짓말하는군. 네가 잔혹하지 않다고? 인간에게 잔혹하지 않은 거겠지.]

"아냐. 난."

[네가 뱀파이어에게, 다른 어둠의 아이들에게 얼마나 잔혹한지 부인하는 건가?]

"아냐. 그저 난 어떻게도 할 수 없어서, 자연은 누굴 살리고 누굴 죽이고를 굳이 선택하지 않으니까, 그러니까 난."

[어차피 한쪽이 다른 한쪽을 이겨야만 한다면 왜 그게 인간이 되어

야 하지?]

"꼭 누가 이겨야만 하는 것은 아니잖아."

알은 자신없게 대답했다. 하지만 호랑이와 토끼, 누구 하나는 이길 수밖에 없었다. 한쪽이 도망치든, 한쪽이 잡아내든. 인간과 뱀파이어는? 서로 강력한 그 둘은?

[여기는 예외가 되기를 기대하는 건가? 큭. 좋아. 그게 네 일이지. 실례했군. 물러나지. 그리고 이건 선물이다. 내 때가 올 때까지는 네 뜻대로 실컷 해두는 게 좋겠지.]

눈물방울 하나가 떨어지고 알은 깨어났다.

"아웅? 잠들었구나. 춥다. 해도 져가는데 절에 들어가서 자자."

걷다 말고 알은 문득 섰다. 그래도 스님이 그렇게까지 말했으니 조금쯤은 따라주는 게 예의일 듯하기도 했다.

"한 번 해볼까? 그래도 머리 속에 하는 방법은 남아 있는 거 같은데."

대체 누가 언제 가르쳐 줬는지도 모를 주문을 알은 당연히 알고 있었다는 듯이 사용했다. 별 의문은 없었다. 그는 '원래' 알고 있었다.

"가만히 져가는 노을의 영광이여. 그 남겨진 조각을 내게 드리워 앞길을 밝히는 작은 등불 되어라. 브릴리언트 랜턴(Brilliant Lantern)."

알의 앞에 태양 빛이 모이더니 작은 광구가 되어 떠올랐다. 초대형 반딧불이 된 그 빛은 둥실둥실 떠다니며 알의 앞쪽을 비추었다.

"와아, 된다. 헷헤. 다른 것도 해볼까나."

새로운 놀잇감을 찾은 기분이 된 알은 즐거워하며 돌아갔다. 태인이 돌아올 때까지 심심치 않게 이것저것 해볼 거리가 생긴 느낌이었다.

● Chapter 29

늑대 마을

늑대 마을

수정구 속에 비친 태인의 행선지를 보고 드뤼셸은 머리를 긁적였다.

"흐음. 이거 난감하게 되었는데. 애꿎은 워울프까지 휘말려 들게 할 수는 없고, 세리우스는 저기 드러누워 있으니 별수없다. 내가 직접 가 봐야겠군. 쯧, 가게 이렇게 자주 비우면 영업에 지장있는데."

드뤼셸은 구석에 뒹굴던 나무판을 들고서 탈탈 털었다. 임시 휴업이 라는 네 글자가 선명히 나무판에 드러났다. 밖으로 나가 문을 닫고서 나무판을 거기에 걸자 가게 자체가 어디론가 사라졌다. 그리고 나서 드뤼셸은 골목길을 따라 걸었다. 골목길을 벗어나자 그곳은 어느 사이 에 새하얀 눈에 덮여 있는 꼭대기가 높이 솟아오르고 아래로는 그 자 락이 넓게 펼쳐진 커다란 산의 입구가 되었다. 그 입구를 드뤼셸은 에 구, 힘들다를 연발하며 걸어 올라갔다. 주위의 풍경이 기이하게도 바

뛰었지만 드뤼셀은 상관없다는 듯 눈 위에 발자국 하나 남기지 않고서 계속 걸었다.

"누구냐! 멈춰라!"

한순간 튀어나오며 자신을 둘러싼 다섯 늑대인간을 보고 드뤼셀은 두 손을 벌려 보이며 적의가 없음을 표시했다.

"제 이름은 드뤼셀, '꿈과 환상을 파는 가게'의 주인 됩니다. 당신들의 장로님을 뵙고 싶어 찾아왔는데, 좀 전해주시겠습니까?"

드뤼셀의 말을 장난으로 생각했는지 늑대인간들은 더욱더 큰 적의를 드러내며 으르렁거렸다. 그중 하나가 뾰족하게 튀어나온 손톱을 한층 더 드러내며 외쳤다.

"지금 감히 잡상인 따위가 워울프 부족의 장로를 뵙겠다고 말하는 건가? 거기다가 일족의 결계를 아무렇지도 않게 통과해 들어와 놓고 지금 자신이 일개 상인이라는 건가? 제대로 대답하라. 그렇지 않으면 적으로 간주하겠다!"

그 자리에서 자신을 찢어 죽이기라도 할 듯한 눈빛을 쏘아내는 늑대인간들을 상대로 드뤼셀은 넉살 좋게 웃었다.

"하하. 이거 왜 이러십니까. 유망하게 뻗어 나가는 가게의 주인을 일개 잡상인이라뇨. 그러지 마시고 제 이름을 전하면 알아들으실 겁니다."

"닥쳐라. 먼저 이곳의 권위에 존경을 표하고 성실히 너의 신분과 이곳에 온 목적에 대해 밝혀라. 그렇지 않고서는 장로님을 뵙는 것은 고사하고 목숨을 유지해 돌아 나갈 생각도 버려야 할 것이다."

그 강렬한 협박에 드뤼셀은 참으로 답답하다는 듯 한숨을 내쉬었다.

"이것 참. 호의로 찾아온 손님에게 핍박이 너무 심하시군요. 그렇다고 그냥 돌아갈 수도 없고 어쩐다. 그러면 제 명함이라도 드리지요. 하지만 좀 성격이 안 좋은 놈이니 조심하셔야 될 겁니다."

그러면서 드뤼셀은 품에서 명함을 꺼내 내밀었다. 무슨 처리를 해놨는지 명함은 햇빛을 반사시키며 아름답게 반짝였다. 마치 금으로라도 만든 듯했다.

"명함?"

수상하다는 듯 쳐다보면서도 늑대인간 중 하나가 그것을 받기 위해 다가갔다. 그리고 그것을 받는 순간 그 늑대인간은 그대로 땅에 주저앉았다. 손바닥 위에 올려진 명함이 몇십 톤의 무게라도 되는지 그는 입에 거품을 물면서도 일어서지 못했다.

"무슨 짓을 한 거냐! 당장 그만두지 않으면 공격하겠다!"

그 협박이 되지 못하는 협박에 드뤼셀은 친절히 설명했다.

"아, 본인이 지닌 자부심과 명예욕만큼의 무게를 드리우는 물건이라서요. 현재 힘으로 감당하기 좀 버거운 무게를 지니고 계셨군요. 마음만 비우면 쉽게 버릴 수 있을 텐데 잘 안 되시겠죠? 돌려받겠습니다."

드뤼셀은 그의 명함을 다시 집어서 곽에 넣었다. 그 순간 쓰러져 있던 늑대인간이 그대로 달려들어 그를 향해 날카로운 발톱을 휘둘렀다. 그리고 엄청난 힘으로 자신의 어깨를 깊게 베어내고서는 자신의 가속도를 이기지 못하고 그대로 반대 편으로 달려나갔다. 놀라운 반사 신경으로 땅바닥에 뒹구는 것은 면했지만 그의 어깨에서 그대로 선혈이 흘러내렸다. 자신의 공격으로 자신이 상처 입은 것을 이해할 수 없어서 혼란에 빠진 그 모습에 드뤼셀은 다시 친절히 설명했다.

"하늘을 향해 침을 뱉으려면 지구 탈출 속도는 되게 뱉으셔야죠. 안 그러면 자신한테 되돌아온답니다. 조심하십시오. 그건 그렇고 여기서 계속 다투기도 뭐한데 그만 좀 안내해 주지 않으시겠습니까?"

"트졸브, 네가 달려가서 적을 설명해라. 우리가 그동안 막겠다."

그 여유만만한 모습에 경비병 중 리더가 지원과 위기를 알리는 울림을 외쳤다.

"우오오오오."

늑대의 울음 소리가 산맥을 울려 퍼지고 나뭇가지들이 바르르 떨렸다. 늑대인간들이 다시 드뤼셀을 노려보며 말했다.

"네가 얼마나 강할지 모르나 오늘 장소를 잘못 찾았음을 알게 될 거다. 전원 협공하라. 제4열 종횡식 포진으로 싸운다! 곧 지원군이 오니 그때까지 적을 가둔다."

한 마리가 빠져나가 위로 달려가고 나머지 늑대인간들이 동시에 드뤼셀에게 덤벼들었다. 드뤼셀은 참으로 난감해서 어떻게 해야 좋을지 모르겠다는 듯 웃으며 머리만 긁적였다. 달려든 늑대인간들은 제각기 자신의 목과 어깨, 허리, 다리 등을 물어뜯고 할퀴어내며 그를 지나갔다.

"자학이 취미가 아니시라면 그만 하시지요."

"웃기지 마라, 뱀파이어야. 네가 얼마나 이 주술을 계속할 수 있는지 보자. 우리가 상처 입어 쓰러져도 다음에 올 자가 네 숨통을 끊을 것이다."

이 한 몸 바치더라도 드뤼셀의 마력을 떨어뜨리겠다는 기세로 다시 일어나는 늑대인간을 보고 드뤼셀은 할 수 없다는 듯 어깨를 으쓱했다. 늑대인간들의 몸에 상처가 점점 더 늘어나고 땅바닥이 온통 붉게 물들었을 때 저 위에서 다급한 외침이 들려왔다.

"물러서라, 에세란. 네가 상대할 자가 아니다."

"무디브 장로님?"

늑대인간들이 조건 반사적으로 그대로 물러섰다. 잘 훈련된 그 모습에 드뤼셀이 흐음 하며 손으로 턱을 살짝 만졌다.

위에서 늑대인간들이 우르르 내려와 공터에 내려섰다. 그들 사이가 갈라지며 흰옷을 두르고, 나무 지팡이를 손에 쥔 늑대인간 하나가 드뤼셀에게 다가왔다.

"아이들의 실례를 용서하시오. 당신의 이름에 대해 아이들이 잘 몰라서 저지른 결례라오. 그런데 저렇게까지 상처 낼 것은 없지 않았소?"

눈살을 찌푸리며 늙은 늑대인간이 따졌지만 드뤼셀은 눈 하나 깜짝하지 않았다.

"제가 안 했습니다. 저분들이 말리는데도 스스로 자학하신 거라고요. 정말로 호의로 온 손님을 호의로 대접해 주실 수는 없는 겁니까."

장로는 잠시 침묵하더니 주위를 돌아보았다. 지팡이의 끝은 미미하게 떨리고 있었지만 그 말만은 평탄했다.

"모두 길을 비켜라. 귀한 손님이시니 내가 직접 접대하겠다. 위쪽의 경치가 좋으니 그쪽으로 안내하겠소"

"감사합니다."

무디브가 안내한 곳은 산의 중턱에 있는 넓고 평평한 바위였다. 그한쪽에 무디브가 손으로 앉을 것을 권유하자 드뤼셀은 사양치 않고 앉았다. 맞은편에 다시 무디브가 앉고 그 주위를 몇몇 늑대인간들이 둘러섰다.

"그래, 무슨 일로 오시었소?"

"핫하. 뱀파이어 일족을 대표해서라고 하긴 좀 뭐하고, 어쨌든 그중 일부를 대표해서 한 가지 협상을 제안하러 왔습니다. 조만간에 강태인이라는 인간이 여기를 방문할 겁니다."

"한데?"

"뭐 그냥 간단합니다. 그자는 저희들이 좀 관심이 많은 자라서 말이죠. 그자와 늑대인간과의 협상에 저희들 나름대로 이것만은 지켜주셨으면 좋겠습니다라는 가이드라인을 통보해 드릴까 하고 왔습니다. 대신에 저희 역시 늑대인간족의 영토와 안전을 보장하겠습니다."

드뤼셀의 말투는 정중하기 그지없었지만, 분위기는 순식간에 험악해졌다. 무디브를 둘러싸고 있던 늑대인간들 중 하나가 드뤼셀을 위협하듯 낮게 그르렁거렸다. 무디브가 손을 들어 그걸 제지하며 말을 받았다.

"안전 보장이라 하셨소? 말은 고마우나 그걸 무엇으로 믿어야겠소?"

"신뢰의 문제라면 난감하군요. 안 믿어주시면 어쩔 수 없지요. 어차피 말을 못 믿는다면 문서도 못 믿으실 것 아닙니까."

달리 돌려 들으면 안 믿으면 어쩔 거냐로도 들릴 수 있는 그 말에 주위의 분위기는 더욱 싸늘해졌지만 무디브만은 침착했다.

"좋소. 넘어가지요. 한데 자네가 부탁한 일이 어떤 이유에서인지, 어떤 영향을 끼칠 것인지 먼저 설명해 주는 게 도리가 아니겠소?"

드뤼셀은 얼굴을 살짝 찡그렸다.

"그걸 다 말해 주기에는 좀 곤란한데요. 저희도 대외비라는 게 있어서요. 그냥 들어주시면 안 되겠습니까?"

"자네들이 무엇을 꾸미는지도 모르는데 무작정 따르란 말을 하는 것이라면 곤란하오. 자네들이 복수극을 위해 세계를 파멸시킬지도 모를 계획을 짜고 있는데 우리가 멋모르고 거기에 휘말려 들 수는 없지 않겠소?"

늙은 늑대인간의 물음에 드뤼셀은 한숨을 내쉬더니 어깨를 으쓱했다.

"세계 파멸이라니 무슨 그런 섭섭한 말씀을 하십니까. 제가 그런 하릴없는 짓이나 꾸미는 미치광이인 줄 아십니까?"

"그럴 힘이 없는 것뿐일 수도 있으니 말이오. 인간에 대한 자네들의 복수에 우리 라이칸스토프들이 이용당하는 것은 용납할 수 없는 일이오."

드뤼셀이 안경을 벗어 쓱쓱 닦았다. 그 순간 그와 눈이 마주친 늑대인간 하나가 움찔하며 고개를 돌렸다. 다시 안경을 쓰고서 예의 변함없는 웃음을 띤 채 드뤼셀은 사근사근하게 말했다. 그 내용이 어떤 것이든 말이다.

"그것참. 말을 안 믿어주시는군요. 전 정말로 호의로 왔습니다. 로드 오브 뱀파이어들과 인간들 사이에서로 끝나야 할 싸움에 애매한 늑대인간들이 휘말려 겨우 지켜온 평화를 잃어버릴까 봐 염려되어서 찾아온 것입니다. 그 호의를 이런 식으로 의심만 하시다니 정말 곤란하군요."

"무례하다! 아무리 장로님의 손님이라도 더 이상 함부로 망언을 내뱉으면 가만두지 않겠다!"

옆에 있던 40대의 늑대인간이 이를 드러내며 크르렁거렸다. 그 모습에 드뤼셀은 다시 한숨을 내쉬었다.

"지금 힘으로 하자는 겁니까? 설마 그건 아니겠죠? 이 좋은 날씨에 평화롭던 도시 하나가 사라지는 것은 너무 비극적인 일입니다."

"감히!"

그 도발에 장로의 체면을 봐서 참고 있던 다른 늑대인간들까지 이를 드러내었다. 그걸 보며 드뤼셀의 입가에 묘한 미소가 걸렸다. 그의 눈빛이 안경 너머로 서서히 뻗어 나오려는 그 순간 무디브가 지팡이로

쿵 하고 땅을 쳤다. 그는 더 이상 불필요한 신경전을 벌일 생각이 없는지 사교적 표정을 버리고 초탈한 현자의 모습으로 돌아갔다.

"그만. 함부로 이빨을 드러내지 마라. 너희의 상대가 아니다. 뱀파이어의 비샵이여, 힘으로 할 생각은 없네. 하지만 자네가 힘을 사용한다 해도 우리의 협조를 얻어내지는 못할 걸세. 목숨을 아끼는 게 우리이긴 하나, 그 이전에 목숨을 내놓더라도 지켜야 할 긍지란 것이 있는 게 우리이기도 하네. 어쩔 텐가? 그래도 강요할 텐가?"

말투까지 바꾸며 있는 그대로를 내보인 무디브의 말에 드뤼셀 또한 순식간에 본모습으로 돌아갔다.

"그럴 리가요. 저는 아시다시피 평화주의자이자 협상가입니다. 무력 사용은 결코 즐기지 않지요. 알겠습니다. 오해부터 풀어드리죠. 미친 복수극이라고 하셨습니까? 절대로 아닙니다. 세계 멸망이 꿈이라면 예전에 인류가 만든 핵폭탄들 중에 성능 좋은 것 몇십 개 골라서 터뜨렸을 겁니다. 그럴 생각이 없으니 이렇게 사방으로 일을 추진하는 것 아니겠습니까?"

"핵폭탄."

그 단어에 일순간 주위의 늑대인간들이 조용해졌다. 인류가 만들어낸 최강의 무기로 인류를 멸망시킨다. 비록 그 대가로 지구 전체가 돌이킬 수 없는 상처를 입는다 해도. 그 위험하면서도 매력적인 생각이 한순간 그들을 얼어붙게 만들었다. 무디브 또한 아무 말을 하지 못하고 드뤼셀을 한참 동안 쳐다보았다. 그러나 안경 아래로 보이는 부드러운 눈빛으로 영업용 웃음만을 짓고 있는 드뤼셀의 속내는 알 수가 없었다.

"그러면 자네는 대체 무엇을 하겠다는 건가?"

"저의 의지를 물으시는 것이 무슨 소용이 있겠습니까? 아시다시피 저희들은 '킹'의 뜻을 받들 뿐이지요."

무디브는 눈썹을 꿈틀했다. 아무리 오랜 세월이 그에게 인내와 지혜를 가져다 주었다 해도 그 또한 본능적으로 늑대인간이었다. 이런 식의 말장난은 반기지 않았다. 이미 그의 본심을 보여준 마당에 더욱 그러했다.

"그러면 그 킹은 무엇을 바라는가? 자네는 그걸 어떻게 이루어주려고 우리의 협조를 요구하는가?"

"킹의 바람이라. 그건 솔직히 저도 모르겠군요. 아니, 알기는 합니다만, 원체 복잡다단한 게 그분 마음이라 저도 뭐라고 대답하기가 참 어렵군요. 그래도 한 가지만 대답드리지요. 판을 새로 짜려는 자들이 판 자체를 깨지는 않을 겁니다. 그리고 어떤 식으로 새 판이 짜이든 그게 늑대인간에게 불리하지는 않을 겁니다. 옛 영화가 그리운 건 마찬가지 아니십니까? 이렇게 숨어서 생존을 이어가기에만 전전긍긍하고 싶지는 않으실 테니까요."

"되었네. 헛된 꿈에 이끌려 일족을 망치고 싶지 않네. 살아 있는 것이 가장 큰 축복이니, 용건을 말하게. 우리가 말려들게 하지만 않는다면 자네의 요구를 수행하지. 하지만 신의는 지키는 게 좋을 걸세, 뱀파이어의 수장이여. 그렇지 않다면 아무리 우리의 힘이 미약하다 해도 자네에게 할 수 있는 모든 보복을 할 터이니."

드뤼셀은 생긋 웃었다. 굳이 여기서 각오가 서지 않은 당당한 말은 헛될 뿐이다라는 식으로 상대의 아픈 구석을 찌르는 건 예의 바른 외교관의 자세가 아니었다.

"그렇게 어려운 부탁은 아닐 겁니다. 아까도 말했다시피 우리의 관심 하에 있는 대상을 당신들께서 미처 모르고 잘못 손대었다가 불미한 사고가 생기는 걸 미연에 방지하고자 하는 우호적인 마음으로 온 것이니 긴장 푸십시오."

무디브는 주위를 물렸다. 잠시 둘만의 대담이 이어지고 드뤼셀은 자리에서 일어나 예의 바르게 늑대인간의 장로에게 작별 인사를 고했다.

"감사의 뜻으로 가는 길에 작은 선물 하나 찾아보겠습니다. 그럼 다음에 뵐 때까지 강녕하십시오."

끝까지 예의를 잃지 않는, 그러나 하나도 예의를 지킨 것 같지 않은 달갑잖은 손님을 보내고서 무디브는 한숨을 쉬었다. 마지막 인사말은 제대로 귀로 들리지도 않았었다. 그의 등 뒤로 차가운 산정의 날씨에 어울리지 않는 땀방울이 타고 흘러내리고 있었다.

"괜찮소?"

다른 장로인 일함이 다가와 무디브에게 걱정스러운 눈길을 던졌다. 무디브는 지팡이를 꽉 쥐고서 허리를 꼿꼿이 펴며 고개를 끄덕였다.

"괜찮소. 하지만 소문이란 과장되기 마련인데, 직접 만나본 비숍의 깊이는 도저히 알 수가 없구려."

"태산이었소?"

무디브는 고개를 저었다.

"산이면 넘을 수 있고 바다라면 건널 수도 있을 것인데 하늘이란 저런 것이었던가 하는 그 느낌 그대로였소."

무디브의 말은 담담했으나 그 안에 서린 압박감은 일함에게도 여실히 전해졌다. 자신이 드뤼셀을 상대하지 않은 게 다행이라 느끼며 일함은 말을 이었다.

"어떻게 하기로 하였소?"

"믿을 수도 없으나 믿지 않을 수도 없으니 우리로서는 선택의 여지가 많지 않구려. 그가 말해 주지 않았어도 우리 스스로가 몸을 사려야 할 형편이니. 그나마 체면을 살려주는 척이라도 하니 다행이라고 해야 할 것이오."

"그러면 오는 인간을 어떻게 할 것이오?"

"그래도 손님인데 접대야 해야 하지 않겠소. 기다릴 테니 그가 오면 내게 보내주시오."

무디브는 힘겹게 동굴로 들어갔다. 너무 오래 살았다고 느끼는 중이었다. 그의 손이 닿지 않는 힘들 간의 충돌이 너무나 선명하게 예고되고 있었다. 무슨 일이 벌어질지 아는데 그에 대해 미칠 수 있는 영향력이 없다는 것은 차라리 모르고 있다가 당하는 것보다 괴로운 일이었다.

보이는 이상의 신령스러움이 깃들어 있는 땅. 지상에 존재하는 몇 안 되는 영적 기운이 충만한 곳 중 하나. 티벳의 고산에 도착한 태인은 자율 선사가 일러준 곳을 향해 발걸음을 옮겼다. 처음 와보는 곳이었지만, 생각만큼 목적지를 찾는 게 어렵지는 않았다. 주술의 힘으로 만들어낸 새들이 사방으로 날아다니며 태인에게 그가 찾는 지형을 알려주었기 때문이다.

"흐음. 여기인가?"

사방으로 뻗어 있는 산자락 중 하나에 도착한 태인은 조심스럽게 위를 올려다보았다. 얼핏 보면 그냥 별다른 게 없는 산이었다. 하지만 자율 선사가 그에게 허튼소리를 할 리 없었다.

"결계. 그것도 결계가 쳐져 있음 자체를 눈치 채기 힘든 결계가 쳐 있는 건가. 흐음. 올라가 보면 알겠지."

이런저런 주술로 시험해 보고 싶었지만, 그랬다가는 상대방의 비위를 거스르는 무례한 행동이 될까 봐 태인은 참고서 그냥 발걸음을 옮겼다. 다행히 얼마 올라가지 않아서 태인은 조용히 그를 관찰하는 자들의 기척을 느낄 수 있었다.

'마중이라면 마중 나온 셈이로군.'

눈치 못 챈 척하며 태인은 정상을 향해 소리 질렀다.

"무디브님 계십니까! 한국에서 온 강태인이라고 합니다. 자율 선사님의 소개로 왔습니다. 부디 올라가는 길을 열어주십시오."

잠시 뒤 부스럭거리며 수풀 속에서 네 늑대인간이 걸어나왔다. 그들은 전후좌우로 태인을 포위했다. 그중 태인의 앞쪽에 선 자가 태인을 훑어보며 말했다.

"그대가 한국에서 온 강태인이라고 했나?"

"그렇습니다. 이곳에 오면 무디브님을 뵐 수 있다고 하여 왔습니다."

공손하게 대답하면서 태인은 자신을 포위한 자들의 표정을 살폈다. 늑대인간의 표정이라는 걸 그가 정확히 읽을 수는 없었지만, 분위기가 상당히 험악했다. 거기다가 몸 곳곳에 나 있는 상처는 얼마 전에 났다가 갓 아문 듯했다. 그들이 쏘아 보내는 투기가 태인의 살갗을 콕콕 찔렀다.

'곤란한데. 어째서 이렇게까지 적대하는 거지?'

그들이 앞서 다녀간 다른 자 때문에 생긴 분을 애꿎은 그에게 쏟아붓고 있을 거라곤 태인으로서는 도저히 상상할 수 없었다. 다행히 그들의 대장은 감정과 의무의 구분은 할 줄 아는 자였다.

"장로님께서 이미 그대의 얘기를 해두셨다. 따라오도록."

"감사합니다."

올라가면서 뭔가 인사치레의 얘기라도 건네고 싶었지만 상대의 기분이 결코 좋지 않다는 게 여실히 전해왔기에 태인은 포기했다.

'낯선 이종족이 멋대로 찾아와서 기분 나쁜 건가? 후우. 할 수 없지.'

"여기입니까?"

태인은 동굴 입구까지 자신을 안내하고는 같이 들어서지 않고 한 발짝 물러서는 늑대인간에게 확인차 물었다. 상대는 퉁명스럽게 대답했다.

"그렇소. 들어가 보시오."

상대의 어조가 그다지 자신을 반기는 느낌은 아니었지만, 종족의 차이에서 오는 기본적인 적대감이려니라고 태인은 생각했다. 상대는 느낌에도 전사이지 외교관이 아니었다. 종 간의 차이를 뛰어넘어서까지 자신에게 호의적일 이유가 없었다.

'안에 있는 장로 무디브는 달랐으면 좋겠는데. 하긴 선사님이 소개해 줄 정도면 같지야 않겠지.'

태인은 조심스럽게 안으로 걸어 들어갔다. 신발을 벗어야 한다든지, 아니면 다르게 뭔가 차려야 할 예의가 있지 않을까 해서 주위의 눈치를 살피려 해도 딱히 대상이 없었다. 좀 더 동굴 깊숙이 들어가자 풀로 된 돗자리에 털이 새하얗게 새어가는 늑대인간이 흰옷을 입고 지팡이를 한 손에 잡고서 앉아 있었다.

"안녕하십니까. 강태인이라고 합니다. 이렇게 만나주신 것에 감사드립니다."

"예의가 바르군. 반갑네. 내가 무디브일세. 자율에게서 연락은 들었네. 앉게나."

"알겠습니다."

태인은 내심 있었던 불안한 마음이 많이 가시는 것을 느꼈다. 상대가 자신이 원하는 대답을 줄지는 몰랐지만, 적어도 문전 박대는 하지 않을 분위기였다.

"자네가 이곳에 온 것이 세상의 눈을 피해 은거할 곳을 찾아서라고 들었네. 맞는가?"

"맞습니다. 단순히 일반인의 눈에 띄지 않는다면야 제3세계 한적한 곳의 오두막이라도 하나 지어서 숨어버리면 그만이겠습니다만, 쫓는 눈이 훨씬 강할 것이 의심되어서 말입니다. 강한 영적 기운을 지닌 곳을 골라서, 교황청의 추적을 피할 수 있는 반영구적 결계를 치고 숨을까 합니다. 교황청도 언제까지나 저와 알만을 쫓는 데 전력을 기울일 수는 없을 테고 얌전히 지낸다면 세월이 잊게 해주지 않을까라고 기대하고 있습니다."

그렇게 말하면서 그 후보지의 하나로 이곳은 어떨까 하는 기대도 품고 있습니다라는 말은 태인은 덧붙이지 않았다. 분위기도 익기 전에 바로 대놓고 청하기는 난감했던 것이다. 그래도 이미 늑대인간들이 숨어 지내는 이곳의 한구석이라면 자기들이 몰래 숨어 지내기 좋지 않을까 하는 기대를 태인은 품었다.

"미안하네. 미리 말하지만 이곳은 우리들의 은신처, 자네와 그 뱀파이어는 받아들여 줄 수가 없네."

하지만 무디브는 바로 그런 태인의 희망을 깨뜨렸다.

"그렇습… 니까?"

그러나 그렇게 말하는 무디브의 얼굴에는 텃세 같은 것은 없었다. 그보다는 선택의 여지가 없는 약소국의 비애 같은 것이 느껴지는 모습이었기에 태인은 화를 낼 수도 없었다.

"정말로 미안하게 생각하네. 하지만 우리에게도 그럴 수밖에 없는 사정이 있네. 후우. 비록 자네에게 원하는 은신처를 제공하지는 못하겠지만, 우리가 알고 있는 정보는 다 알려주겠네. 그러면 자네도 우리가 왜 이런 결정을 내려야 했는지 이해하겠지. 자네가 데리고 있는 뱀파이어가 어떤 의혹을 받고 있는지 알고는 있나?"

"알고 있습니다. 꽤 고위 뱀파이어라는 의심과 함께 사실은 다른 뱀파이어와 짜고서 인간에게 위험이 될 음모를 꾸미고 있는 게 아닌가 하는 의혹을 받고 있다는 것을요."

"그렇게 간단한 것이 아니질 않는가."

"아니라면……."

"이 마당에 뭘 숨기는가. 설마 하니 추기경이 아무리 추상같은 사람일지언정, 일개 뱀파이어 하나가 좀 수상스럽기로서니 그것 하나를 처리하기 위해 만사를 제쳐 두고 전력을 기울이고 있다라고 생각하는 건가? 아무리 한 점의 불의를 용납치 않는다 해도 일의 우선순위가 있는 터에?"

"그건… 일개 뱀파이어라고 하기는 곤란하지 않겠습니까? 나이트 오브 뱀파이어의 힘이라는 게 '일개'라고 칭하기에는 너무 과했고, 거기에 얽힌 게 알이었으니까요."

사실 그 이상이었다. 하지만 알이 룩일지도 모른다는 말을 할 수는 없었다.

"그렇기야 하지. 하지만 그 정도에 정말로 교황청이 다른 모든 걸 포기해 가며, 협회와의 마찰도 무시해 가며 자네 둘을 집요하게 노릴 리가 없지 않은가."

무디브의 말에 태인은 정수리에 벼락이 꽂히는 듯한 느낌이 들었다. 객관적인 삼자의 입장에서 보면 너무나 당연한 말이었다. 하지만 그 자신은 결코 떠올리지 못했었다.

'상대에 대한 분노가 눈을 흐리고 있었지.'

상대가 알에 대한 선입견에 사로잡혀 있다고 생각했지만, 그 자신이 상대에 대한 편견에 사로잡혀 있었던 건 아닌가 하는 뒤늦은 후회를 하며 태인은 다시 입을 열었다.

"제가 모르는 그 무엇이 더 있는 것이군요."

"뱀파이어의 킹과 그 아래 로드들에 얽힌 예언이 있지. 그리고 교황청에서는 알렉시안이 그 예언의 존재 중 하나가 아닌가 의심하는 것이라네."

"예언이라고 하셨습니까?"

태인은 그제야 막혀 있던 수수께끼가 풀리는 느낌을 받았다. 처음에는 알이 벌인 일에 대해서 교황청이 문제 삼는 것으로만 생각했었다.

'하지만 그들이 선입견에 사로잡혀 행동하는 마녀 사냥꾼이라는 생각이 오히려 선입견이었다면?'

알이 평범하지 않은 존재라는 것에 대해서는 태인 그 자신이 잘 알고 있었다. 하지만 스스로는 알지라도 남은 잘 알지 못할 것이라는 믿음이 어쩌면 엄청난 착각이었을지도 모른다는 걸 태인은 그제야 떠올렸다. 왜 미처 그 생각을 못했는지 스스로가 한심스러울 지경이었다.

'물론 교황청은 내가 알듯이 알진 못하겠지. 그 정도 증거가 있다면 예전에 들이닥쳤을 테니까. 그러나 예전부터 경계를 해오고 있는 것에 대한 의혹의 대상으로 알이 물망에 떠올랐다면? 그리고 뒤이어지는 사건들이 그 의혹을 한층 더 진하게 만들었다면?'

"교황청 내에 어떤 예언이 떠도는지 알려주실 수 있습니까?"

"자세한 구절까지는 알지 못하네. 사실 그런 예언이 존재한다는 자체가 아무에게나 알려진 사실은 아니니 말일세. 하지만 교황청만이 아닐세. 내로라하는 단체는 전부 그에 대해 어떤 식으로든 예언을 갖고 있네. 비록 그 구절은 다르고 해석도 조금씩 다르지만, 대강의 맥락은 같네. 불사의 왕이 돌아와 그를 호위하던 네 부하와 함께 전쟁을 일으키니, 인간은 몰락하고 어둠의 시대가 올 것이라는 그런 예언이지."

무디브의 말이 던진 충격에 태인은 잠시 말을 잇지 못했다. 그 정도까지일 거라고는 생각하지 못했었다. 세리우스가 보여준 힘에 이전부터 내려오던 예언이 겹쳤다면, 추기경의 반응도 이해가 갔다.

'아니, 추기경뿐일까? 현재 직접적으로 접촉하던 교황청이 어떤 결론을 내리는지를 기다리고 있었을 뿐, 다른 단체들도 전부 우리를 주시하고 있었다고 봐도…… 제길.'

"아마도 교황청에서는 그게 뱀파이어 킹과 그 아래의 네 로드라고 되어 있겠지. 그리고 지금 교황청은 그 예언에 기록된 존재의 하나로서 알렉시안을 강하게 의심하고 있네. 그것도 그럴 것이, 그 예언의 다른 존재인 나이트와 매우 밀접한 관계가 있어 보였으니 말일세. 다들 알렉시안이 킹 또는 룩의 환생이 아닌지 의심하고 있네."

태인은 순간 주위의 시야가 흐릿해졌다. 정신적인 충격이 외부의 사물에 대한 주의를 안으로 돌려 버리면서, 눈이 떠 있으되 제대로 기능하지 못했다.

'정말로 안일하게 생각하고 있었군.'

태인이 정신을 차리는 것을 기다린 무디브가 자리에서 일어났다.

"따라오게. 자율이 그대를 보냄도 묵은 빚을 이걸로 끝내자 함일 테니 나도 바닥까지 보여줘야겠지."

　태인이 궁금해할 틈도 없이 무디브는 태인과 그가 앉아 있던 동굴 뒤쪽의 벽을 밀었다. 자연적으로 막힌 줄만 알았던 벽이 기깅대는 소리와 함께 옆으로 움직였다. 태인은 약간 놀람과 기대로 그 광경을 보았다.

　'이미 이곳 자체가 결계에 의해 봉인된 곳이다. 그런데 그 안에서 다시 한 번 비밀 기관으로 숨겨놓았다는 것은? 뭔가 얻을 것을 기대해도 좋겠군.'

　다시 이어진 동굴 길은 특별히 인공적인 손길이 닿은 흔적은 없었다. 10여 분 정도를 걸었을까, 동굴이 갑자기 확 넓어지며 광장이 나타났다. 태인은 침을 꿀꺽 삼키고 그 광장을 보았다. 굳이 느끼려 하지 않아도 굉장히 밀도 높게 찬 영기가 느껴졌다. 수천 년, 어쩌면 그 이상의 세월 동안 맺히고 영글어 퍼져 나가는 지기의 기운이 소용돌이치고 있었다. 무디브가 말해 주지 않아도 여기가 이 일대 지맥의 핵이라는 것을 태인은 알 수 있었다.

　"다 왔네."

　"여긴……."

　"우리들의 성소지. 우리 조상들의 혼과 얘기하는 곳이기도 하고. 이제 아무 말 없이 듣게나. 자네에게 내어줄 수 있는 우리들 최고의 선물을 할 터이니. 두 번 말하지도 않을 걸세. 잘 듣고 기억하게."

　태인의 대답을 기다리지 않고 무디브는 지팡이를 들어 올리더니 낮고 긴 울음을 내기 시작했다.

　"우오오. 우오오오오오. 우오오오오오오오."

　끊어질 듯 끊어질 듯 이어지는 울음소리가 동굴 벽에 연이어 부딪쳐 반사되며 사방을 울렸다. 그에 맞추어 공간에 가득 차 있던 영기가 실체화되어 희미한 빛을 만들었다. 일렁이는 빛이 둘의 그림자를 벽에 수십 개 수백 개로 늘렸다. 낮은 울음소리와 함께 시간이 거꾸로 흐르기 시작했다. 동굴의 바깥이 어떤 세상이건 간에 이 안은 이제 고대의 신비가 다시 돌아와 살아 숨 쉴 준비를 하는 공간으로 변했다.

계속되는 울음소리가 갑자기 그쳤다. 그리고 무디브의 입에서 태인은 알아들을 수 없는 말이 흘러나왔다.

"움 에브 크 타세느 데 에랄……."

알 수 없는 읊조림과 함께 무디브가 지팡이를 휘두르고 머리를 저으며 다리를 움직였다. 그 모습이 마치 한 편의 슬픈 춤사위 같다고 태인은 생각했다.

눈의 착각일까? 아니면 정말로 그러했을까? 일렁이던 그림자 사이에서 늑대인간의 모습을 한 그림자가 투명하게 떠오르며 몇 번이고 계속해서 무디브에게 겹쳐 들어갔다. 그와 함께 무디브의 몸에서 점점 더 짙은 빛이 나고 반대로 무디브의 눈동자는 점차 촛점이 흩어졌다. 그러다가 어느 순간 무디브가 움직임을 멈췄다. 그리고 수십 개로 갈라져 울리는 목소리로 말했다.

"나는 무디브. 나는 에브라함. 나는 테레스. 나는 나이자 나의 조상이자 나의 후예이자 나의 근원. 지금 우리의 비전으로써 여기서 흘러간 날을 노래하고 다가올 날을 예지하니 귀 있는 자 들으라."

굳이 설명을 덧붙이지 않아도 길거리의 점쟁이들이 하는 말과는 차원을 달리하는 진정한 예언. 태인은 이종족으로서 이런 말을 듣게 된 것이 얼마나 큰 행운인지 실감하며 귀를 기울였다.

머나먼 옛날, 아직 인간이 역사를 만들기 이전의 시대.

기억 속에서 사라져 신화 속에 그 조각만이 섞여 내려오는 어둠의 시대.

천상에서 군림하는 신들도 지옥에서 지배하는 악마들도

지상에 그 권좌를 온전히 미치지 못하여 지상에 군림하는 자 달리 있어

생명을 다루는 불사의 군주 있었더라.

그의 아래에서 뭇 자연의 아이들, 신의 아이들인 인간을 누르고서

지상 위를 달렸나니,

지금은 몰락한 자들이 영화를 누렸던 나날이어라.

무디브의 목소리가 점점 더 현실감을 잃고 다른 차원의 그것이 되어 갔다. 그에 맞추어 주위의 공간 또한 완전히 이제 다른 시간대로 온 느낌이 들었다. 분위기 탓일까. 태인은 자신의 기분 또한 묘하게 들뜸을 느꼈다. 이건 이제 핏줄에서조차 잊혀져 영혼의 한구석에만 남아 있는 이야기라는 것을 직감이 가르쳐 주고 있었다.

위대한 지상의 시원자들

그 으뜸에 선 왕의 곁에 서서 그의 권좌를 대행하며 지상을 다스리던 위대한 네 군주들.

만 가지 원소를 묶어 자신의 의지 아래 거두는 위대한 여왕.

세계의 법칙을 주창하여 그 말로써 천지 사방에 포고하는 존엄한 신관.

힘을 지배하여 법칙에 따라 원소를 움직이는 강맹한 기사.

그리고 또 하나. 지금은 잊혀진 다른 길을 걸었던 자.

믿지 않을 자를 믿은 대가로 불사의 왕도 그 끝을 다하니,

태어나지 않은 자였으나 그 끝을 맞이하도다.

거대한 몰락.

그리하여 인간의 시대가 찾아오니 번성하고 번성하도다.

그러나 잊지 마라, 왕은 결코 죽지 않는 자라.

잠들었으나 다시금 깨어나리니, 인간의 오만이 시원의 아픔을

건드리고 건드려 그 무게가 찼을 때 다시금 깨어나리라.

그때 깨어난 왕의 곁을 모시러 넷이 다시 모이리니.

넷이 모임으로써 비로소 왕의 새로운 대관식이 준비되리라.

한마디 한마디 무디브의 말이 계속될 때마다 태인은 소름 끼치는 긴장을 느꼈다. 등줄기를 타고 서늘하게 흘러내리는 예언의 말이 그에게조차 두려움을 선사했다. 아무 말도 하지 못하고 시선은 홀린 듯이 무디브만을 향한 채 태인은 계속되는 선고를 들었다. 그건 예언이라기보다 선고였다.

돌아온 왕의 분노 크나크리니 오직 믿음받은 자만이

그에게 허락된 권능으로써 왕을 다시 재우리라.

가시가 피로써 길을 닦아 왕을 옥좌로 안내하고

여왕이 눈물로써 관을 씻어 왕에게 바치니

배신한 자 왕의 곁에 돌아가 마지막 희망을 재우리라.

그때에 왕의 부름 받잡은 신관이 다시 말하여

몰락하고 몰락한 여덟 무리의 후예들을 다시 깨우니
시간의 흐름 속에 인간의 시대가 다시 끝을 맺고
또 한 번 어둠의 시대가 펼쳐지리라.

그러하니 아이들아, 용기를 잃지 말고 희망을 잃지 말며
때를 기다리라. 그러나 그때가 왔을 때
너희의 발톱 날카롭지 못하면 너희의 자리 없을지니
겸손하되 비굴치 말고 지혜롭되 비겁치 마라.

'이런 거였나? 핫하. 과연 그렇군. 조금 자구가 다르다 해도 이런 말이 교황청 안에서도 떠돌았다면 추기경도 달리 할 게 없었겠지. 하지만, 하지만. 제길. 제길. 알은 알이라고. 절대로 예언 따위대로 되게 하진 않아.'

그렇게 스스로에게 다짐해 봤지만, 무디브의 말은 납덩이보다 무겁게 태인의 가슴에 들러붙었다. 어느 정도 짐작하고 있었지만 그 정도를 훨씬 넘어서는 무게가 그를 짓눌렀다. 태인의 주먹이 그도 모르게 부르르 떨렸다. 자신의 의지를 비웃는 과거의 악몽에 대해 태인은 지지 않겠다고 속으로 외쳤다.

예언의 무게를 느끼면서도 예언을 거부한 그 불경함 탓에 의식이 깨어진 것일까? 아니면 모든 예언을 다 말한 것일까? 무디브가 갑자기 숨을 내쉬더니 풀썩 주저앉았다. 한순간 이 공간에 가득 찼던 신비가 사라지고 다시 모든 게 현실로 돌아왔다.

"후우. 후우."

'끝인가? 아, 이런.'

자신만의 고민에 빠져 있을 때가 아님을 안 태인은 다급히 무디브를 부축했다.

"괜찮으십니까?"

"괜찮네."

땀을 송골송골 흘리며 무디브는 자리에서 일어났다. 하지만 그의 다리는 말과 달리 후들거리고 있었다.

"잘 들었는가? 이것이 우리가 자네에게 해줄 수 있는 전부라 미안하군."

"아닙니다. 정말로 감사드립니다."

무디브와 태인은 다시 밖으로 나왔다. 동굴 입구에 서서 태인은 허리 숙여 인사했다.

"오늘의 호의 결코 잊지 않겠습니다."

"감사할 것 없네. 나도 빚을 갚은 것뿐이니. 더 이상 배웅 나가지는 않겠네. 그리고 오늘 우리와의 만남은 잊어주게. 여긴 우리들의 마지막 성지라네."

"안심하십시오. 제 이름을 걸고 약속드립니다."

태인은 등을 돌려 동굴에서 나갈 준비를 했다. 이제 이곳에서 은신처를 구할 수 없게 된 이상 다른 곳을 알아봐야 했다.

'그래, 처음부터 여기는 너무 뻔했어. 일반인들도 이곳의 영적 기운이 강하다는 것은 다 아는데. 좀 더 다른 접근이 필요해. 오늘은 여기서 얻은 정보들로 만족하자.'

태인이 터덜거리며 동굴을 나서려는 순간 무디브가 다시 그를 불러 세웠다.

"잠깐만. 마지막으로 한마디만 더 해주겠네."

무슨 일인가 싶어 태인은 멈춰 섰다. 그러나 그가 무슨 일인가 싶어 뒤를 돌아봐도 무디브는 한참 동안 말하지 않았다. 그 모습에 태인도 재촉하지 않고 인내심있게 기다렸다. 무디브가 마침내 결심한 듯 한숨과 함께 말했다.

"지나가는 길에 시간이 있다면 에스리카를 한 번 들러보게. 떠도는 전설이라 보장은 못하나, 과거가 아직 숨어 살아 있는 곳이라 하더군. 정말인지는 모르겠지만 말이야."

그 말에 내포된 의미를 깨달은 태인은 그 자리에서 크게 허리를 숙여 보였다.

"감사합니다."

"그럼 잘 가게."

태인을 떠나보내고 산맥 아래를 지그시 내려다보고 있는 무디브의 곁으로 다른 장로가 다가왔다.

"너무 많은 것을 말해 준 것이 아니오? 혹 그것이 그들의 비위를 거스르기라도 하면 어쩌려고 그러오?"

"후. 어차피 가장 중요한 그의 다음 목적지는 약속한 대로 일러주었소. 비숍도 우릴 탓하지는 못할 거요."

"그렇다 하여도 이왕 손잡았으니 나중에 반대급부라도 얻어내려면 제대로 협조하는 게 낫지 않겠소? 물론 인간 측의 눈치도 잘 봐야겠지만, 저자가 인간의 지원인들 업고 있는 게 아닌데."

그 너무나 현실적인 말에 무디브는 쓴웃음을 지었다. 그 또한 실리파의 한 명으로서 오늘날 늑대인간의 대외 정책을 주도한 자이기는 했지만, 자신들의 처지가 결코 기쁜 것은 아니었다.

"일함, 그대는 뱀파이어가 승리하여 인간의 시대가 끝이 나면 우리의 삶이 나아질 것이라고 생각하오?"

"나도 그 비숍이 마음에 드는 것은 아니나, 그 말 자체는 믿을 만하지 않소? 당당하게 지상을 활보하며 초원을 달리는 것, 우리들조차도 아직 버리지 못한 욕망이거늘, 젊은 아이들이야 말해 무엇 하겠소."

무디브는 조용히 고개를 저었다.

"난 그 말을 믿지 않소. 한 지배자가 다른 지배자로 바뀐다 해서 우리에게 더 나은 것이 주어질 거라고는 생각되지 않소."

"그렇다 하여 그들에게 밉보일 이유는 없지 않소? 무엇 때문에 그리도 많은 비밀을 다 가르쳐 준 것이오? 그 자율 선사라는 인간에게 진 옛 빚 때문이오?"

무디브는 이번에는 고개를 끄덕였다.

"그러나 그것만은 아니오. 우리와 마찬가지로 거대한 격랑 사이에서 어떻게든 살아보려고 발버둥 치는 그에게 연민을 느꼈기 때문이오. 그리고 저자가 다가올 거대한 싸움을 막아주었으면 하는 일말의 기대도 있소. 만약 뱀파이어의 테트라 로드들이 옛 힘을 되찾고 인류와의 전쟁을 시작한다면 어느 쪽이 이기든 엄청난 피가 흐를 거요. 그 와중에 우리의 작은 평화 따위 순식간에 찢겨 나가지 않으리라고 누가 보장하겠소. 난 저 친구가 그걸 막아주었으면 좋겠소."

"너무 과한 기대구려. 천기조차 더 더욱 어지럽게만 흘러가는데 저 친구가 제법 성취가 있다 하나 이 대세를 어찌 거스르겠소. 그보다 우리는 우리의 일이 더욱 급하오."

"그럴 게요. '성전'을 준비하는 인간들에게 잘못 걸리면 우리까지 한꺼번에 처리당할 터. 몸을 더욱 사리고 결계를 강화해야겠지요. 갑시다. 혹여나 비숍이 남기고 간 말에 들뜬 아이들이 없는지 단속해야겠소."

두 늑대인간의 장로들은 몸을 돌렸다. 저 밑으로 내려간 태인이 결계를 벗어났으니 이제 여기를 완전히 폐쇄해야 할 시간이었다. 젊은 아이들은 자존심을 상해하겠지만, 일족의 장로로서 그들은 생존을 최우선시할 수밖에 없었다.

"어디로 가야 하나."

다시 산을 내려온 태인은 막막하게 하늘을 올려다보았다. 넓고도 넓은 지구였지만 '하늘'이 내려다보지 않는 땅이 과연 어디에나 있을지 의문이었다. 처음 생각했던 것보다 부딪쳐 본 현실은 훨씬 어려웠다.

'잘못 생각했어. 인적이 드물고 영적 기운이 강한 곳은 반대로 소수긴 하지만 그만큼 뛰어난 존재들이 머물고 있는데.'

영적 기운이 강하지 않은 곳은 아무리 태인 그라 해도 영구적으로 교황청의 감시를 막을 결계를 칠 자신이 없었다. 한 개인으로서의 추기경의 예지 정도라면 막을 수 있겠지만 무디브가 한 말이 그럴 가능성을 일축했다. 그 정도의 예언이 늑대인간들 사이에 떠돌고 있다면…….

'교황청이라고 모를 리가 없겠지. 이제야 이해가 되는군. 추기경이 무슨 생각을 했는지.'

동의할 수는 없어도 이해할 수는 있었다. 그러나 그 말은 자신이 알을 데리고 숨는다 해도 교황청은 다른 모든 일을 제쳐 두고서라도 전력으로 그를 추적할 것이라는 말이었다.

'아니, 교황청만일까?'

수단 좋은 추기경이라면 밖에서의 협력자까지 구할지 몰랐다. 왜 아니겠는가. 알이 그 예언의 존재라고 의심한다면 더욱 필사적이 될 것이었다. 속세에서 도망친 테러 조직의 두목을 정부 기관들이 얼마나 열심히 쫓는지를 생각해 보면 알 일이었다.

'아니, 다른 조직들도 단지 숨죽이며 추이를 지켜보았을 뿐, 교황청이 인류의 위협을 제대로 찾아냈다고 생각한다면 누가 먼저랄 것도 없이 앞 다투어 덤벼오겠지. 제길.'

세계는 넓었지만 모든 인간의 수호자들이 적이라면 어디에도 갈 곳이 보이지 않았다.

"에스리카라. 거기가 희망인가."

달리 갈 곳도 없었으니 태인은 그곳부터 가보기로 했다. 아직은 과거가 남아서 현재와 공존하고 있는 곳이라는 그 말의 의미는 컸다. 그게 자신이 기대한 대로이길 바라며 태인은 어쩌면 마지막으로 남은 희망으로 발걸음을 옮겼다.

뚜벅. 뚜벅.

어딘지 모르게 지쳐 보이는 남자가 발걸음을 한 걸음 두 걸음 옮기며 도시의 동쪽을 가리고 선 커다란 산의 꼭대기로 올라갔다. 꼭대기에서 도시를 내려다보며 남자는 중얼거렸다.

"여기를 대체 어떤 의미에서 말한 건지, 멀리서 봐서는 아무런 특별함이 없는데. 하기야 바로 눈에 띌 정도면 예전에 없어졌겠지만. 직접 가서 부딪쳐 봐야겠지."

수정구 속에 비친 태인의 모습을 보고 스레이나는 드뤼셀에게 물었다.

"저기를 얼마나 공들여 구축했는지 모르진 않을 테고, 어쩌자는 거죠?"

인간과의 정면 충돌은 피하면서 조용히 물밑으로 세력을 유지해 오기 수천 년, 그들의 몇 안 되는 요새 중 하나인 곳에 이미 대다수 내로라하는 인간들의 주의가 쏠려 있는 태인의 발길을 향하게 한 드뤼셀의 의도를 스레이나는 추궁했다.

"원래 빈대를 잡으려면 초가삼간 태우는 게 제일 깔끔한 법입니다."

현문우답. 스레이나가 조금만 덜 영민한 여자였다면 그 말에 무슨 터무니없는 헛소리냐고 따졌을 것이었다. 하지만 그 대신에 그녀는 잠깐 생각한 후 바로 응수했다.

"때가 오기는 온 거로군요."

"쇠락한 별궁에 거하는 여주인으로서 불청객들을 화려하게 접대해 주시길 바랍니다."

역시 뜬금없는 소리. 하지만 스레이나는 세세한 사항만 확인했다.

"설마 모든 걸 개방하라는 건가요?"

"아직은 아닙니다. 하지만 때가 되면 많은 손님들이 몰려오실 터이니, 그전에 이삿짐은 꾸려두시는 게 좋을 겁니다."

"귀찮은 일을 맡기는군요."

스레이나가 가볍게 눈살을 찌푸렸다. 그 모습조차 또 다른 매력으로 보이게 하는 그녀였지만, 드뤼셀은 덤덤했다. 드뤼셀이니까 덤덤하다가 정확한 말이겠지만.

"그래도 그 친구보다는 쉬운 일을 맡으신 겁니다."

스레이나의 말이 안 하겠다는 것은 아니었건만 불만도 가지지 말라는 건지, 아니면 넌지시 다른 정보를 주겠다는 건지 드뤼셀이 말을 돌렸다.

"세리우스가? 그는 잠들어 있지 않나요?"

"후. 죽는 순간에 보고 싶은 자와 죽음의 위기에 몰렸을 때 부르게 되는 자가 일치하지는 않는 법이죠."

그 의미심장한 말에 스레이나가 찬찬히 드뤼셀의 눈을 쳐다보았다. 마냥 웃고만 있는 그 눈에서 어떤 미세한 차이를 감지한 것인지 그녀는 고개를 끄덕였다.

"그 정도 배팅이라면 승부를 할 때가 왔다는 뜻으로 알겠어요. 이 부탁, 기꺼이 수행하도록 하죠."

"그럼 부탁드리겠습니다."

스레이나를 떠나보내고 드뤼셀은 자리에 앉아 구석의 관 안에 잠들어 있는 세리우스를 보며 잔에 붉은 액체를 따랐다. 그 잔을 들어 허공에 건배하며 드뤼셀은 말했다.

"왕이 자네에게 어디까지 잔혹할 수 있을까. 자네는 어디까지 그걸 받들까. 난 가끔 정말로 궁금하네. 그 답을 알면서도 말이지."

그리고는 언제 진지하게 말했냐는 듯 표정을 싹 바꾸고는 드뤼셀은 영상 속의 태인에게 건배하며 웃었다.

"자, 부탁드립니다, 태인 군. 저는 가게 일에 바쁘니 저를 대신해서 각국의 명사 분들께 그곳으로의 초대장을 배달해 주시길."

도시 안에 접어들고서도 태인은 딱히 이상한 점을 쉽게 찾지 못했다. 특별히 대단할 것도, 그렇다고 떨어질 것도 없는 너무나도 평범한 도시. 적당히 건물들이 서 있고 적당히 사람들이 돌아다니고, 심심할 정도로 평범한 도시였다.

'대체 이곳에 무엇이 있기에 과거와 현재가 공존한다는 거지? 뭔가 놓치고 있는 건가? 좋아. 쉽게 찾을 수 있다면 남들도 쉽게 찾는다는 것. 조급해하지 말고 일단 걸어보자.'

일단은 여유를 가지기로 하고 태인은 도시의 교통수단도 이용해 가며 여기저기 되는대로 거리를 쏘다녔다. 그러다가 아무 식당이나 들어가서 적당히 처음 보는 음식들도 시켜보고 했다. 그러나 정말로 아쉽게도 아무 이상이 없었다.

'후우. 모르겠군. 특별히 영적 기운이 강한 것도 아니고, 그렇다고 아주 약한 것도 아니고. 적당히 나쁜 기운과 적당히 좋은 기운이 섞인 그야말로 다른 도시와 하나도 다를 게 없는데. 지나가는 인간도 한국인이 아닐 뿐, 별 차이가 없고. 뭐지? 좀 더 물어보고 올 걸 그랬나. 이건 완전 수수께끼군. 어딘가에 내가 그 존재 자체도 감지 못할 만한 결계라도 있는 건가? 좋아. 본격적으로 해보자.'

태인은 숙소를 하나 골라 잡았다. 나올 때까지 누구도 와서 방해하지 말아달라고 프런트에 부탁한 후 방문을 걸어 잠그고서 그는 좌정했다. 눈을 감고서 그의 주력을 움직여 서서히 그의 탐색 범위를 넓혀갔다. 설령 그가 탐지할 수 없는 고급 결계라 해도 상관없었다. 미시적 차원에서는 눈치 채지 못하고, 작정하고 거시적으로 조명하면 결계 자체가 가져오는 필연적 공간 왜곡이 발견될 수밖에 없었다. 있음을 확인하고 나면 그걸 파헤치는 건 다음 일이었다.

어지간히 범위를 넓혀도 제대로 잡히는 게 없자 태인은 반쯤 오기로 범위를 더 넓혔다. 웬만한 결계라 해도 이쯤 되면 감은 와야 하는 게 상식이었지만, 그는 이왕 하기로 한 거 끝까지 가보기로 했다. 그의 영각에 들어오는 정보의 양이 점점 방대해지며 그의 정신을 압박해 왔다.

더 이상은 무리라는 신호가 점점 커졌지만 태인은 무시했다.

마침내 도시 전체를 다 들여다보다시피 하는 순간 한계를 넘긴 피로가 일거에 몰아치고 태인은 뒤로 쓰러지며 눈을 떴다. 그의 얼굴에는 땀방울이 잔뜩 맺혀 있었다. 숨을 몇 번 몰아쉬고서 그는 어지러운 머리를 흔들었다.

"기가 막히군. 대체 누가 이런 걸 만든 거지? 아니, 인공적이기나 한가?"

전 도시가 다 들어오게 영감을 넓히고서야 태인은 겨우 희미한 왜곡의 흔적을 발견할 수 있었다.

'나 이상의 힘을 지닌 자라고 해봐야 세 자리 수는 절대 안 되지. 두 자리 수조차도 뒤쪽보다는 앞쪽. 그런 자들이 뜬금없이 남미의 평범한 도시에 와서 자신이 지닌 힘을 극한까지 뽑아 쓰며 거대 규모의 결계 존재 여부를 탐사해 볼 가능성은?'

태인은 가볍게 한숨을 내쉬었다. 하지만 얼굴에는 옅은 미소가 떠올라 있었다.

"어떤 곳인지 좀 더 살펴봐야겠지만, 감사 인사를 좀 더 제대로 했어야 했을 것 같군. 어째서 발견되지 않았는지 알 만해. 완벽하게 주위와 동화된 경우라면 오히려 큰 결계가 발견하긴 어려운 게 사실이긴 하지만, 이 정도 규모라면 기본적으로 요구하는 힘이 보통을 훨씬 넘어설 텐데 대체 어떻게 감춘 거지?"

태인은 다시 본격적으로 조사를 시작했다. 있다는 것만 알고 나면 알아내는 건 시간문제였다.

그리고 며칠 뒤 태인은 그 답을 알 수 있었다.

"놀랍군. 설마 도시 전체를 통째로 사용해서 공간과 공간의 틈을 숨겨 버린 건가. 대체 어떻게 이런……."

간단한 트릭이지만, 건물을 지을 때 방과 방 사이의 벽을 약간 두껍게 하고 창문은 몇 개 안 뚫고서 벽 사이에 비밀 공간을 만들어 버릴 수 있다. 방 안에 있는 자야 당연히 벽밖에 안 보이고 밖에서 보는 자도 외벽만을 보고 내부 구조의 이상함을 눈치 챌 수 없었다. 방의 길이를 다 재서 더하고, 건물 전체의 길이를 재본 자라면 벽이 조금 이상하게 두껍다라는 결론을 내릴 수 있겠지만 말이다.

그렇지만 공간과 공간을 쪼개고 그 사이에 정상적으로 지나다니는 자는 누구도 눈치 못 채는 사이 공간들로 이루어진 또 하나의 도시를 겹쳐 놓는다는 것은……

"대체 누가 이걸 만든 거지? 아니면 자연 발생적으로 있던 곳에 고의로 도시를 발달시켜서 숨어버린 건가? 하지만 이런 게 자연 발생적으로 생길 수도 있는 걸까. 아무래도 늑대인간의 장로라든지, 아주 몇몇만 아는 비밀 장소인 것 같은데. 그걸 알려주다니, 정말 큰 빚을 졌군."

태인은 심호흡을 하고는 안으로 들어설 준비를 했다. 일단 비밀을 밝혀낸 이상 들어가는 것은 어렵지 않았다. 공간과 공간의 틈에 놓인 또 다른 공간. 그 사잇길로 그는 한 걸음을 떼어놓았다. 한순간 주위에 펼쳐져 있던 도시가 사라지고 평야가 드러났다.

"후."

이 평야와 도시는 교대로 엇갈려서 이곳을 구성하고 있었을 것이다. 그것을 보통의 자들은 평야를 이루는 부분은 보지도, 지나가지도 못하게 하고 도시 사이에 숨긴다는 발상은 정말로 대단했다.

"정말로… 과거가 살아 있군."

어디 못지않게 충실한 영기. 그 가운데 인간을 낯설어하면서도 호기심에 떠도는 작은 요정들.

"맙소사? 저건?"

무지갯빛이 감돌며 반투명한 날개를 퍼덕이고 날아다니는 고양이의 모습까지 보이자 태인은 할 말을 잃었다. 환상적인 풍경에 취해 태인은 잠시 서 있었다.

"너무 완벽해서 탈일 정도로 완벽한 조건이군."

'원래 인간의 발길이 닿은 곳은 아닌 듯한데, 후. 미안하게 되었군.'

태인은 두 팔을 걷어붙였다. 야생의 공간. 제대로 된 집을 만들 수는 없을 테고 만들 줄도 몰랐지만, 주술의 힘을 빌리며 얼렁뚱땅 겉모양만은 그럴듯한 걸 만들 수 있을 것이었다.

'좋아. 가건물 자재들은 여기서 현지 조달하고, 더 중요한 건 결계겠지. 하지만 내 결계와 별개로 이 공간 자체가 이미 내 목적의 절반은 이뤄주니 더욱 좋군. 시작이다.'

한 번도 해본 적이 없는 집 짓기였지만, 태인은 의욕에 넘쳐서 시작했다. 알도 혜련도 기다리고 있을 테니 서둘러야 했다.

● Chapter 30
첫 번째 심판

Chapter 30

첫 번째 심판

작은 방 안. 여인이 창가에 앉아 바깥을 내려다보고 있었다. 쇠창살 사이로 보이는 바깥 풍경은 평화로웠다. 그 풍경 속을 오가는 아직 앳된 소년, 소녀들을 보며 여인은 슬프게 미소 지었다. 그 여인의 뒤에 근엄한 표정으로 서 있는 노인이 있었다.

얼마의 시간이 흘렀을까. 오가던 아이들도 사라지고 석양이 방 안에 드리우기 시작했다. 그제야 여인은 뒤를 돌아보았고 노인도 마침내 입을 열었다.

"이제 결심이 섰나?"

몽연은 처연하게 웃었다.

"제가 승낙하지 않는다 하여도 예하께서는 계획대로 일을 진행하시겠지요."

"자네의 맡은 바가 중요하지 않다면 자네의 의사를 존중했을 걸세. 그러나 이번 일은 너무나 중요하다네."

"예하께서 가만히 뇌두었다면 철민은 인간으로 살았을 거라는 생각은 안 해보셨습니까?"

"어린 호랑이가 자라서 고양이가 되진 않지. 이미 자네가 모르는 사이에 지옥의 힘을 손에 넣었던 아이일세. 좀 더 자라면 무엇이 될지 생각해 봤나?"

몽연은 대답하지 못했다. 철민을 사랑했다 해도 그녀는 또한 여전히 신을 믿었고, 지옥의 힘은 금기였다. 어떻게든 철민과 그 힘을 멀게 하려고 했었는데 깨닫지 못하는 사이에 이미 실패해 있었다.

"크게 보게. 한 아이의 어머니를 넘어 세상 모든 아이의 어머니가 되는 길일세. 자네 자식만을 위해 세상에 눈감는다면 신을 믿는 자와 믿지 않는 자가 무엇이 다를까."

"그렇지만 그 세상을 감싸 안음에 철민은 빠져야만 하였습니까."

추기경이 가볍게 한숨을 내쉬었다.

"너무 오래 떠나 있었군, 마리아 자매. 그러나 자네는 저 불쌍한 이단들과 달리 진실을 잘 알고 있으니 묻지. 구원은 오직 주의 안에서만 가능하며 그 밖에서는 어떤 좋아 보이는 것도 결국은 헛된 것임을 지금도 알고 있겠지?"

몽연의 고개가 숙여졌다. 그랬다. 그것은 그녀에게 결코 의심할 수 없는 절대 진리였다.

"그걸 어찌 모르겠습니까. 하지만 철민은……."

"주의 길로 이끌 수 있었다고 말하고 싶은 건가? 그랬다면 좋았겠지. 그러나 자네도 모르는 사이에 주에 대적하는 저 사탄의 힘을 익힌 아이일세. 그런데도 자네가 제대로 이끌고 있었다고 생각하는가?"

"그건⋯⋯."

추기경의 준엄한 질책에 몽연은 입을 다물었다.

"생각해 보게. 진정한 구원은 주의 은총으로만 가능한 것이니, 어떻게 하는 것이 자네가 아끼는 그 뱀파이어에게도 가장 좋은 것인지 말일세. 지상에서의 삶은 짧은 것. 진정으로 중요한 것은 그 뒤의 영생일세. 작은 것에 눈이 멀어 큰 것을 못 보고 있군."

몽연의 고개가 더 더욱 숙여졌다. 뼈저린 후회가 그녀를 엄습했다. 철민을 키운 지 십팔 년, 나름대로 철민을 신의 품으로 이끌고 있다고 생각했지만 그게 얼마나 허망한 착각이었는지 지금에서야 알 수 있었다. 하지만 지금도 그녀는 철민을 사랑했다. 신의 말씀을 믿는 만큼이나 철민을 사랑했다.

"하면, 하면 어떻게 하오리까? 예하께서는 무엇을 권하고 싶으신 것입니까?"

추기경은 흡족하게 고개를 끄덕였다. 그의 계획이 뜻대로 된다는 것과 별개로, 길을 잃고 헤맬 뻔했던 자매를 신의 길로 되돌리는 데 성공한다는 것은 그에게 크나큰 기쁨이었다.

"지금이라면 그 뱀파이어에게도 일말의 구원의 길이 아직 닫히지 않았을지도 모르지. 어둠의 권세에 빠졌되 아직 완전히 빠지지 않았다면 주께서는 돌아온 탕아도 기뻐하심이니, 신의 영광을 위하여 바쳐지되, 죽기 전에 자신의 죄를 회개한다면 그 영혼 연옥에 보내져 죄를 씻음으로써 최후의 심판의 날 구원을 받을 수도 있겠지. 그러나 때가 늦는다면 이미 드러난 어둠의 힘이 완전히 그 영혼을 삼켜 최후의 날 지옥의 유황불로 던져지고 말겠지."

너무나 무서운 진실. 그러나 결코 회피할 수도 부인할 수도 없는 그 절대적이고 엄숙한 진실 앞에 몽연은 눈물을 터뜨렸다.

"그렇게 되기에 철민은 너무나 가엾는 아이입니다. 비록 사탄의 힘을 지녔다 하나 그 영혼 결코 지옥불 속에 던져져야 할 만큼 악하지 않습니다. 제게 그 아이를 구원할 지혜를 주십시오."

추기경은 고개를 끄덕였다.

"뱀파이어는 존재 자체가 어둠의 존재로서 신의 권위에 대적하는 불경한 존재. 참회하며 단죄당하되 그 죽음이 신의 영광을 드러낸다면 그것이야말로 받을 수 있는 최고의 구원. 그 뱀파이어는 운이 좋네. 자네처럼 진심으로 그를 걱정하고 위하며 구원하려는 자를 지녔으니. 받게. 돌아온 자네를 기뻐하며 내가 마련한 선물일세."

몽연은 눈물로 얼룩진 얼굴을 들었다. 그녀의 눈앞에 작은 단검 하나가 있었다. 단검은 은은한 서광을 비치며 그 안에 깃든 거룩한 힘의 존재를 알렸다.

"이것은?"

"미하일 신부에게 감사하게. 그가 자신의 피로 제련한 성검일세. 성 미카엘의 가호가 이 검에 깃들어 있으니, 이에 찔린 마물은 그 힘을 봉인당하지. 하지만 바로 죽지는 않네. 일단 사로잡고 나면 그 뱀파이어에게 죽기 전 주의 앞에서 참회하고 구원을 청원할 기회를 줄 수 있겠지. 그건 자네라면 가능도 하겠지."

추기경의 말 한마디 한마디가 어떤 최면보다도 강력하게 몽연의 머리 속으로 들어갔다. 어떤 말이 그녀를 움직일 수 있는지 추기경은 가장 완벽히 알고 있었다. 몽연은 떨리는 손길로 그 단검을 받아 들었다. 단검에서 느껴지는 성스러운 힘이 그녀에게 새로운 희망을 가져다 주었다.

"감사합니다."

"기회는 한 번뿐인 것을 명심하게. 보다 자세한 것은 나중에 일러주지. 그동안 주께 기도하며 지난날의 어리석었던 행동에 대해 참회하고 또한 이렇게 구원의 길로 다시 이끌어주신 은총에 감사하게."

"네."

그로부터 며칠 뒤 이탈리아발 뉴스가 전 세계의 신문과 텔레비전에 해외토픽으로 떴다. 굳이 그렇게까지 뜨지 않아도 될 뉴스를 조금 이상하게 많은 시간을 할애해 방송하는 것에 몇몇 사람들이 이상하게 느꼈지만, 그렇다고 교황청이 각국의 정관계를 움직였다고 하는 음모론을 전개하는 사람도 없었다.

[세계 최대 마피아 조직 중 하나인 XXX 마피아의 여두목 잡다.]

[처형은 빠르게 진행될 예정. 여두목 깔끔하게 항소 포기.]

[이번 쾌거를 올린 검찰 폴리오스 메나테 씨는……]

보통 사람들은 그냥 세상에 범죄가 좀 줄겠군이라며 좋아하고 지나간 그 뉴스가 노리는 타깃은 따로 있었다. 그리고 그 대상은 미끼라는 걸 알면서도 그대로 미끼를 물었다.

여두목의 얼굴이라고 뜬 사진을 본 한 청년의 발길이 그 자리에 우뚝 섰다. 그의 눈에서 불꽃이 튀었다. 갑작스럽게 주위의 분위기가 험악해졌고, 인간들은 '본능적'인 위험을 느끼고 의식조차 하지 못한 채 그 주위에서 물러났다. 보통 때라면 주위의 반응에 스스로를 자제했을 청년은 전혀 그런 걸 신경 쓰지 않은 채 이를 갈았다.

"제기랄. 이 자식들. 이 비겁한……"

뭐라고 몇 번 더 욕지거리를 내뱉다가 청년은 어디론가 뛰어갔다. 골목길을 접어들던 청년의 앞에 갑자기 가게 하나가 나타났다. 다른 건물과 건물 사이에 위치한 그 가게는 어제까지만 해도 없던 가게였지만 지금은 있었다. 그러나 청년은 그걸 조금도 이상하게 여기지 않았다.

애초부터 여기는 그자의 가게. 찾고자 하는 이의 앞에는 언제나 나타나는 장소. 그게 세계 어디든 간에 통해 있으면서 통해 있지 않은 곳이었다.

쾅.

문을 요란하게 젖히고 청년이 가게 안으로 뛰어들었다. 고풍스러운 접시를 닦고 있던 가게 주인이 한 박자 늦게 고개를 돌렸다.

"어라? 어쩐 일로 오신 겁니까?"

천연덕스럽게 정말로 놀란 척하는 상대에게 청년은 다짜고짜 소리 질렀다.

"지금 모른다고 주장하는 건 아니지?"

"뭘 모른다는 겁니까?"

객관적으로 따지자면 남의 가게에 들어와서 용건을 알려주지도 않고 소리치는 청년 쪽이 잘못이었지만, 청년은 조금도 그렇게 생각하지 않는 듯했다.

"제길. 내놔."

"대체 뭘 말입니까? 용건을 정확히 알려주시지 않으면 아무리 제가 유능한 가게 주인이라 해도 손님에게 필요한 접대를 해드릴 수가 없습니다."

능글대는 드뤼셀을 상대로 철민이 소리쳤다.

"내 진짜 힘 말야! 당신이 그랬잖아. 겨우 십몇 세의 몸으로 능히 수십 년을 고련한 고수와도 맞설 수 있는 것은 내 과거로부터 전해 내려오는 힘 때문이라고. 그리고 이건 아직 그 일부가 깨어난 것뿐이라고. 그러니 내놔. 내 나머지 힘 말야."

"하아. 그거 말이군요. 난 또. 그거 가지게 되면 무슨 일이 벌어지는지나 알고 달라고 하시는 겁니까?"

드뤼셀이 이제야 알아듣겠다는 듯 고개를 끄덕이자 철민은 더 열이 뻗쳐 소리쳤다.

"몰라. 하지만 하나는 알아. 지금 내 힘은 밑바닥까지 그 망할 영감탱이가 알고 있을 거고, 그자의 계산을 벗어나는 힘이 아니면 내 어머니를 구해낼 수 없다는 것도 알아. 그러니 내놔. 당신이 보관하고 있다고 했잖아?"

"그것참. 뭐 정히 원하신다면 드리긴 해야겠습니다만, 최소한 이 힘이 어떤 것인지는 설명 듣지 않으시겠습니까? 물건을 팔기 전에 주의점을 알리는 게 기본 상도의라서요."

남의 속은 새까맣게 타 들어가건만 내 알 바 아니라는 듯이 담담하게 말하는 드뤼셀을 철민은 잡아먹을 듯이 노려보았다. 그 딴 거 다 필요없어라고 외칠 듯이 입술이 몇 번이나 씰룩였다. 하지만 철민은 주먹을 꽉 쥐고 심호흡을 하며 급한 마음을 다스렸다. 상대는 자신이 어떻게 날뛰든 자기 볼일을 다 볼 자였다. 한시라도 빨리 어머니를 구하려면, 맞춰주는 수밖에 없었다.

"뭐야? 빨리 말해."

"음. 얘기하자면 긴데. 뭐 일단 최대한 요약해 보죠. 솔직히 스스로 생각해도 정상은 아니라는 것 알고 계시죠? 내로라하는 기재들이 수십 년을 바쳐 고련해도 다다르는 자가 드문 경지를 그만한 깨달음도 없이 당신이 지닌다는 것 말입니다. 절대로 아무에게나 가능한 일이 아닙니다. 그렇죠? 행운이라고요. 인간은 깨달음을, 그것도 여러 번은 해야 담을 수 있는 힘을 그냥 지니고 있다는 것은."

행운? 이 힘 때문에 모든 게 엉망이 되었는데 행운이라고? 자신이 아쉬운 상황만 아니라면 저 낯짝을 한 대 갈기고 싶다고 느끼며 철민은 이를 갈았다.

"그래서 본론이 뭐야?"

"뭐 엄밀히 말해서 당신의 힘을 더 깨운다 그런 건 아닙니다. 당신 자신의 힘은 다 깨어났어요. 문제는 당신이 잊어버린 기억들이죠. 그 힘을 어떻게 운용하였던가에 대한 기억 말입니다. 지금 당신이 강자와 싸워도 밀리지 않는 건 기본적으로 지닌 당신의 힘이 워낙 막강해서지요. 거기에 어느 정도는 본능적으로 그 힘을 운용하고 있고요. 하지만 그것만 가지고는 한계가 있습니다. 정말 제대로 된 자들을 꺾으려면 그걸로는 안 되지요."

"나도 알아! 하지만 지금 여기서 한가하게 수련이나 하고 있을 틈이 없다고. 내가 제대로 된 깨우침을 얻는 데 십 년이 걸릴지 백 년이 걸릴지도 몰라. 하지만 지금 당장 내 어머니의 목숨이 오늘 내일 하는 판이라고."

조급해하는 철민에게 드뤼셀은 친절하게 설명을 이었다.

"그러니 방법은 하나뿐이죠. 잊어버린 과거의 기억들을 깨우는 일. 하지만 그건 단순히 기억만을 깨우는 걸 의미하는 게 아닙니다. 바로 당신이 과거에 지녔던 인격을 불러오는 일이죠. 이제 조금 이해 가십니까?"

드뤼셀은 빙긋 웃었고 철민의 얼굴은 굳었다. 그의 손끝이 미미하게 떨렸다. 가게에 들어온 후 처음으로 그의 목소리가 작아졌다.

"그렇게 되면……."

불길한 가정에 철민은 순간 말을 못하고 머뭇거렸다. 하지만 마음속의 다급한 일이 그에게 끝내 말하게 했다.

"내가 사라지는 건가?"

"아니, 그것은 아닙니다. 물론 과거가 다 돌아온 상황에서 시간의 크기상 과거의 인격에 가깝게 변하기는 하겠지만 분명 지난 십몇 년도 당신의 시간이니까요. 그 부분이 부정당하지는 않습니다. 하지만 변한 당신이 여전히 인간 계모를 구하고 싶어할까, 그건 저도 모르겠군요. 그 기나긴 시간 속에서 십몇 년의 순간이 얼마만한 의미로 당신에게 남을지 누가 알겠습니까."

떨고 있는 철민의 귓가에 드뤼셀의 목소리가 매우 부드럽게 울려 퍼졌다. 어조만을 들으면 너무나 친절하고 부드러운 그 말은 마치 설탕을 녹인 독약처럼 그의 심장으로 타고 흘러갔다.

"……."

어떤 대답도 하지 못하고 가련하게 떨고 있는 철민에게 다친 새끼 비둘기의 목을 따버리는 사냥꾼처럼 드뤼셀은 다시 한 번 말했다. 떨어져 있었건만 그의 말은 마치 속삭이는 소리처럼 철민의 귀로 들어갔다.

"그러니 제가 미리 설명드리지 않을 수 없었던 겁니다. 선택하십시오. 지금 타오르는 그 감정이 어떤 기억이, 어떤 인격이 더 생기더라도 사라지지 않을 거라 자신한다면 당신의 과거를 깨워 드리지요. 하지만 그게 두렵다면, 더 이상 지금의 자신일 수 없게 되는 그 변화가 두렵다면 이만 돌아가십시오. 어차피 당신이 과거의 힘을 온전히 얻는다 해도 교황청의 함정을 탈출해 낼 가능성은 낮을 겁니다."

그 말을 끝으로 드뤼셀은 철민에게 더 이상 관심이 없다는 듯 자기 일로 돌아갔다. 철민은 부들부들 떨면서 그 자리에 계속 서 있었다. 진열장을 닦으며 부는 드뤼셀의 휘파람 소리가 아득하게만 들려왔다.

죽음도 각오했었다. 하지만 지금의 자신이 잡아먹힌다? 그건 죽음과는 또 다른 공포였다. 어머니를 구하고자 하는 자기 자신이 사라진다. 그 자리에 남는 게 한때의 격정이었지 하면서 지난 세월을 부정하는 저자 같은 뱀파이어라면? 비정상적으로 강한 자신의 힘. 제대로 된 깨달음도 없이, 수련도 없이 그 위력만으로도 어지간한 자를 압도해 버리는 힘. 그런 힘의 본래 주인인 과거의 자신은 얼마나 강한 자아를 지녔을 것인가.

그 힘을 얻기 위해 엄청난 부작용이 따른다 해도 감수하려 했었다. 수명이 며칠밖에 남지 않는다 해도 감수할 생각이었다. 하지만 어머니를 사랑하는 자기 자신이 변한다? 그것만은 두려웠다.

드뤼셀은 흥미를 감춘 눈으로 철민의 표정을 계속 살폈다.

'과연 어느 쪽으로 결단을 내리려나. 뭐 어느 쪽이든 상관없지만 포기하는 편이 차라리 좋을 텐데.'

깨어나는 쪽이 드뤼셀 그에게는 더 도움이 되겠지만, 계획에 지장있을 정도는 아니었다. 어머니를 버렸다는 죄책감에 시달리기는 하겠지만 세월이 씻겨줄 테고 이 불쌍한 어린 뱀파이어 하나 정도는 그가 설계한 '미래'가 오기 전까지 몇십 년 정도 행복하게 살아도 좋았다.

철민은 조금씩 갈등을 정리했다. 두렵다 해도 길은 한 가지뿐이었다. 그리고 드뤼셀의 말대로 그의 이 마음이 진실된 것이라면······.

철민은 마침내 고개를 똑바로 들고 다시 드뤼셀을 쳐다보았다.

"내가 어떻게 변해도 지금 이 마음이 진짜라면 여전히 내 어머니를 구하러 갈 거라고 했지? 좋아. 하겠어. 그것만이 내 어머니를 구할 가능성이 있는 유일한 길이라면 얼마든지."

"후. 결국 그렇게 결심하셨습니까? 어쩔 수 없군요."

드뤼셀은 너무도 간단히 어깨를 가볍게 한 번 으쓱하고는 철민의 요구를 받아들였다. 어떻든 선택은 존중해야 하는 법이었다. 상대가 어리다 해도 엉덩이를 두들겨 가며 가르칠 나이는 지난 뱀파이어이니 말이다.

"오래 걸리진 않겠지?"

"금방 끝날 겁니다."

초조해하는 철민에게 드뤼셀은 안심하라는 듯 웃어 보였다. 그 미소가 비록 철민을 더욱 불안하게 했을지라도 말이다.

"따라오십시오."

그 말과 함께 드뤼셀이 있던 자리 뒤의 벽을 밀었다. 그러자 마치 처음부터 거기 있었다는 듯이 문이 생겨나 열렸다.

삐거억.

문이 열리며 만들어내는 소리에 철민은 침을 삼켰다. 희미한 전등빛이 비추는 문 너머의 복도는 헤어 나오지 못할 지옥으로 통하는 길 같았다. 한 걸음 안으로 내딛는 순간 주위의 공기가 싸늘하게 식었다. 혼천묵염강의 기운이 깨어난 후로 제대로 느껴본 적이 없는 서늘함이 등골을 타고 흘러내리자 철민은 자신이 잘못 선택한 게 아닐까 하는 불안감을 느꼈다.

'아냐. 그렇지 않아. 설령 이게 지옥으로 통하는 길이라 해도, 저자

가 날 파멸로 인도해 가는 악마라 해도 이 길만이 어머니를 구할 수 있는 길이라면.'

어머니는 수녀의 신분으로 모든 것을 잃을 위험을 무릅쓰고 그를 길렀다. 자신에게 좀 더 신을 신실히 믿으라고 하던 그 잔소리에 담긴 마음을 어찌 모를까. 이제는 자신이 은혜를 갚을 차례였다.

"다 왔습니다."

복도 끝에 자리 잡은 나무 문을 드뤼셀이 열자 그 안쪽에는 앞이 제대로 보이지 않는 기묘한 공간이 펼쳐졌다. 수백 가지의 색깔만이 그 안에서 일렁일 뿐, 어떤 뚜렷한 형체도 존재하지 않는 이상한 공간이었다.

"이 안에 들어가시면 당신이 환생하기 전 봉인해 놨던 모든 것들이 전이될 겁니다. 두려우시다면 지금이라도 돌아가시든지요."

펼쳐질 지옥에서 돌아 나올 마지막 기회. 다시는 회복할 수 없는 타천에의 문. 예전에 어둠의 힘이 그의 선택이 아니라 운명으로서 깨어났다면, 이제는 그의 선택이었다. 그리고 신은 스스로의 선택으로 타락한 대적자들에게는 결코 일말의 용서도 베푸는 자가 아니었다. 그가 원죄를 사면할 것을 약속한 대상은 자신만을 믿는 '인간' 뿐이었으니까.

"다른 주의 사항은 없는 거지?"

하지만 그 두려움을 안으로 눌러 버리며 철민은 다르게 질문했다. 그건 질문인 척한 선택이었다. 드뤼셀이 고개를 끄덕이자 철민은 눈을 감고서 그대로 앞으로 발을 옮겼다. 한순간 방향 감각과 균형 감각이 사라졌다. 그리고 갑자기 그의 뇌리 속으로 무수한 기억들이 몰려들기 시작했다.

그 기억의 격류 속에서 철민은 한 가지 기억을 잊지 않기 위해 사투했다. 그건 그가 그이기 위해 필요한 기억이었다.

문밖에서 드뤼셀은 느긋하게 안쪽의 변화를 지켜보았다. 이제는 모든 게 시간이 해결할 문제였다. 킹에 앞서 에잇 폰의 하나가 깨어나는 것도 나쁘진 않았다. 비록 그게 '예언'을 다소 비트는 일이라 할지라도 말이다.

'하기야 진정한 각성의 때로 친다면, 결국 예언대로인가.'

공간에 차 있던 기묘한 색깔들이 전부 다 사라지고 쓰러져 있던 철민이 눈을 떴다.

"깨어났나?"

철민, 아니, 뱀파이어들의 수장 테네스 아나펠은 실로 오랜 세월 만에 만나는 그의 상사를 보고 씁쓸하게 미소 지었다.

"결국 제가 선택한 것은 이 길이로군요. 몇 번의 삶을 다시 살아도 결국 돌아오고야 마는 것일까요. 자유 의지로 선택한다지만 결국은 운명에 매여 있는 것인지도 모르겠군요."

"운명이란 게 결국 수많은 자유 의지들이 뭉쳐 만들어낸 결과라면, 각각의 의지가 바라는 바란 쉽게 바뀌는 게 아니지. 그게 강력한 자들일수록 더 더욱 그렇지. 그나저나 이제 어쩔 건가?"

드뤼셀은 완전한 성체로서 상대를 대했다. 상대야말로 '진짜' 뱀파이어들의 수장. 예를 갖춰 대접받을 자격이 있었다.

"기나긴 과거가 돌아와도 지난 짧은 시간의 빛이 바래지는 않는군요. 이 마음 한구석의 꺼지지 않는 불길이 있어 여전히 그녀를 구하러 갈 것을 요구합니다. 가야겠습니다."

드뤼셀이 한숨을 내쉬었다.

"지금도? 정말로 세리우스도 그렇고 자네도 그렇고, 하기야 킹부터가 그런데 무슨 말을 하겠냐만, 정말 못 말리는 고집들이군. 차라리 안 가는 게 나을지도 모르네. 그건 지금의 자네라면 짐작하고 있겠지?"

그 말에 테네스는 슬퍼 보이는 미소를 지었다. 왜 그인들 모르겠는 가. 일단 신을 믿고서 시작하는 자들의 눈에 세계가 어떤 모습으로 보이는지 말이다. 그의 지난 인생 몇 번이나 그렇게 당했었는데, 모를 수가 없었다. 하지만 그럼에도 그의 감정은 그의 과거로부터 배우는 게 없었다. 그랬기에 답은 여전히 하나였다.

"아닙니다. 그래도 가야 합니다. 저는 믿을 수밖에 없습니다."

"이제 자네가 져야 할 무게는 자네 개인의 것만이 아니네. 그건 알겠지?"

테네스는 자리를 털고 일어섰다. 이제 드뤼셀을 마주 보며 그는 고요한, 그러나 단호한 목소리로 대답했다.

"그러니 더 더욱 가야 합니다. 앞으로 제가 어떤 길을 택해야 할지 알기 위해서라도. 그만 보내주십시오."

드뤼셀이 어쩔 수 없다는 듯 자리를 비켰다. 테네스는 가볍게 고개 숙여 감사를 표했다.

"잘 가게, 테네스 군. 성공을 빌지. 살아 돌아온다면 내게 오게."

"감사합니다. 하지만 이번 생에 제 이름은 철민입니다. 어떤 길을 제가 택하든 그것만은 변치 않을 테니 기억해 주십시오."

그 말을 끝으로 철민은 드뤼셀의 가게를 나섰다. 승산이 희박하다는 것은 알았다. 상대가 자신의 힘을 정확히 파악하지 못하고 있다 해도 교황청은 계획의 변수를 제어할 여유 폭을 충분히 두는 자들이었다.

'하지만 이런 일에 승산을 따질 수는 없겠지.'

그는 교황청이 전 세계의 언론을 통해 공개적으로 그를 초대한 장소, 심판의 언덕 아래 위치한 감옥을 향해 발걸음을 옮겼다. 차라리 가지 않음으로써 그녀를 구할 수 있다면 좋았을 텐데. 상대는 자신이 가지 않는다면 앞으로 다른 사례에서의 경고로 삼기 위해서라도 일을 그대로 진행할 자였다.

교황청이 날린 한 장의 공문을 놓고 모인 중국 내 각 명문대파의 수장들은 말없이 서로를 쳐다보고 있었다. 하나같이 수양이 깊은 자들이었기에 쉽게 속내를 표정에 드러내지는 않았으나 이미 침묵 속에서 많은 계산들이 오고 가고 있었다.

서로 눈치만 살피던 가운데 결국 좌장 격인 소림의 자혜 대사가 입을 열었다.

"나무아미타불. 혼천묵염강의 후예를 처리하고자 하니 힘을 빌려달라는 이 공문에 대해 어찌 생각하시오? 다른 분들의 고견을 듣고 싶소이다."

"혼천묵염강이라면 마도제일을 다투는 저주의 절기. 여기에 설령 속셈이 섞여 있다 한들 그걸 없애는 일인데 힘을 빌려주지 못할 까닭이 무엇이겠소이까?"

곤륜 장문인의 말에 무당 장문인인 현학 도장이 고개를 저었다.

"그렇게 간단하게 생각할 일이 아니오. 교황청이 힘이 부족해서 우리의 도움을 청했겠소? 구파 전부를 합친 것보다도 더 거대한 서양의 무림 전체라고 해도 좋을 그곳이?"

아미에서 온 정심 사태가 고개를 끄덕였다.

"제가 보기에도 여기에는 간단치 않은 노림수가 있어 보입니다. 대사께서는 무엇이라고 생각하시는지?"

자혜 대사가 침통한 안색으로 대답했다.

"얼마 전 있었던 회의에서 논의된 안건을 기억하시겠지요. 교황청은 대성전을 일으킬 생각으로 보입니다. 그리고 이 혼천묵염강의 재등장을 이용해 전 무림을 격동케 하려는 것이겠지요."

"그렇다 해서 이 일을 내버려 둘 수는 없지 않겠습니까? 우리가 만약 이 일을 모른 척한다면 어찌 될지 대사께서는 생각해 보셨소이까?"

현학 도장의 물음에 자혜 대사의 안색이 더욱 나빠졌다.

"그렇게 한다면 교황청에서는 이 일을 더욱 많은 이에게 공개하고 구파가 명문을 자처하면서도 난세의 위기는 외면한다고 말을 퍼뜨리겠지요. 그러니 구파에 의존하지 않고 스스로를 지킬 자들은 나오라고 선동할 것이고 그들을 모아 성전을 일으키고 보겠지요. 일단 일이 벌어지면 우리도 그 대세에 어찌 거스를 수 있겠습니까."

자혜 대사의 말에 다른 장문인들도 동감하는 의미로 고개를 끄덕였다. 전쟁이 벌어지기 전에는 주전파와 주화파가 대립할 수 있었다. 하지만 일단 옳든 그르든 전쟁이 시작되면 그때까지 중립을 지키던 자들도 이겨놓고 생각하자며 주전파에 힘을 실어주기 마련이었다. 그때 가서도 미련스럽게 화평을 논해봐야 대세를 바꿀 수 없었다.

"그렇다면 더 더욱 이번 일에 적극적으로 응해야 할 것이 아니겠습니까? 무엇을 두려워하는 것입니까?"

"후우. 단순히 생각하면 그러하오. 그러나 우리가 이렇게 생각할 것을 추기경인들 어찌 모르겠소. 나서지 않아도 그의 뜻대로 되고 나서서 처리하여도 그의 뜻대로 되지 않을까 그것을 자혜 대사께서 걱정하시는 것일 게요."

무당 장문인의 말에 곤륜 장문인은 껄껄 웃었다. 다른 구파와 달리 속가의 성격이 강한 문파의 장인 그는 도가나 불가 쪽의 걱정이 기우로만 느껴졌다.

"이번 일을 전례로 삼아 다른 일을 무리하게 하려 든다면 그때 가서 선을 그으면 그만 아니겠습니까. 심려가 지나칩니다."

그 말에도 자혜 대사의 표정은 풀리지 않았다. 과연 이 말을 해도 좋을지 어떨지 모를 또 다른 이유가 있었다. 잠시 고민하다가 그는 끝내 말하기로 했다. 그래도 대다수가 같이 도를 추구하는 자였다. 다른 세상에 커다란 일을 다룬다는 자들처럼 작은 일을 경시하지는 않으리라 그는 믿었다.

"그뿐만이 아니오. 이번 일을 처리하기 위해 교황청이 제시한 방식에도 적지 않은 문제점이 있음이오. 그 뱀파이어는 존재를 들키기 전까지 인간 어머니의 손에서 양자로 길러졌다고 하오. 이번에 들키게 되어 어둠 속으로 숨은 것을 교황청에서는 그 어머니를 포로로 잡아놓고 꾀어낸다고 하니 이것을 어찌 정파의 행동이라 하겠소?"

그 말에 대한 반응은 확연히 엇갈렸다. 같이 고개를 끄덕여 준 것은 아미, 무당, 공동, 청성의 네 문파였고 화산과 종남, 곤륜, 해남은 뭘 그걸 가지고라는 쪽의 표정을 지었다. 그리고 곤륜 장문인이 대표로 대답했다.

"과연 자혜 대사의 자비는 넓군요. 그러나 교황청의 자료에 따르면 그 어미란 자는 본래 수녀였다가 악마에게 넘어가 타락한 마녀요, 그 아들이란 뱀파이어는 사일마황의 절기를 부활시킨 마도 중의 마도인데 한두 가지 방편을 쓰는 것이 무에 흠잡을 일이겠습니까. 일신의 영욕을 위한 것도 아니요, 천하의 안녕을 위한 일이 아닙니까. 정 찜찜하다면 소림에서는 빠지시든지요."

자혜 대사는 선불리 대답하지 못하고 염주알만 굴렸다. 그 말을 무언의 동의로 해석한 화산의 장문인 서기 도장까지 입을 열었다.

"엄정한 도를 세우는 일입니다. 세리우스 때는 비록 유선 도장께서 그 와중에 목숨을 잃으셨으나, 그 뜻만은 높았음이오. 이번에야말로 제대로 처리하여 구파의 이름을 드높여야 할 것입니다. 돌아가신 유선 도장의 면을 보아 이번 일에 화산이 한 팔 거들게 해주시지요."

자혜 대사의 얼굴에 주름이 더 늘었다. 우려했던 바가 그대로 일어나고 있었다. 구파 내에서도 이럴진대 하물며 다른 문파야 말할 것도 없었다.

'후우. 교황청의 말에 과장이 섞여 있지 않으리라 누가 장담할 수 있으랴마는, 혼천묵염강을 익힌 것만은 사실일 것이니. 어렵구나.'

"대충 결론이 나온 듯하니 결정하시지요. 누가 누가 이번 일에 나서겠소이까? 상대가 비록 사일마황의 후계자라 하나 그 하나를 위해 구파에서 너무 많은 수가 나서도 체면이 깎이는 일, 딱 필요한 만큼만 추리는 게 좋을 듯합니다."

결단을 내리라고 간접 압박을 가해오는 화산의 장문인 앞에서 자혜 대사는 염주알을 몇 번이나 굴렸다.

'이러하기도 어렵고 저러하기도 어렵구나. 소림이 나서지 않아도 그리될 것이요, 나서도 그리될 것이니 어이하여야 하는가.'

자혜 대사가 말하지 않는 사이 다른 문파의 장문인끼리 얘기하면서 일을 더 진행했다. 그 모습이 자혜 대사의 결심을 굳히게 했다. 추기경의 행동이 마음에 들지 않는다 하여 매사에 엇나가기만 하는 것도 바른 도리는 아니었다. 그건 오히려 소림의 권위를 떨어뜨리고 나중에 정말 막아야 할 일도 막을 수 없게 할 것이었다.

'그래. 어차피 벌어질 일이라면 차라리 직접 가서 보고 일이 도리에서 엇나가지 않게 힘을 쓰는 것이 차라리 낫겠지.'

"천하가 어지러운데 어찌 우리만 고고히 있기를 바라겠소이까. 교황청에서 중앙은 자신들이 맡을 테니 우리에게는 그 통로가 될 곳을 막아달라 한 터, 소림에서 동쪽을 맡겠습니다."

그 말에 다른 문파의 장문인들이 훌륭한 결단이라며 고개를 끄덕였다. 같이 하는 자가 많다는 것은 어떤 일에서든 스스로를 든든하게 만들어주는 것이었다.

"그러면 우리 화산에서는……."

실체적인 방안까지 협의하고 돌아 나오면서 자혜 대사는 불호를 외었다.

"나무아미타불. 정말로 척격해야 할 마도라면 일이 간단할 터이나 그렇지 않다면 어이해야 할지. 어렵구나. 참으로 어려워. 혼천묵염강까지 인세에 다시 나타났으니 정녕 피가 흐르지 않고는 이 난국을 수습할 수 없음인가. 세존이시여, 소승의 수양이 부족하여 무엇이 정도인지 분간하기가 너무나 어렵습니다."

이탈리아 남쪽의 작은 언덕. 지금은 쓰이지 않는 사형 집행장이 있었기에 심판의 언덕이라 불리는 그 나지막한 언덕이 지평선 끝에 간신히 보이는 숲길의 끝을 향해 한 청년이 들어섰다. 그는 일견 평이하게 걷는 듯하면서도 굉장히 빠른 속도로 나아가고 있었다.

'일단 여기까지는 무사히 왔군. 하지만 이제는 분명 가로막는 자가 나올 텐데, 아니면 전부 그녀가 있는 중앙에 모여 있는 건가?

차라리 그 편이 나을지도 모르겠다고 생각한 테네스는 곧 그 생각을 접었다. 그의 감각 내에 굳이 자신들의 존재를 숨기지 않는 네 기운이 잡혔으니까. 일어나지 않는 일에 대해 고민하는 건 기력 낭비였다.

'강맹하면서도 패도적이지 않다. 올곧아 한 점의 빈틈도 없으나 또한 너그러우니, 범천항마신공인가. 그것도 넷 모두 10성 이상. 교황청이 소림까지 불렀나. 후. 운이 없군.'

다른 쪽으로 접근했다면 또 누구를 만날지 몰랐지만, 하필이면 범천항마신공이라니, 테네스는 입맛을 다셨다. 가능하다면 숨어서 피해가고 싶었지만, 첫째로 지형이 좋지 않았다. 상대는 숲이 끝나는 평지에서 그를 기다리고 있었다. 그것만이라면 기를 이용해 몸을 숨겨 지나갈 수도 있는 문제였지만.

'천안신통공. 그걸 익힌 자가 섞여 있군. 일이 일이니 소림에서 나왔다면 그걸 익힌 자가 같이 나온 것도 당연하겠지만.'

혼천묵염강을 극으로 완성한 것과 별개로 많은 마도의 수법을 아는 그였지만 저걸 속일 방안은 알지 못했다. 도가의 무공으로 천지자연에 합일됨을 극으로 이룬 자라면 모를까, 그로서는 애초에 무리였다. 숨길 수 없다면 차라리 드러내고 지나가기로 테네스는 결심했다. 그가 당당하게 모습을 드러내며 숲에서 나오자 바깥에 서 있던 네 노승이 그를 맞이했다. 그중 대표인 듯한 한 명이 그에게 반 장을 해보이며 말했다.

"아미타불. 시주께서는 어떤 이유로 여기 오셨는지 대답해 주시겠소?"

이 순간 테네스는 철민이 되었다. 마지막 순간까지 철민, 그 이상은 안 되어야만 상대의 허를 타고 그의 어머니를 구출해 갈 일말의 가능성을 가질 수 있었다.

"뻔히 느끼고 있으면서 묻는 건 무슨 심보지? 확인시켜 달라는 건가?"

그 말과 함께 철민의 손에서 검은 불길이 나타났다. 네 노승의 얼굴에 제각기의 표정이 스쳐 지나갔다.

"아미타불. 정말로 혼천묵염강이로구려. 시주, 어찌하여 그 마도의 무공을 사용하시는 게요. 그것은 익힌 자의 영혼을 좀먹는 금단의 마공. 천하를 적으로 돌리는 것임을 모르셨소?"

안타까운 어조에서 자혜 대사의 내심을 읽은 철민은 속으로 쓴웃음을 지었다. 지금 이 순간이 안타깝기는 그도 마찬가지였으니까. 불문이나 도가의 정종무공까지는 못 되더라도 속가의 절에 정도만 되었어도 저들까지는 몰려오지 않았을 것이고 일의 성사 가능성이 훨씬 높아졌을 것이다.

그러나 그에게 어떤 다른 선택이 있었단 말인가? 그렇기에 원하는 길을 갈 수 있는 존재로 태어나 그렇지 못하는 자를 이해하지 못하고 안타까움만을 표하는 상대에게 철민은 작은 비웃음을 날렸다.

"할 줄 아는 게 이것뿐인데 어쩔까? 태어나 보니 내가 다룰 수 있는 힘이 이것이었고, 자신의 의지로 나의 의지를 억누르고자 하는 자들에게서 스스로를 지키기 위해 더욱 갈고닦았다. 이걸 안 쓰면 보내주기라도 할 건가?"

"감히!"

발끈하는 자현 대사를 자혜가 손짓으로 말렸다.

"시주, 지금의 상황을 파악하셔야 하오. 혼천묵염강이 고금 제일을 다투는 절기라 하나, 본 문의 무공 또한 마공의 상극. 우리 넷을 상대로 시주가 이길 수는 없소. 그러나 시주가 순순히 포박을 받는다면 소림의 방장으로서 시주의 사정을 최대한 살펴줄 것을 약속하오."

'테네스' 로서 그는 쓴웃음만 지었다. 상대는 적어도 교황청의 인물보다는 나았다. '인간' 의 한계에서 벗어나지 못한 관점이라고 해도, 철저하게 자신들의 입장에서 던지는 동정이라 해도 그 동정조차 하지 않는 자들보다는 나을지도 몰랐다. 그러나 결국 어떤 차이가 있단 말인가? 역할이 다른 한통속에 다름없는 것을. 그렇기에 철민으로서의 그는 소리쳤다.

"왜 포박받아야 하지? 금단의 마공을 익혔으니까? 훗. 어둠에 먹히는 건 겁없은 인간일 뿐, 애초에 어둠의 주인인 자들과는 무관하다고 해도 안 믿겠지?"

자혜 대사가 잠시 침묵하더니 염주알을 굴리며 대답했다.

"아미타불. 확실히 그 말을 지금 다 믿지는 못하오. 그러나 시주의 말이 반드시 거짓일 거라고만은 생각하지 않소."

그 말에 주위 다른 승려도 자혜 대사를 쳐다보았다. 철민도 조금은 허를 찔린 느낌으로 그를 쳐다보았다.

"하나 시주께서도 이해하셔야 하오. 혼천묵염강을 좌시만 하기에는 지난 세월 너무 많은 안 좋은 선례가 있었소. 소림방장의 자리를 걸고 약속하건대 결코 시주의 말을 무시하지 않고 경청하겠소. 선입견만으로 시주를 해하려는 자가 있다면 그 또한 우리가 막아주겠소. 그러니 시주, 우리와 함께 가지 않겠소?"

테네스는 더욱 짙은 쓴웃음을 지어야 했다. 그렇게 말하는 당사자에게 아무런 선입견도 없다면 애초에 저런 말을 하지 않았어야 했다. 그러나 결코 다른 자들과 같은 무리는 아니라는 것도 사실이었다. 하지만 그게 더욱 달갑지 않았다. 저 정도 정신 세계를 구축했다면 그 범천항마신공 또한 그에 걸맞는 수준을 갖추고 있다고 봐야 했으니까.

'더욱 힘들어지겠군.'

"웃기는군. 그래서 내가 항복하면 내 어머니를 너희가 구해주기라도 할 건가?"

"그 사정은 들었소, 시주. 지금 우리가 그대를 핍박하는 것처럼 보이나, 적어도 교황청보다는 우리에게 잡히는 것이 훨씬 공평한 판결을 받을 수 있을 거요. 냉정을 찾으시오."

그건 정말로 자혜 대사가 베푸는 최고의 호의였다. 하지만 철민에게는 씨도 먹히지 않을 소리였다. 그는 던져 주는 먹이에 감사해 꼬리를 흔드는 개가 아니었다.

"그래서 너희들한테 항복하면 내 어머니를 구해주기라도 할 건가? 그 질문에는 대답하지 않았어."

"시주, 그 여인과의 관계에 대해서는 들었소. 그러나 인정을 베풀기 위해 무작정 대의를 버릴 수는 없고, 교황청의 일에 우리 마음대로 간섭할 수는 없으니, 아무 일 없을 거라고는 약속하지 못하오. 하지만 시주가 순순히 포박당한다면 그 여인에 대해서도 우리가 할 수 있는 최선을 다해 구명을 추진해 보겠소."

여유가 조금만 더 그에게 허락되었다면 적이라도 밉지만은 않았을 적. 그러나 지금의 그는 철저하게 철민이어야 했다.

"집어치워! 너희랑 노닥거릴 시간 없어!"

그 말과 동시에 철민의 손에 맺혀 있던 검은 불꽃이 네 대의 화살로 변해 소림의 네 고승에게 쏘아져 갔다. 두께 10m의 강철 벽이라 해도 그대로 뚫고 지나가는 강기의 화살이 허공에 파공성을 만들며 날아갔다. 그 화살이 제발 시간을 끌어주길 바라며 철민은 몸을 날려 네 노승의 옆을 지나쳤다.

"핫!"

기합성과 함께 자현 대사가 승포를 휘둘렀다. 화살이 승포 안으로 빨리듯이 들어가고 펑 하는 소리와 함께 강기가 소멸했다. 뒤이어 자현 대사는 손가락을 튀기며 잡고 있던 반대 손의 염주알을 쏘아냈다. 자인대사는 무상지를 연이어 쏘아 화살을 제거했다. 자성대사는 용조수로 화살을 잡았다. 자혜 대사는 대력금강수로 화살을 파해했다. 그리고는 그대로 주먹을 쥐고서 멀어지는 철민을 향해 뻗었다. 백보신권이 철민의 등에 그대로 작렬하고 뒤이어 보리탄엽주의 수법으로 날린 염주알이 가 박혔다.

쾅!

거리도 조금 있었고, 멀어져 가는 철민의 속도도 빨랐다. 거기다가 혼천묵염강에 의한 호신강기도 막강했다. 그럼에도 철민은 날아온 권경과 뒤이어진 염주알의 공격에 내부가 흔들리는 걸 느꼈다.

"큭."

입가로 피를 흘리면서도 철민은 속도를 줄이지 않았다. 사영절혼시를 간단히 처리하는 넷을 보고 정면으로 붙어서는 전력을 다 드러내지 않을 수 없는 상대라는 걸 알 수 있었다. 그렇다면 가능할지는 모르겠지만 도망치는 수밖에 없었다.

"갈! 어딜 가느냐!"

"그만두시오."

몸을 날리는 세 장로의 앞을 자혜 대사가 막아섰다. 막 신법을 전개하던 세 장로는 당황해서 멈춰 섰다. 그사이에 철민과 넷의 거리는 더 벌어졌다.

"무슨 말이오? 방장, 방금 보지 않았소. 저놈이 쓴 것은 분명 사일낙월궁(射日落月弓)이었소. 살려두면 큰 화근이 될 것이오."

따져 오는 자현 대사를 상대로 자혜 대사가 고개를 저었다.

"마물이라 하나 제 어미를 찾아가는 아이를 더 이상 핍박함도 좋지 못하구려. 어차피 그곳에는 교황청의 인물도 기다리고 있을 터, 최소한 그 어미를 보게는 해줍시다. 그 아이가 마음먹고 동귀어진하고자 했다면 우리도 전부 무사하지는 못했을 거요."

"하나 방장, 이렇게 되면 우리가 몸을 사렸다고 세간에서 오해할 수도 있음이오."

자현 대사가 그 결정이 마음에 들지 않는 듯한 표정을 지었으나 자혜 대사도 단호했다.

"모르는 바 아니나, 이는 방장으로서의 결정이니 그만 승복해 주시길 바라오. 마도에 물든 마인이라면 마땅히 잡아야 할 것이나, 그 성격이 거칠며 혐의는 있다고 해도 단정 지을 수는 없었소."

자혜 대사의 말에 세 승려는 결국 말없이 합장으로 승복의 뜻을 밝혔다. 자혜 대사는 철민이 멀어져 간 방향을 보며 한탄했다.

"어렵구려. 저 마물의 사정도 딱하기 그지없는 것을. 대의멸친이라 하나 그게 어찌 어미를 구할 자식에게 할 말이리오. 하나 차라리 우리에게 제압되었다면 좀 더 사정을 알아보고 둘 다 생명은 구하는 쪽으로 손을 써볼 수도 있었을 것. 더는 교황청의 영역이니 우리가 할 일이 없구려. 돌아갑시다. 이 일을 기화로 다음 회의를 주장할 추기경을 상대할 방안을 논의해야겠소."

"나무아미타불."

철민은 더 이상 소림승들이 추격해 오지 않음을 깨닫고 안도했다. 그들이 생각하는 '철민'으로서는 결코 이길 수 없는 상대였다. 끝까지 싸우려고 든다면 그도 전력을 다 드러낼 수밖에 없었다.

'하긴 그런다고 반드시 이긴다는 보장도 없지. 무엇보다 방장 쪽은 다른 셋 이상의 무언가가 있었어. 그리고 설령 이긴다 해도 이미 구출 가능성은 영이 되고 말겠지. 교황청에서도 방금의 일전을 보았다면, 일단은 속아 넘어가 줬으면 좋겠는데. 그렇지 않으면 일말의 가능성도 없을 테니.'

빠르게 몸을 날리던 철민의 시야에 무릎 꿇고 앉아 기도하고 있는 그의 어머니가 들어왔다. 걱정했던 것처럼 십자가에 묶여 피 흘리고 있다거나 하지 않은 그 모습에 철민은 다소 안도했다.

"어머니!"

다시 부를 일이 있을지 의심했던 그 이름을 외치며 철민은 달려갔다. 이 순간만큼은 그가 테네스를 압도했다. 분명 이 근처에 교황청이 준비한 자가 있을 것이지만 상관없었다. 그건 어차피 맞이해야 할 일, 어머니가 일단은 무사하다는 게 중요했다.

"철민아?"

눈 감은 채 기도하며 마음을 가다듬던 몽연은 반가운 말에 눈을 떴다. 그런 그녀의 눈에 낯선, 하지만 낯익은 청년이 들어왔다. 훌쩍 커버린 키, 넓어진 어깨, 다부져진 몸, 성숙해진 얼굴. 그 모든 것이 그녀가 마지막으로 본 철민과 달랐다. 그럼에도 그녀는 그 가운데에서 잃어버렸던 아들을 찾아낼 수 있었다.

"네, 접니다. 무사하셨군요."

"와주었구나."

안도하며 몽연은 미소 지었다. 그 미소에 철민도 화답했다. 이제 어떤 일이 벌어지든 간에 이것만으로도 그는 후회하지 않기로 했다.

"무사히 지냈느냐? 너를 위해 매일 주님께 기도드렸단다. 아아, 이렇게 너를 다시 보게 되다니. 정말로 주님의 은혜로움에 감사할 뿐이다."

그 말에 잠시 철민은 침묵했다. 하지만 그는 그냥 웃었다. 누구의 은혜이든 간에 무슨 상관인가. 이렇게 다시 만났는데.

"그러셨군요."

그리고서 철민은 주위를 둘러보았다. 이렇게 쉽게 자신의 어머니를 데려가게 놔두었을 리가 없었다. 그러자 기다렸다는 듯 그의 앞에 빛이 퍼지며 한 명의 수녀가 나타났다. 아직 완전히 자라지 않은 소녀였으나 감도는 신성력의 기운은 실로 막대했다.

"날 잡으려고 기다린 게 너 혼자인가?"

철민의 손이 약간 떨리고 있었다. 좋지 않았다. 눈앞에 있는 상대는 하나뿐이었지만 느낄 수 있었다. 승산은 소림의 네 고승 전부와 싸울 때보다 더 낮을지 몰랐다. 신성의 힘을 담은 물의 기운. 그것도 극성의 혼천묵염강이 부족하게 느껴짐을 바로 느끼게 할 상대라면 한 명뿐이었다.

'가브리엘이라. 최악의 상대를 만났군. 차라리 미카엘이라면 뭔가 해보겠는데. 그러나 순순히 포기할 수는 없지. 아직은 그 날개가 완전히 영글지 않았기를 바랄밖에.'

"그렇습니다. 당신이 그 뱀파이어로군요."

헬레나의 얼굴은 무표정에 가까웠다. 광신의 열의에 차 오르지 않는 그 담담한 모습이 철민에게 더한 압박으로 다가왔다.

"기습하지 않은 것은 자신감인가? 칫. 그럴 만하군."

철민의 오해에 헬레나가 가볍게 고개를 저었다.

"악을 멸함에 있어 기습 같은 것을 논하는 개인의 영예는 찾지 않습니다. 다만 마리아 자매께 기다리던 자와 해후를 나눌 시간적 여유 정도는 드리고 싶었을 뿐입니다. 이제 당신을 제압하겠습니다."

고양이 쥐 생각. 하지만 그 쥐 생각을 할 줄 모르는 가브리엘이었다면 그토록 무섭지 않았겠지라며 테네스는 속으로 고개를 저었다.

"할 테면 해봐!"

그 말과 함께 철민의 손에서 다시 한 번 네 개의 화살이 쏘아 나갔다. 그 화살은 전후좌우로 틀어져서는 모두 하나의 목표인 헬레나를 노렸다. 그 순간 밝은 빛이 헬레나를 감쌌다. 그 눈부신 빛에 반응해서 철민의 몸 주위로 호신강기가 생겨나고 순식간에 주위의 공간은 두 힘이 각각 지배하는 영역으로 갈렸다.

그 영역의 크기에서 우세와 열세는 바로 드러났다. 여섯 장의 날개를 드리운 채 허공으로 서서히 떠오르는 헬레나의 몸에서 나온 빛이 주위를 완전 다 밝힌 반면 철민의 몸에서 뿜어져 나온 검은 불길은 간신히 그 주인의 몸만을 보호했다. 방어만 해서는 될 상대가 아님을 안 철민은 주저없이 다시 한 번 화살을 쏘았다. 이번의 화살은 네 개로 갈라지는 대신에 묵직한 기운을 담고 걸어가는 산처럼 나아갔다. 다시 철민은 화살을 쏘았다. 두 번째 화살은 도도히 몰아치는 장강처럼 나아갔다. 마지막으로 철민은 남은 호흡을 끌어 모아 세 번째 화살을 쏘았다. 천공을 달리는 질풍처럼 쾌속하게 쏘아져 간 화살은 가장 늦게 쏟아졌으되 가장 먼저 도착했다.

중, 세, 쾌. 삼위합일시. 정사대전에서 한번 펼쳐지면 한 고수의 목숨을 앗았던 절기 중의 절기. 그러나 불행히도 상대는 정사대전 때 참가했던 어느 고수보다도 윗줄에 있었다.

"주께서 나와 함께 있으니 사망의 골짜기를 지날지라도 나 두려워하지 않나이다."

헬레나의 날개에서 나온 광휘가 주위를 비추는 가운데 찬송가가 울려 퍼졌다. 거룩한 지고천의 하늘을 맴돌며 신의 영광을 가장 완벽하게 구현해 낸 찬송가 중의 찬송가. 그 찬송가는 너무나 맑고 아름다워 무지갯빛을 머금은 비눗방울을 소리로 구현하여도 거기에는 못 미칠 느낌이었다. 그 정교한 음의 예술 속에 어둠의 힘은 유월의 태양 앞에 눈송이처럼 녹아버렸다.

"큭."

철민의 입가로 작은 선혈이 흘렀다. 장엄하게 사위로 깔리며 내려치는 가브리엘 보이스의 위력을 철민은 진심으로 인정했다. 단번에 혼천묵염강을 뚫고 내상을 입힐 수 있는 음은 정말로 드물었다. 무림 삼대 음공이라 불리는 천상팔선음과 항마사자후, 파천지옥소가 한꺼번에 펼쳐져도 불가능한 일이었다.

'다문천왕 말고도 하나가 더 있었군.'

헬레나의 노래가 겹겹이 쌓이며 한 치의 빈틈도 허용하지 않는 신성의 철옹성이 되어갔다. 특별히 그녀가 철민을 노리고서 공격하는 게 아니었다. 그녀는 단지 신의 영광을 찬양하며 천상의 찬가를 지상에 울려 퍼지게 하여 그 거룩함으로 이 땅을 가득 채우려는 것뿐이었다. 그 와중에 한 어둠의 존재가 사멸할지라도 어쩔 수 없는 일이었다. 해

일이 모래성을 염두에 두고서 몰아칠 수야 없지 않겠는가. 성산은 그로써 완성되어 고고히 존재하는데 하필 그 아래 깔린 뱀파이어 하나 있은들 어찌 성산을 옮기겠는가.

오만할 정도로 고고하고 잔혹할 정도로 거룩한 대천사장의 찬가. 다시 몇 차례 쏘아진 화살은 신의 영광까지 가는 험난한 길을 뚫지 못하고 그대로 떨어졌다. 헬레나의 힘 앞에 힘겨워하는 철민을 몽연이 불렀다.

"철민아, 괜찮니?"

철민은 그 말에 무리해서 씨익 웃으며 뒤돌아봤다.

"걱정 마세요. 절대로 저런 천국의 개 따위에게 지지 않을 테니. 반드시 어머니를 구해 이 자리를 빠져나가 보겠어요."

그렇게 말하고서 철민은 다시 고개를 돌려 활을 쏘았다. 말과 달리 그의 상황은 절대적으로 불리했다. 헬레나가 펼치는 성가는 참으로 단순하게 밀고 들어왔지만 그럼으로써 그가 자랑하는 수많은 기교들을 사전 봉쇄해 버리고 있었다. 그래도 그는 포기하지 않고 공격을 계속했다.

무의미해 보이는 공격이었지만 그가 노리는 건 따로 있었다. 무공으로서의 혼천묵염강은 그가 지닌 힘의 절반일 뿐이었다. 나머지 절반, 거기에 그가 건 모든 승부수가 들어 있었다. 그리고 그걸 위한 준비에 정신이 팔려 철민은 몽연의 표정을 보지 못했다.

'아아. 정말로 추기경 예하의 말이 맞았구나. 이토록 엇나가고 있었건만 나만 몰랐다니.'

그녀는 충격으로 부르르 떨며 철민을 바라보았다. 신의 말씀을 전하는 천사에게 지옥의 힘으로 대항하는 것으로도 모자라 천국의 개라는 불경하기 짝이 없는 말을 내뱉었다. 상상도 하기 힘든 대죄였다. 그런 줄도 모르고 잘 키우고 있다고 생각했었다니 너무나도 부끄러운 일이었다.

'아, 그래도 주께서는 얼마나 자애로우신가. 더 늦기 전에 이 모든 것을 바로잡을 기회를 주셨으니. 철민아, 다소 아프더라도 참거라. 이 모든 것이 구원을 위한 시련이란다.'

품에 넣어둔 성검을 그녀는 손에 잡았다.

'과연 가브리엘. 창세전쟁의 영웅 미카엘조차 밀어내고 메시아 프로젝트 이후 천계 최고의 실권자로 떠오른 자답군. 지독히도 강해. 칠대 천사장 중에서도 수위를 다투는 자이니 당연한 거겠지만. 하지만 조금만 더 버티면 돼.'

처음부터 이기려고 한 싸움이 아니었다. 그의 어머니를 구해 도망친다. 그걸로 족했다. 무의미하게 쏘아졌다가 흩어진 듯한 화살의 잔력은 미미하게나마 그 형태를 간신히 유지한 채 사방에 떨어져 있었고 그건 정확히 그가 원하는 모양을 그려가고 있었다. 단 한 번. 한 번이었다. 그 한 번의 기회만 주어진다면 해낼 수 있었다. 그는 온 정신을 가브리엘에 집중했다. 그에 따라 그 이외의 다른 것에 대해서는 거의 신경 쓰지 못했다. 특히나 그가 믿기로 한 존재에 대해서는 말이다.

철민에게서 뿜어져 나오는 저주받은 지옥의 힘이 헤어지기 전보다도 더욱 강해졌음을 느낀 몽연은 눈물 흘렸다.

'아아. 주여, 저와 저 아이의 죄를 사하소서. 당신의 가르침에 너무나 오래 떠나 있었나이다. 이제 저 아이를 데리고 돌아가리니 부디 사랑으로 감싸소서.'

푸욱.

위태롭게 힘의 균형을 간신히 유지하고 있던 혼천묵염강을 가르고 미카엘의 힘이 담긴 성검이 철민의 심장에 꽂혔다. 꽂힌 곳은 심장이었지만 그 충격은 온몸으로 퍼졌다. 머리부터 발끝까지 꿰뚫고 지나가는 충격에 혼천묵염강은 그대로 흩어지고 그 자리를 가브리엘 보이스가 메웠다.

"어째서?"

천천히 바닥으로 쓰러지며 철민은 물었다. 예상한, 그러나 부인했던 결과. 그래도 묻고 싶었다.

"철민아……."

"제 목숨이 필요하다면 차라리 처음부터 말을 하지 그러셨습니까. 기꺼이 드렸을 텐데."

그 말에 몽연이 서둘러 대답했다.

"결코 그런 게 아니란다. 주님은 사랑이시니 네가 회개하고 그분께 간절히 엎드려 기도한다면 네게도 구원을 주실 것이야. 하지만 이대로는 네가 말을 잘 듣지 않으니 너를 직접 내 손으로 주님의 앞에 데려가려는 것이야."

철민은 빛이 꺼져 가는 눈으로 그의 어머니를 올려다보았다. 눈앞이 흐릿해져서 그 모습이 제대로 보이지 않았다. 하지만 흔들리는 형체만으로도 알아볼 수 있는 그의 어머니를 향해 그는 억지로 미소 지었다. 그게 그의 마지막 보답이었다. 그를 사랑해 준 그의 어머니를 그도 사랑했었다. 그런 철민에게 몽연이 열심히 말했다.

"철민아, 비록 네가 어둠의 존재라 하나 회개한다면 너 또한 구원받을 수 있음을 추기경께서는 말씀하셨다. 주의 앞에 어둠의 존재로 태어났음을 회개하고 어둠의 힘을 익혔음을 회개하거라. 또한 그분의 전능하심을 믿고 그분만이 구원임을 믿는다고 말하거라."

철민은 참으로 서글프게 미소 지었다. 정말로 여호와는 위대한 신이었다. 저토록 철저하게 그를 믿어 아들을 적에게 넘기면서도 그 어머니로 하여금 기뻐할 수 있게 만드는 건 그가 아니고서는 누구도 하기 힘든 이적이었다.

"방법이 어떻든 간에 당신은 저를 사랑했고, 저도 당신을 사랑했습니다. 이로써 우리의 인연이 끝날지라도 그 사실은 변치 않을 것이니 당신이 선택한 신으로의 길에서 부디 행복하시길 빌겠습니다. 당신이 따르는 신이 부디 당신만은 축복하기를."

"그렇게 말해서는 안 된다! 철민아, 네가 할 일은 그분께 감사하고 그분 앞에 회개하며 그분을 믿는 것이야! 그래야만 너도 구원받을 수 있어!"

철민은 서글프게 미소 지었다. 그의 어머니를 편하게 해주려면 거짓으로라도 그렇게 해주는 게 좋을지도 몰랐다. 마음속으로 셀레스티아의 지배자를 경멸하고 비웃는다 할지라도 그의 어머니를 위해서라면 거짓으로라도 믿는 척할 수도 있었다. 아는 것이 그의 어머니뿐이던 철민이라면 말이다. '테네스'는 이 순간 전생으로부터 이어져 온 그의 기억을 저주했다.

"미안합니다, 어머니. 당신을 위해서라면 나의 자긍심은 버릴 수도 있을 텐데. 하지만 이미 제가 알아버린 것은 너무나 많군요. 나의 일족의 원한을 당신께 말할 생각은 없으나 도저히 그 오만의 신 앞에 굴종할 수는 없습니다. 저와 당신의 인연은 여기까지로군요."

몽연의 말에 쉽게 따르지 않는 철민을 보고 헬레나는 성가를 멈췄다. 그녀는 본디 자비로운 성품의 천사였다. 조금이나마 더 시간을 주기로 그녀는 결정했다.

"당신 어머니의 눈물을 헛되이 하지 마십시오, 어둠의 권속이여. 주는 전지전능하시니 그분만이 진정한 구원입니다. 당신이 당신의 일족을 사랑한다면 마땅히 그들 또한 주의 권능 안에 데려옴이 그들을 가장 위하는 길임을 깨달으십시오. 그러니 그분께 구원을 청하고 원죄를 사면해 줄 것을 바라십시오. 그러면 저 또한 당신을 위해 기도하겠습니다."

그렇게 말하는 헬레나를 보고 테네스는 차디찬 조소를 날렸다.

"구원? 사면? 후훗. 그대들이 대적하는 지옥의 군주들조차 어미의 죄를 자식에게 묻지는 않는데, 아담과 이브의 죄를 지금 내가 참회할까?"

"철민아! 네 어찌 그리 불경스러운 말을 하는 거냐. 아아. 내 잘못이다. 좀 더 네게 신의 말씀을 제대로 가르쳤어야 하는 건데. 역시 하루아침에는 안 되는구나. 다행히 추기경께서 너를 직접 맡아주겠다 하셨으니 이 얼마나 감사할 일인지."

몽연은 필사적으로 말했다. 이 소중한 기회를 거부하는 아들 때문에 지금 그녀의 가슴은 찢어지려고 했다. 지상에서의 고통은 작은 것이었으나 죽음 이후 영원의 벌은 크나큰 것이었다. 그런 그녀의 심정을 이해한 헬레나가 이해심있게 철민에게 다시 말했다.

"지금 그분의 전능하심에 대해 말하지는 않겠습니다. 당신이 당장 모든 것을 받아들이기는 힘들겠지요. 추기경 예하께서 시간을 들여 당신에게 가르침을 내리실 것인즉, 이러한 기회를 내려주신 주님의 크나큰 은혜를 느낄 날이 올 것입니다."

그러나 그런 헬레나의 말에 테네스는 쓰게 웃었다.

"핫하. 어머니, 당신의 신은 뱀파이어는 받아들이지 않습니다. 그가 받아들이는 것은 인간, 그것도 자신에게 완전히 굴종하는 인간뿐. 그에게 나를 바치기에는 그가 내게 베풀어준 은총이 당신과의 만남밖에 없고, 그가 내게서 앗아간 것은 너무나 많군요."

"철민아, 철민아. 어째서 회개와 구원을 거부하느냐. 아아."

철민에게 헬레나는 끝까지 인내를 잊지 않고 신의 가르침을 말했다.

"물론 주께서는 인간을 가장 어여삐 여겨 만물의 주인으로 삼고, 자신의 독생자까지 내려 보내 구원을 내리셨습니다. 그러나 그것을 이유로 당신이 주님의 거룩하심과 자애로우심을 의심하여서는 아니 됩니다. 그분은 오직 정의롭고 거룩하며 전지전능하신 분. 그분이 하는 모든 것이 옳고 모든 것이 가장 좋은 것입니다. 그러니 당신의 할 일은 당신께 그분이 행하신 바를 감사하는 일이지, 당신의 몫을 남과 비교하여 불평하는 것이 아닙니다."

"큭. 큭큭."

테네스는 대답하지 않고 미친 듯이 웃기만 했고 그런 테네스를 헬레나는 다시 한 번 주문을 외어 완전히 제압했다. 정신을 잃고 쓰러진 철민의 뺨을 어루만져 준 후 몽연이 헬레나에게 고개 숙였다.

"부탁드립니다. 부디 이 애를 주님의 품으로 끌어주십시오."

"걱정 마십시오. 주님은 자비로운 분이시니 자매님의 기도를 결코 헛되이 하지 않을 것입니다."

쿵.

육중한 철문이 닫히는 소리에 테네스는 눈을 떴다. 온몸을 옭아매는 신성력의 자극에 빠르게 정신을 차린 그는 주위의 상태부터 확인했다.

장소는 고대부터 있던 감옥인 듯했다. 돌로 된 바닥과 벽, 음습한 공기, 멀리서 희미하게 들리는 물 떨어지는 소리. 어두컴컴한 가운데 희미하게 비추는 빛. 그런 공포를 자극하는 주위의 풍경보다 더 곤란한 것은 그의 몸을 묶고 있는 족쇄였다. 사지를 벌려놓고 매어둔 족쇄는 그의 신체적 자유를 제한했고, 거기에 깃든 신성력이 그에게 약간의 힘을 사용하는 것도 허락하지 않았다.

'이렇게 되었나? 그래도 아직 죽이지 않은 건 얻어낼 게 있어서인가.'

그리고 그 앞에는 추기경이 서 있었다. 추기경은 테네스를 보고 흡족하다는 듯 웃으며 말했다.

"정신이 들었군."

"눈 뜨자마자 보이는 게 당신 낯짝이라니 나도 어지간히 재수가 없군."

비위 맞춰준다고 통할 상대도 아니고 보니 테네스는 마음껏 이죽거렸다. 그러나 추기경은 눈썹 하나 까닥하지 않고 허허 웃었다.

"잘도 그녀를 세뇌했더군. 이제 나한테 전도할 차례인가? 그녀한테 날 구원하겠다고 약속했지?"

"후. 통하지도 않을 자에게 낭비할 시간은 없네. 자네 같은 부류는 애초에 구원의 싹이 없는 자들이지. 주님께 대적하여 지옥에 떨어진 무리들이니. 오직 주께서 계획하신 시련의 한 부분을 담당하고 사도에게 패배하여 영광된 승리를 그들이 누리게 하는 것이 자네들의 유일한 존재 가치일 뿐."

테네스는 잠시 멍하다가 곧 큭큭거리며 웃었다.

"깜박했군. 당신이 누구인지. 너무 많은 것을 알기에 타천사로까지 의심받은 라지엘이라는 것을. 그런데 날 사로잡을 생각이었으면 그냥 다른 자를 더 보내도 충분하지 않나? 왜 그녀를 시킨 거지? 악취미인가?"

"그녀는 자네와 달리 구원받을 수 있는 어린양. 자네를 사로잡으면서 그 와중에 그녀의 영혼 또한 구원을 얻도록 도와주었을 뿐이지. 그리곤 이제 자네가 주님의 영광을 드러내는 데 쓰일 차례로군."

"큭. 뭘 어떻게 쓸 건가? 내가 알고 있는 걸 털어놓으라고 고문이라도 할 건가?"

테네스가 이죽거리든 말든 추기경은 여유롭게 웃었다. 어차피 모든 승부패는 그의 손에 다 있었다.

"그러기엔 시간이 아깝군. 그런다고 털어놓을 자네도 아니니 말야. 훨씬 간단한 방법이 있으니 그걸로 하겠네."

그 말과 함께 추기경이 손가락을 튕기자 바닥의 문양이 웅웅거리며 빛을 발하기 시작했다. 그 마법진을 알아본 테네스의 얼굴이 일그러졌다.

"강제 기억 추출. 흑마법에서도 금기시하는 걸 하다니 신의 사도라는 자가 못하는 일이 없군. 하긴 그 주인이 그런데 그 부하인들 오죽할까."

"주님은 자네의 세치 혀가 함부로 놀려도 되는 분이 아니시라네. 그분께 대적하는 무리란 일고의 가치도 없는 것들. 어떤 벌을 받아도 합당한 것이지."

벌레를 지그시 눌러 죽이는 듯한 눈으로 내려다보는 추기경에게 테네스는 끝까지 냉소를 날렸다.

"대단한 야훼로군. 그의 이름만 들어가면 다 옳은 일이니, 그렇게 전지전능한 자의 사도가 뭐가 아쉬워서 나 같은 일개 어둠의 종자를 사로잡아 이 짓을 벌이나? 뭐가 그리도 초조하신가? 사실은 당신도 당신의 신이 전지전능 유일신이 아니라는 걸 알고 있는 거 아냐? 그래서 이렇게 수단 방법 안 가리고 이기려는 거고."

"후. 이 라지엘을 시험하는 건가, 어둠의 무리여?"

마법진이 점점 완성되어 갔다. 그게 자신에게 어떤 일을 가할지 아는 테네스는 추기경을 증오에 찬 눈으로 쏘아보았다. 뜻밖에도 그런 테네스에게 부드럽게 미소 지으며 추기경은 고개를 끄덕였다.

"자네 말대로 사실 그분이 전지전능은 아니지. 그렇기에 우리들 '비천사장'이 있는 것이고. 그러나 이번에도 그분께서 승리하실 것이니, 그로써 그분은 정의가 되고 전능이신 것이지. 자네는 그걸 위한 디딤돌이 될 것이고. 자, 이제 자네가 알고 있는 것을 밑바닥까지 꺼내놓을 차례일세."

너무나 당당한 추기경의 대답에 테네스가 오히려 기가 막혀야 했다.

"그런 주제에 잘도 그녀에게는 이 길만이 구원이라고 사기 쳤군."

"쯧쯧. 믿는 동안은 어떤 환상이든 그들에게 진실이라네. 영원히 믿으면 영원히 진실이 되지. 구원받았음을 믿음으로써 구원받는 것이요, 정의라고 믿으니 정의가 되는 것이라네. 그렇기에 그분은 정의요, 전능이신 것이지. 그만, 잡담이 길었군."

그 말을 끝으로 빛이 테네스를 덮었다. 추기경은 느긋이 앉아서 마법진이 테네스의 기억을 뽑아내는 것을 기다렸다. 차곡차곡 그의 과거가 기록되고 있었다.

"어둠의 무리는 자네처럼 패배해 지옥으로 떨어질 것이니 그분을 따르는 어린양들의 세상은 기어코 지켜질 것이요, 그들의 영혼은 모두 구원받을 것이다. 이 내가 그분의 뜻을 받들어 그렇게 만들 것이다. 그로써 그들의 믿음은 보답받을 것이니 결국 신의 말씀은 다 진리였음이 입증되리라."

한참의 시간이 지나고서 테네스는 다시 정신을 차렸다. 그런 그의 눈에 다시 들어온 건 또다시 추기경의 얼굴이었다. 자신이 아는 범위가 어디까지인지 잘 아는 테네스는 회심의 조소를 날렸다.

"큭. 그래, 원하는 건 알아냈나? 아쉽겠군. 생각보다 내가 알고 있는 게 없어서 말야."

그러나 추기경은 조금도 실망한 표정이 아니었다.

"후. 확실히 내가 알아야 할 것을 자네는 너무나 조금밖에 모르더군. 하지만 바깥의 어리석은 무리들이 알아야 할 것은 모두 알아냈으니 상관없지."

그 말에 테네스는 어이없어했다. 킹과 그 휘하 로드들의 뜻에 대해서는 그도 정확히 아는 바가 없었다. 어느 날 뱀파이어의 몸으로 화한 시원자들. 그 이상은 그도 전혀 모르는데, 그 정도를 교황청인들 전혀 몰랐을 리는 없었다. 그런데 모두 알아냈다? 순간 그 말의 의미를 깨닫고 테네스는 원독에 찬 말을 내뱉었다.

"내 자백을 날조해 세상에 퍼뜨릴 셈인가? 이 비열한!"

"말하지 않았던가. 믿는 그대로가 진실이 된다고. 그분께서 전능을 말하시며 자신을 따르는 어린양을 안심시키신 그 고뇌를 내가 어찌 모르겠나. 유용한 디딤돌이 되어준 데에 대한 작은 감사로써 자네의 어머니에게는 자네가 모든 죄를 뉘우치고 죽어 그 영혼은 구원받았노라고 전해주지. 그만 죽음으로써 인류에게 마지막으로 봉사하게."

그 말과 함께 추기경의 손에서 새로운 빛이 뻗어 나와 테네스의 몸을 집어삼키기 시작했다. 강대한 빛에 휘말리면서도 테네스는 큭큭거리며 웃었다. 분명 지금은 추기경이 그를 봉인해 버리는 데 성공했다. 그러나 그것이 과연 나중에는 어떻게 바뀔 것인가. 한 가지 확실한 것은 이로써 그의 인생 중 인간에 의해 길러진 '철민'이라는 인격의 부분 또한 끝난다는 것이었다.

'어머니, 당신은 나를 사랑했고, 나 또한 당신을 사랑했지만 당신의 손으로 저를 신에게 넘겨 버렸으니 이로써 우리의 인연도 끝이군요. 언젠가 다시 만날 때도 나 당신을 그리워하겠으나 이미 그때의 당신은 지금의 당신이 아닐 것이고 그때의 나도 지금의 내가 아닐 것이니 이 슬픔은 거기서 오는 것이겠지요. 부디 그의 품 안에서라도 평안하소서.'

완전히 테네스를 지옥에 봉인해 버리고서 추기경은 집무실에 돌아왔다. 이제 저 뱀파이어가 죽기 전에 털어놓은 충격적인 '진실'들을 세계에 말하고 다시 한 번 인류의 힘을 주의 길로 모을 차례였다. 그리고 그와는 별도로 이번에 알아낸 사실 한 가지를 놓고 추기경은 곱씹었다.

'예언상의 네 로드가 있음에도 불구하고 진정한 뱀파이어의 수장은 자신이라. 예상했던 대로 역시 뱀파이어의 네 로드라고 불리는 자들의 진짜 정체는 그것이라는 거군.'

추기경은 책상을 손톱으로 가볍게 쳤다. 그리고 그의 입에서 금기시되어 잊혀진 단어가 흘러나왔다.

"시원자들. 창세 이전의 혼돈의 주인들. 그래, 그대들이 누구인지 확실히 알겠군. 후후. 그 모습을 드러내기 시작함은 돌아올 때가 되었음을 알리는 선전 포고인가?"

추기경은 목에 걸린 십자가를 꼭 쥐었다. 그리고 그 적이 지금 자신의 말을 듣고 있기라도 한 듯 선언했다.

"그래. 그대들은 나보다 강하고 나보다 많은 것을 알고 있겠지. 그러나 어림없다. 신께서 너희를 물리치고 인간을 이 땅의 주인으로 정하셨나니, 내가 그것을 지키리라. 주의 가호가 인간과 함께하리니, 하나로 뭉친 인간의 힘은 능히 너희의 야욕을 꺾을 것이다. 모든 것은 그 분이 정하신 대로 흘러가리라."

추기경은 문서를 작성하기 시작했다. 적의 강대함을 다시금 파악했으니 이제 그에 맞설 힘을 모두 끌어 모을 차례였다.

같은 시각, 명상에 들어가 있던 자혜 대사가 눈을 떴다. 그의 곁을 지키고 있던 소림의 장로들이 합장하며 그를 맞이했다. 자혜 대사는 진중하게 그의 영혼이 본 바를 밝혔다.

"혈성의 빛이 사라졌소."

그 말을 들은 장로들이 제각기 복잡한 표정을 지었다.

"이번에 나타난 혼천묵염강의 주인을 교황청이 죽인 모양이오. 그리고 그와 동시에 혈성의 빛이 꺼졌구려."

"아미타불. 정말로 그자가 네 마군성의 주위를 돌던 여덟 별 중 하나의 주인이었구려. 겁난을 알리던 여덟 별 중 하나가 사라졌으니 인세의 홍복이로소이다."

장로의 말에도 자혜 대사의 안색은 극히 어두웠다.

'분명 혈성의 빛은 사라졌다. 그런데 오히려 마음이 답답하니, 이것이 단지 교황청의 뜻대로 된 것에 대한 우려 때문인가? 알 수 없구나.'

그렇거나 말거나 자혜 대사의 이전 결정을 못마땅해하던 자현 대사가 말했다.

"이렇게 되면 추기경의 장담이 맞은 것이 되지 않소? 다음번에 미리 위험한 존재를 찾아내 제거함으로써 예언의 위기를 미연에 방지 내지 축소하자는 그의 주장이 더욱 힘을 얻겠구려."

반쯤 추궁하는 자현 대사의 말에 자혜 대사는 쥐고 있던 염주를 돌리며 불호를 외었다.

"나무아미타불."

"물론 나도 교황청에서 얘기한 것처럼 모든 마물을 다 쓸어내는 성전을 하고자 하는 말은 아니오. 그러나 이로써 교황청의 위세가 드높아졌으니, 그들이 도가 지나친 일을 하지 못하게 하기 위해서라도 다른 별들의 주인같이 위험한 대마물들은 우리도 나서서 제거해야 하지 않겠소?"

자혜 대사가 말이 없자 자현 대사가 답답하다는 듯 소리를 조금 높여 말을 이었다.

"그럼으로써 중국 내 문파 간의 결속을 다질 수 있을 것이 첫째 이득이요, 진짜 위험한 자들을 제거함으로써 위난을 사전에 방지함이 두 번째 이득이며, 자칫 그 몇몇을 믿고 부화뇌동하여 휩쓸릴 작은 마물들을 사전에 주저앉힘으로써 불필요한 희생을 줄일 것이니 세 번째 이득이오. 물론 현재로서 그들의 정체가 제대로 밝혀지지 않았음은 아나, 최소한 중지를 모아 찾는 시작은 해야 하지 않겠소?"

계속되는 자현 대사의 추궁에 비로소 자혜 대사가 대답했다.

"모를 일이오. 하늘이 내린 재앙이요, 인간이 뿌린 인과가 불러들인 업보요. 그것이 과연 저렇게 피해질 수 있는 것인지, 혈성의 빛이 꺼진 것이 정말로 길한 것인지 결코 알 수 없소."

막연한 하늘이니 인과니를 논하는 자혜 대사를 보며 자현 대사는 답답했다. 방장이 불법이 깊은 것은 아나, 소림이 어디 불문의 성지이기만 했던가. 무림의 수장이기도 하지 않은가. 그런데 현실의 문제를 불법으로만 논하는 것은 너무나 이상에 빠진 말이었다.

"어쨌든 중국 내 많은 문파들도 그 주장에 동조할 것이오. 차라리 우리 손으로 혈성을 제거함만 못하지 않았다고 확신하시오, 방장? 이대로 가다가는 정말 우려하는 대로 애꿎은 자들까지 휘말리는 대참사가 벌어질 수도 있음이오."

"그만두시오. 나 또한 몇 번이나 생각해 보았으나 허공 사조께서 달리 유언을 남기셨음이 아니오. 소림의 위명이 얄팍한 계산 아래 어미를 찾아가는 아이를 핍박해 지켜야 하는 것이라면 어찌 천오백 년을 이어왔겠소. 그러니 이 일에 대해서는 더 논하지 맙시다. 다른 대마물을 찾는 문제는 나도 숙고해 보겠소."

허공 대사가 살아 돌아온 듯 자신에게 훈계하는 방장을 자현 대사는 복잡한 눈길로 바라보다가 결국 고개를 숙였다. 아무리 답답해도 아직 방장은 자혜 대사였다.

"후우. 방장의 말도 옳소. 하나 못내 걱정되는 것은 어쩔 수 없구려."

그 말에 더는 자혜 대사도 말하지 않았다. 사실 내뱉은 말과 달리 자혜 대사의 내심도 복잡하기 이를 데 없었다. 허공 대사의 말을 믿어 이리 결정하였으나, 그로써 잘못해 더 많은 피가 흐르게 된다면 그 또한 안 될 일이었다.

'어이해야 하나. 어이해야 하나. 도를 위해 이 한목숨 버리기는 쉬운 일이나, 그 도가 무엇인지 아는 것은 참으로 힘든 일이로다.'

● Chapter 31
정성으로 집 짓기

정성으로 집 짓기

"냐옹. 어흥. 멍. 으르렁."

불덩어리, 얼음덩어리, 번개덩어리, 빛덩어리. 이런저런 기운이 뭉쳐 만들어진 작은 공을 가지고 주위로 뱅뱅 돌리면서 알은 나름대로 멋지다고 생각하는 동물들의 울음소리를 흉내 내었다. 태인이 돌아오는 동안 심심해서 이것저것 건드려 보았지만 슬슬 지겨워지는 참이었다.

그렇게 놀면서 나무 밑에서 뒹구는 알의 곁으로 자율 선사가 다가왔다. 알은 재빨리 기운을 흩뜨리고 자세를 바로 했다. 하지만 처음처럼 화들짝 놀라거나 하지는 않았다.

"벌써 오행의 기운을 능숙하게 다루는 것이냐."

"아뇨. 뭐 그냥 가지고 장난만 치는 거예요. 헤헤. 안 다루던 힘을 다뤄보는 것도 재밌네요."

"재미라……."

자율 선사는 잠시 침묵하며 속으로 뭔가를 삼키더니 본론을 꺼냈다.

"태인이 돌아오려는 듯하구나. 준비하거라."

"네? 태인이요? 어떻게 아셨어요?"

"영계의 하늘에서 사라졌던 그의 별이 다시 나타났으니, 그 녀석이 제대로 장소를 찾은 모양이다. 조만간에 여기로 돌아올 터이니, 준비하거라."

"네!"

이것저것 해봤지만 슬슬 지루해지던 참이라 알은 즐겁게 대답했다. 마침내 태인이 돌아온다니 무지하게 반가웠다. 좋아라 팔짝 뛰는 알을 보고 자율 선사는 말없이 돌아가며 탄식했다.

'세상이 내버려만 둔다면 될 마물이나, 나조차 가슴이 서늘하니 어이할까. 어둠에 속하였으나 그 힘이 어둠에만 매여 있지 않고, 수십 년을 고련한 인간보다도 쉽게 자연의 힘이 동화되어 따르니 대체 어디까지 뻗어갈 수 있음인가. 한데 태인 그 아이가 멀어지니, 그 빛이 약해지고 돌아오니 그 빛을 되찾음은 무슨 연유인고. 어렵도다. 어렵도다.'

"와아. 태인 왔네!"

멀리서 달려오며 자신을 맞이하는 알을 보고 태인은 가볍게 웃음 지었다. 보안을 걱정해서 연락도 하지 않았건만, 올 때까지 기다렸다는 듯 나무 위에 있다가 자신을 보고 뛰어오는 상대를 보고 가볍게 웃음을 안 지어줄 수가 없었다.

"기다리고 있었던 거냐?"

"응. 그 스님이 그러던데? 태인의 별이 다시 보인다고 하시더라구. 그래서 조만간에 오겠구나 하고 기다렸지."

"그래? 가자. 일단 인사는 드리고 물러나야지."

알을 앞세우고 가던 태인의 표정이 미묘하게 바뀌었다.

'내 별이 보였다고? 내 별인가. 아니면……'

알을 밖에서 기다리게 하고 태인은 자율 선사에게 절을 올렸다. 선사가 좌정하고 그는 무릎 꿇은 채 대화가 시작되었다.

"숨을 곳을 찾았느냐."

"예. 하온데……."

"말하거라."

"정말로 제 별을 보시고 제가 올 것을 아셨습니까? 아니면……."

"짐작하는 대로다. 네가 제법 성취가 있긴 하나 어찌 영계의 하늘에 성좌를 차지할 정도겠느냐. 내가 본 것은 남의 마군성이었다. 네가 떨어지자 빛이 약해져 가던 것이 다시 밝아지더구나."

"그랬군요."

"이제 모두가 그 마물을 의심하고 있다. 단지 그 처리 방안을 놓고 의견이 엇갈려 있을 뿐이다."

"저를 보호하고 계셨습니까?"

"옳은 것을 옳다 말하였을 뿐. 달리 너를 보호하고 말고 할 것도 없었다. 하나 무엇이 옳은가를 놓고 의견이 제각각이니 앞일이 쉽지는 않을 것이다."

"어떠합니까?"

"예수의 가르침을 받드는 사도들은 그 마물을 제거하기로 하였다. 그리고 네가 그 마물을 수호하고 있으니, 네 스스로 물러난다면 모르겠으나 그렇지 않다면 함께 없애서라도 화근을 뽑으려 한다."

"……."

익히 알고 있던 사실. 그럼에도 남의 입에서 듣는 말은 새로운 무게가 되어 태인을 짓눌렀다.

"소림의 자혜는 생각이 다소 다르다. 네가 그를 지킬 때 마군성의 빛이 그토록 찬란하니 너까지 멸하려 하여선 오히려 더 큰 화만 부르게 될 것을 저어한다. 네가 그 마물을 너무 아껴, 인간을 버리고 그의 편에 서는 것이 진정한 겁난이 될 거라고 추정한다. 누르면 반발하는 것이 인간의 본성이요, 네가 마물을 아끼니 정당방위라고 느끼면 더욱 지키려 할 것인즉 그는 기다리고자 한다."

다른, 그러나 같은 입장들. 결국 누구도 진정한 알의 편은 없는 현실에 태인은 힘겹게 대답했다.

"그렇… 습니까."

태인이 힘겨워하거나 말거나 자율 선사는 말을 이었다. 네가 짊어진 무게는 네 스스로 들거라는 변함없이 엄격한 태도였다.

"그리하여 마물이 진정으로 마물임이 밝혀지면 그때 네 스스로 그를 버릴 것이니 그때에 비로소 남의 마군성이 그 수호자를 잃고 인간의 힘으로 그를 제거함이 천기에도 합당하게 될 것이라 여겨 그는 기다리고 있는 것이다."

한참을 태인은 침묵했다. 그러다가 그는 결국 두려워하면서도 물었다.

"…선사님의 가르침도 그와 같습니까?"

자율 선사는 그의 마음을 움직일 수 있는 몇 안 되는 사람 중 하나였다. 설령 그 말이 태인 자신의 뜻과 다르다 해도, 그 입에서 나오는 말이라면 자신이 결코 가볍게 여기지 못할 거라는 걸 태인은 알았다. 그래도 물어볼 수밖에 없었다.

"내 생각은 조금 다르다. 불법의 수호신 중 귀의한 마신이 몇이더냐. 네 없는 동안 그 마물을 지켜보았나니, 두려움을 자아내면서도 그렇게 두려워함을 부끄럽게 하는 맑은 웃음을 지녔더구나. 그러니 나는 네게 작은 희망을 걸어보고자 한다. 인연이 없다면 어쩔 수 없겠으나, 가능하다면 계도해 보거라. 그러기에 세상의 시선이 장애가 될 것이나 지금 네가 찾은 곳이라면 가능하겠지."

지금까지 들을 수 없었던 자상한 말. 그 말이야말로 자율 선사의 진정한 마음이었음을 깨달은 태인은 그대로 일어서서 다시 큰절을 올렸다.

"감사합니다."

"진실로 네 스스로의 눈으로 보고 판단하거라. 나는 그리하지 못하였으나 너는 마물이라 하여 차별치 말거라. 마물로 보니 마물이 되고 부처로 보니 부처가 된다. 그것이 어려우면 차라리 인간으로 보거라. 그 마물이 인간이었다면 어이 했을지 생각하고 지켜야 함이면 지키고 버려야 함이면 버려라. 네 일은 이제 네 판단에 맡긴다. 갈 길이 멀 터이니 그만 물러가거라. 이것을 선물로 주마."

툭.

태인의 앞에 한 권의 책이 떨어졌다. 조심스럽게 집어 들고 그 앞장을 본 태인의 눈이 커졌다.

"이것은!"

진법요결. 자율 선사가 친필로 쓴 책임을 깨달은 태인은 떨리는 눈으로 자율 선사를 바라보았다. 자율 선사의 법술이 고강하기는 했다.

그러나 차마 생각하지 못했을 뿐 사실 지금의 그로서는 이길 자신이 있었다. 아니더라도 자율 선사의 법술을 감당해 낼 만한 힘을 지닌 자는 세계적으로 본다면 꽤 있었다.

"어찌 평생의 정화를 제게 주시는 것입니까."

그러나 진법은 달랐다. 많은 분야 중에서 한두 가지만이 한국이 최고이듯, 진법 또한 자율 선사가 있기에 당대 최고는 한국으로 인정받는 분야가 아니었던가.

"새삼 네놈에게 남은 염치가 있었다고 사양하는 척하느냐. 네놈의 게으른 천성과 아둔한 머리로 얼마나 익힐지 모르겠다만 가져가거라. 일부라도 얻으면 그만큼 도움이 되겠지. 가서 네 뜻을 펼쳐 보거라."

태인은 더 이상 고맙다는 말을 하지 않고 절만 올렸다. 자율 선사는 볼일이 끝났다는 듯 등을 돌렸다.

"그만 떠나라. 이제 너와 나의 인연도 이걸로 끝이구나."

아홉 번의 횟수를 채우고 태인은 자리에서 일어나 알을 찾으러 나갔다. 멀어지는 태인의 발걸음 소리를 들으며 자율 선사는 눈을 감았다.

"나무관세음보살. 나무관세음보살."

돌아 나온 태인의 곁으로 팔짝거리면서 좇아가며 알은 물었다.

"혜련은 같이 안 가?"

그 질문에 태인이 조금 뜻밖이라는 듯한 표정으로 알을 바라봤다.

"같이 가고 싶냐?"

그 눈길에 알은 멋쩍게 웃었다. 태인도 바보가 아닌 이상 그와 혜련 사이의 관계를 전혀 눈치 못 챌 리 없었다.

"응? 아니, 하하. 바라 마지않는다고 하면 거짓말이지만, 그렇다고 지난 일로 안 돼, 안 돼를 외칠 만큼 난 철없지 않다고."

태인은 슬며시 미소 지었다.

"철있다고 스스로 주장하는 게 철없게 들린다."

"쳇."

기껏 말했더니 시시한 반응이라 알은 툴툴거렸다. 그런 알을 보고 태인은 더욱 부드럽게 웃었다.

"뭐, 데려갈 거야. 하지만 나도 한 번에 둘은 자신없어서 말야. 그냥 이동이라면 어렵지 않겠지만."

"위험하지 않을까? 당분간 그냥 놔둔다는 게?"

"문제가 생길 거면 어차피 지금까지 일이 있기 전에 생겼겠지. 지금 으로서는 그렇게 믿을밖에. 내 힘도 한계니까."

사실은 거짓말이었다. 정말은 혜련을 데려가도 괜찮을지 자신이 아 직 안 선다라는 게 태인의 솔직한 이유였다. 혜련은 기꺼이 같이 가겠 다고 했지만, 내심 그는 불안했다. 사람의 성향이란 쉽게 바뀌는 게 아 니었다. 지금 당장은 혜련이 그를 따라가기로 했다고 해도 계속해서 그 생각을 유지할지 의문이었다. 그러나 그때 가서 혜련이 다시 바깥 세상으로 나간다고 했을 때 어떻게 할 것인가? 누구에게도 알려져선 안 될 은거지를 알고 있는 그녀를?

'혜련에게는 미안하지만 좀 더 기다려 보자. 시간이 그녀에게도 정 답을 찾아주겠지. 그때 가서 그녀의 마음이 바뀐다 해도 어쩔 수 없겠 지.'

자신이 방치한 대가니까. 그래도 그녀라면 괜찮을 것이다. 태인은 그렇게 스스로를 달랬다. 그가 아는 혜련은 강한 여자였고, 설령 자신 과 맺어지지 못한다 해도 다른 누구를 찾아내서든 성공할 여자였다.

'아니면 그렇게 믿고 싶은 걸까.'

"후음."

알은 수상쩍다는 듯 태인을 쳐다봤지만 곧 그 속을 알아내는 걸 포기했다. 자기 머리로 못 알아낼 사실을 가지고 고민해 봐야 그만 손해라는 걸 예전에 터득한 알이었다.

"가자. 갈 길이 멀어. 기대해도 좋아. 정말 멋진 곳이니까."

그래도 표정은 전혀 밝지 않은데 말은 호기롭게 하는 태인이 왠지 안쓰러워 알은 그냥 장단 맞췄다.

"헤에. 너무 큰소리치는 거 아냐? 진짜로 멋진 곳이야?"

"궁금하면 빨리 따라나 와. 직접 보면 알겠지."

그로부터 산을 넘고 바다를 건너 둘은 계속 나아갔다. 얼마나 멋진 곳인지 몰라도 좀 가까운데 자리 잡거나 비행기 같은 편리한 걸 이용하면 안 될까라고 알이 투덜거리기를 몇 번이나 하다가 태인에게 혼나고, 그러고도 못 참고 또 투덜거리기를 반복하길 몇 차례. 둘은 마침내 목적지에 도착했다.

투덜댄 시간이 길었던 만큼 기대도 컸던 알은 어이가 없어서 눈앞에 펼쳐진 도시를 바라보았다. 혹시나 자기가 잘못 보고 있나 해서 눈까지 비비고 본 알은 그래도 변함없는 도시에 마침내 의혹을 참지 못하고 물었다.

"에? 여기야? 이런 곳에 숨어 살자고?"

서울보다는 조금 한적해 보인다는 걸 제외하면 별다른 것도 없는 도시였기에 알은 실망했다.

'태인이 설마 아무 생각 없이 하지는 않았을 텐데. 하지만 여긴 아

무리 봐도 별다른 게 없는걸. 자포자기한 끝에 아무 곳이나 고르진 않았을 텐데.'

알의 표정을 보고 태인은 그 생각 다 안다는 듯이 웃고는 가만히 알의 팔을 잡아끌었다.

"자, 정신 놓치지 말고 따라와라. 한 걸음 사이라고도 할 수 없는 틈에 있으니까."

"대체 뭐가 있는… 앗?"

알의 눈앞에 조금 전과 전혀 다른 풍경이 펼쳐졌다. 광활하게 펼쳐진 초원, 공기의 질 자체가 다르다는 듯 훨씬 맑게 비산하는 햇빛. 촉촉하면서도 부드러운 발 밑의 대지. 글자 그대로 때 묻지 않은 순수의 원시 자연. 하지만 그보다 더 놀라운 것은 그 사이에 섞여 날아다니는…….

"요정? 말도 안 돼. 쟤들이 저렇게 겁없이 모습을 드러내고 다니다니……."

순식간에 바뀌어 버린 주변 풍경을 보고 알은 멍히 있었다. 그리고 잠시 뒤 충격에서 벗어나 현상에 대해 그럴듯한 설명을 찾았다.

"이거 환상이야? 아니면 아까 도시가 환상인 거야?"

"둘 다 실체라면?"

예상한 반응에 빙글빙글 웃으면서 태인은 대답했다. 이런 일에 농담할 태인이 아니라는 걸 알면서도 알은 되물었다.

"진짜? 하지만 그러기에는 여기도 규모가 너무 큰데? 태인이 설마 이걸 만든 건 아니지?"

"내가 무슨 재주로 이걸 만드냐. 원래 있던 거야. 교묘하게 공간의 결을 갈라서 단순히 움직여서는 그것들끼리만 서로 이어지도록 해놨어. 잘 봐. 주위가 어떠냐?"

있는 그대로 감정을 다 드러내는 알을 보고 있자니 왠지 뿌듯해져서 태인은 친절하게 설명했다.

"가만. 이거 저기 희미한 붉은 빛의 원 밖은 그대로 아까 있던 도시 외곽이네?"

알은 기막혀했다. 그러니까 여기 평원이나 아까 도시나 똑같이 저 외부에 연결되어 있다는 말이었다. 그러나 아주 미묘하게 엇갈리면서 두 개의 차원으로 갈려 있는, 말은 쉽지만 어이없을 정도로 기묘한 공간이었다.

"그래. 그런 곳이지. 그리고 저기가 우리가 살려고 내가 지어놓은 집이다."

알은 태인이 가리키는 곳을 바라보았다. 지평선 근처에 작은 집이 하나 보였다. 알은 더 가까이서 보기 위해 뛰어갔고 태인도 뒤따랐다. 기대에 부풀어 집에 도착한 알은 태인에게 확인차 물었다.

"여기가 이제 우리가 살 집이야?"

"그런 셈이다. 마음에 드냐?"

알은 차분히 집을 뜯어봤다. 걱정하던 것처럼 통나무집은 아니었지만, 예전에 살던 집에 비하면 많이 작고 허술해 보였다. 어쩔 수 없는 일이라고 생각하면서도 알은 걱정이 되었다.

'음, 그래도 겉과 달리 속은 알찰 수도 있지 않을까? 일단 물어보면 알겠지?'

알은 무릇 집을 평가함에 있어서 가장 필수적인 요소들을 챙겼다.

"물은 잘 나와? 난방은 잘 돼? 남향이라 햇볕은 잘 들지? 통풍은 잘 되나? 인터넷은 연결되어 있지?"

뭔가 집을 사는 데 있어서 당연히 챙겨야 할, 그러나 이 경우에 있어서는 결코 예상치 못했던 문제를 물어오는 알 때문에 태인은 잠시 말을 잊었다. 그렇거나 말거나 알은 계속 떠들었다.

"벌레 같은 건 안 꼬이나? 바닥에서 습기 안 올라오지?"

'가만히 놔두면 앞으로 집값 오를 가능성은 있냐고까지 묻겠군.'

태인은 가볍게 일침을 가하기로 했다.

"알, 은신해서 살 집을 마련했다는데 그보다 좀 더 중요한 것들을 물어야 한다고 생각하지 않아?"

"응? 더 중요한 거? 뭐지?"

고개를 갸웃거리며 알은 더 중요한 걸 잠시 고민했다. 그리고 자신이 빼놓은 것 하나를 떠올리고 진지하게 물었다.

"설마. 태인, 여기에 투기 열풍 불면 시세 차익 남기고 팔려는 건 아니지? 살려고 지은 집 아냐? 그럼 집값 오를 가능성은 생각할 필요 없잖아? 설마 융자 받아 지은 집도 아닐 텐데."

'…나도 수양이 많이 부족하군. 이 녀석을 상대로만은 넘어갈 말도 감정이 움직이는 걸 보면.'

태인은 참을 인 자를 마음속으로 세 번 쓰고 대답했다.

"그래. 이왕 살 집, 각종 시설은 잘 되어 있는 게 좋겠지. 잘 안 되어 있으니 문제이긴 하다만. 물은 길어다 쓰고 난방은 마법으로 하든 말든 하고, 남향은 뱀파이어 주제에 따지지 말고, 통풍은 역시 마법으로 하고, 인터넷 하는 대신에 밤하늘의 별이나 찾아보도록. 알았냐?"

마지막 알았냐에 특히 힘주어 말하는 태인 때문에 알은 이해하기도 전에 납득해 버렸다. 그리고서 한마디로 감상 평을 했다.

"정말로 겉만 조금 그럴듯한 오두막이구나."

"우리 처지에 뭘 바랐던 거냐."

"그렇긴 하지만……."

태인의 눈썹이 살짝 움직였다. 좀 더 솔직하게 말하려던 알은 순식간에 그의 솔직한 마음을 달리 먹었다. 정신은 환경의 지배를 받는다라고 주장하는 자가 있다면 표본으로 삼아도 좋을 적응 행동이었다.

"아하하하. 괜찮아. 초가삼간에 살아도 마음만 편하면 구중궁궐 안 부럽다더라."

'그런 표정으로 그런 말 하면 전혀 설득력없어.'

하지만 태인은 굳이 타박하지 않기로 했다. 싫든 좋든 하나도 바꿀 수 없는 일이었으니, 내버려 두면 알아서 적응할 문제였다.

"일어나, 임마. 해가 중천이다. 언제까지 퍼질러 잘 거냐?"

퍼억.

잘 자고 있는데 거칠게 패대기치는 태인의 발길을 느끼며 알은 일상으로 돌아오긴 돌아왔구나라고 느꼈다.

"아웅. 조금만 더 잘게. 그동안 내내 걷느라고 제대로 자지도 못했잖아."

"반항이냐? 여기 한국 아니라고 마늘 안 날 것 같냐?"

"악당……."

툴툴대면서도 알은 그 자리에서 벌떡 일어났다. 별수있나. 깨라면 깨야지. 그리고서 시계를 보았다. 중천이라는 태인의 말과 달리 시계는 이제 겨우 아침 여덟 시를 가리키고 있었다. 그걸 보며 알의 불만은 더 커져 갔다.

'여덟 시가 중천이면 열두 시는 해 지기 직전이겠다. 쳇. 쳇.'

"투덜대지 말고 빨리 씻고 준비해. 오늘부터 진 설치 작업에 들어

간다.”

“진? 웬 진? 그런 건 태인 혼자 치면 되잖아?”

알이 눈을 동그랗게 뜨자 태인은 자랑스럽게 품에서 책을 한 권 꺼
냈다. 그 전화번호부가 친구 하자 할 만큼 두꺼운 크기의 책에 써진 제
목을 알은 한 자 한 자 읽었다.

“진… 법… 요… 결?”

“주술로 만드는 일시적 결계 말고, 정식으로 진법을 설치할 거다. 이
게 바로 자율 선사님께서 내게 물려주신 책이지. 자, 내가 책자를 연구
할 테니까 넌 내가 시키는 대로만 하면 돼.”

“바위를 들고 나른다든지, 나무를 옮긴다든지, 땅을 판다든지 그런
거 시킬… 거 아니지?”

혹시나 하는 심정으로 알은 물었다. 그러나 언제 태인이 그의 기대
를 배신한 적이 있었던가.

“당연히 맞지. 빨리 씻고 5분 내에 달려온다. 실시.”

“실… 시. 흑.”

집은 허름해도 마음 편히 지내보나 했던 알은 태인이 있는 곳에 평
화는 있어도 안정은 없다라는 진실을 다시 한 번 확인했다. 차라리 생
긴 건 무서워도 자율 선사 밑이 더 좋았니 어쨌니 하고 툴툴대면서도
알은 장갑까지 끼고서 태인 앞에 대기했다. 그런 알을 보고 흡족하게
고개를 끄덕이며 태인은 책자를 한 장씩 넘겼다.

“잘 들어. 지금부터 펼칠 진법의 이름은 천리미혼진이다. 그러니까
보자. 일단 땅부터 파야겠다. 일단 거기서 우로 삼백 보. 좌로 이백 보.
아니, 거기 말고 조금 더 오른쪽. 응, 거기. 좋아, 거기부터 파기 시작
해.”

삽을 들고 시킨 대로 땅을 파면서 알은 흘깃흘깃 태인을 쳐다보았다. 대체 천리미혼진인지 무한삽질진인지를 완성하려면 몇 날 며칠 동안 고생을 해야 할지 알의 머리로 계산이 서지 않았다.

'흑, 자기는 감독만 하고. 힘든 일은 날 다 시키면서 쉴 틈도 안 주고 부려먹겠지. 그래도 자율 선사님은 밥 때를 늦게라도 빼먹지는 않고 줬는데.'

그러나 생각만큼 태인은 알을 사정없이 부려먹지 못했다. 태인이 인정이 넘쳐서가 아니었다. 알의 작업 속도에 비해 태인이 책을 이해하는 속도가 느렸던 것이다.

"음. 그러니까 이 말대로라면 구궁이, 에. 이게 남쪽으로 가야 하나? 아닌데? 그럼 오행이 역에 걸려서 목과 수가 상생하지 못하니까 서쪽으로… 그것도 아닌데? 이거 어떻게 된 거지? 앞쪽에서 해석을 잘못했나? 어렵군. 으음."

시킨 대로 끝냈어라는 무언의 시위로 삽을 톡톡 차면서 알은 슬그머니 태인의 표정을 살폈다.

'아무래도 그 스님, 책을 별로 친절하게 적어놓진 않았나 봐. 요즘 유행과는 거리가 먼 스님이니까. 그래도 베스트셀러로 팔리려면 저렇게 적으면 안 되는데 말야. 최근의 시류에 따르려면 '진법 30일 완성', '진법 100일만 하면 자율 선사만큼 한다', '진법 무작정 따라 하기 21개 시리즈' 이런 식으로 써서 발간해야지. 저렇게 어렵게 쓰면 요즘 누가 보냐. 그나마 태인이니까 보는 거지.'

알은 자기 나름대로 읽어보지도 않은 책의 내용을 비판하며 제멋에 겨워 고개를 끄덕였다. 물론 그게 얼마나 진실과 가까울지는 모를 일이었다.

"태인, 괜히 어려운 책 붙잡고 고생하지 말고 그 책 팔아버리고 쉬운 책으로 바꿔오는 게 어때?"

'그러면 진도 쉬운 걸로 칠 테니까 일거리도 줄 거고 말야.'

물론 뒤쪽 말은 하지 않을 만큼 알은 지혜로웠다. 하지만 태인은 어이가 없다는 듯 알을 쳐다보았다.

"뭐 이걸 팔어? 세상을 한바탕 뒤집어놓을 일 있냐. 헛소리하지 말고 저기 가서 대기해. 끄응. 안 되겠다. 이건 나중에 연구해 보고 일단 다른 것부터 하자. 알, 저기 커다란 바위 보이지? 그것 좀 들고 와라."

"치잇. 알았어. 뭐 들고 오라면 들고 오지."

기껏 생각해서―대상이 누구이든―말했는데 가볍게 무시하는 태인에게 툴툴거리면서 알은 바위까지 갔다. 뱀파이어인 그에게도 만만찮게 큰 바위를 보고 알은 한숨을 푹 내쉬었다.

"흑. 내 팔자야. 나만큼 막노동에 시달린 뱀파이어도 또 없을 거야. 스켈레톤이나 좀비도 아니고 뱀파이어를 막노동에 부리다니 이건 고급 인력 낭비라고."

"네가 막노동 말고 또 뭘 할 줄 아는데?"

푸욱. 가슴에 비수를 꽂는 태인의 말에 알은 힘겹게 반박했다.

"왜! 빨래도 하고, 청소도 하고, 주유소 아르바이트, 편의점 아르바이트, 광고지 전단 돌리기, 우유 배달, 신문 배달도 하고. 내가 할 줄 아는 게 얼마나 많은데."

태인은 잠시 알을 말없이 쳐다보았다. 그 눈길에 알이 슬그머니 고개를 돌렸다. 그런 알에게 태인은 웃어 보였다.

"직업에 귀천은 없으니까, 알, 순순히 나르기나 해."

"그럼 태인이 직접 하지. 쳇."

알은 미련을 못 버리고 툴툴대었다.

"난 감독하고 지시하잖냐."

"귀천이 없다면 바꿔 하면 안 될까?"

"귀천은 없지만 적성이란 건 있으니까 순순히 해라. 알았지?"

마지막 알았지의 억양에 실린 소리없는 위협을 느끼고 알은 꼬리를 말았다. 억울하답시고 더 이상 투정 부리다간 본전도 못 찾을 시점이었다. 집채만하지는 않아도 자동차만한 돌을 들고서 알은 낑낑대며 태인이 지시한 위치에 내려놓았다.

"헥헥. 다 했어. 다음에는 뭐야?"

"음. 잠시만."

책을 펼쳐 놓고 바닥에 한참 뭔가 도형을 그리던 태인이 갑자기 부드러운 웃음을 띠고 고개를 들었다. 태인답지 않은 그 따뜻한 웃음에 알은 본능적인 위협을 느꼈다.

'헉. 뭐지?'

"미안하다, 알. 거기가 아니네. 다시 동쪽으로 400m 옮겨야겠다."

그럼 그렇지라고 툴툴거리면서 알은 바위를 다시 들었다. 알이 낑낑대며 들고 가는 사이 태인은 열심히 종이와 펜을 가져와서는 계속 이런저런 선을 그었다.

"구궁에 팔괘를 뒤집어서, 그러니까… 이럴 줄 알았으면 좀 더 열심히 들어둘 걸 그랬나. 오는 내내 봤는데도 어렵군. 음. 잠깐. 아, 그렇군. 생문과 사문을 뒤집어 보면서 그 기준을 천궁으로 잡으면……."

태인은 잠시 멈칫했다. 무언가 상당히 불길한 결론이 나오려 하고 있었다. 그는 열심히 도면을 그리고 계산을 하고 한 결과 마침내 한 가지 사실을 깨달았다. 그리고 그 사실을 어떻게 해야 하냐를 놓고 그는 고민했다. 저 멀리 바위를 다 옮겨놓고 헥헥거리고 있는 알의 모습이 눈에 들어왔다. 그 모습에 순간 마음이 아팠지만 그는 곧 용기를 내어 진실을 털어놓기로 했다. 아무리 쓰라리더라도 진실에 의거해서만 역사는 진보하는 법이었다.

"알!"

"응?"

막 한숨 돌리며 앉아 있던 알은 태인의 부름에 바로 일어섰다.

"미안한데 아까 거기가 맞다. 다시 옮겨라."

한순간 썰렁한 바람이 두 사람, 아니, 한 사람과 한 뱀파이어 사이를 불고 지나갔다.

"너, 너무해. 그 무슨 고전 유머야. 요즘 시대가 언제인데. 핫하. 안 웃겨."

알은 나름대로 현실을 희망찬 쪽으로 해석하려 노력하며 말을 돌렸다. 겨우 안정을 찾았는데, 대변화라니 너무했다. 그러나 태인은 냉정하게 보수파에 머무르려는 알의 기도를 분쇄했다.

"미안하다고 했잖아. 빨리 옮겨."

궁시렁궁시렁. 투덜투덜. 의미 불명의 소리를 계속 만들어내며 알은 다시 바위를 들어 날랐다. 그러면서 알은 귀를 쫑긋하며 태인이 책을 연구하며 내뱉는 말을 들었다. 기껏 옮겼더니 또다시 어, 이제 보니 틀린 게 아니라 맞았네라고 한다든지 할까 봐 무서웠던 것이다.

"음, 그래. 거기야. 잘했어. 거기다 집어넣어. 그럼 거기를 바탕으로 해서 금과 토의 기운이 풀리니 그에 따라 휴문이 경문과 얽혀서 변화하니 이로써. 응? 이게 왜 이렇게 되지? 계산이 틀렸나?"

"⋯⋯!"

가슴이 철렁한 알은 두 손을 맞잡으며 기도했다.

'제발 방금 거기로 도로 옮기라고만 하지 않게 해주세요.'

기도는 응답받았다. 어떤 형태로든.

"이런, 덧셈을 잘못하다니 초보적 실수를 했군. 알, 그 바위 다시 북으로 400m 옮겨라. 길이를 구하면서 계산이 틀렸어."

"크흑. 알았어. 잠깐, 그런데 여기서 400m면……."

한 걸음 두 걸음. 길이를 재던 알은 기막힌 진실을 깨닫고서 태인에게 소리 질렀다.

"맨 처음 놓여 있던 데잖아!"

대체 왜 지금까지 여기저기 나르게 했던 거야. 이제 보니 처음부터 나 놀려먹을려고 그랬지 등등의 의미를 담은 알의 시선 공격을 태인은 철면신공으로 받아넘겼다.

"흠. 그러고 보니 그렇군. 그래서 지금 못 옮기겠다는 거냐?"

"크흑. 알았어. 옮길게. 옮기면 되잖아. 그런데 무협 소설 주인공들은 그런 책 한 번 쓱 훑어보면 단번에 다 이해하고 새로운 응용까지 만들어내던데, 태인이 그 반만 해도 이 삽질은 안 했겠다."

태인도 조금은 미안했던지 헛웃음을 날렸다.

"미안하다, 미안해. 하지만 그건 진짜 꾸며낸 무협 소설 주인공이니까 가능한 거고, 상식적으로 이 심오한 책을 한 번 쓱 보고 몽땅 이해하고 새걸 만든다는 게 말이 될 거 같냐? 뭐 남이 10년 걸릴 걸 5년에 하면 수재라 하고 1년에 하면 천재라 하지. 하지만 그것도 안 걸린다면 인간이 아닌 거야, 그건."

"쳇. 태인이 무능한 거야. 어느 무협 소설에서 보니까 반 각이나 시간을 준 건 네 능력을 몰라서가 아니라, 혹시나 하는 노파심에서 어쩌고 하면서 사과하는 것도 있더라. 며칠째 붙들고 있으면서 그 안에서 딱 하나 연구하는 것도 제대로 못해?"

말도 안 되는 억지라는 걸 알았지만 아무 말도 안 하고 있기에 너무 억울해서 알은 떠들었다. 어찌 되었든 알이 바위 들고 움직이고는 있었기에 태인은 받아줬다.

"후. 너 그거 진짜로 믿는 건 아니지? 정말 그거 보고 다 깨우칠 정도로 쉬운 것들이라면 애초에 그한테 별 도움이 안 되는 것들인 거야. 아니면 내버려 둬도 혼자서 금방 궁리해 냈거나. 뭐, 하긴 몇 달 몇 년을 혼자 고민하던 게 마지막 한순간에 던져 준 한마디에 깨우침을 얻기도 한다만, 그건 그전의 자기 자신의 노력이 숨어 있는 거고. 자, 부지런히 날라. 안 그러면 내가 더 무능해질지도 몰라."

대화를 하며 검산하다가 아까 한 계산에서 뺄셈 하나가 틀려 있었다는 걸 깨달은 태인은 그 '수정' 은 나중으로 미루기로 하며 슬며시 알의 주의를 돌렸다.

"치사하다아."

그 협박 아닌 협박에 알은 눈물을 삼키며 다시 삽을 들었다. 한 시간 정도 뒤 다시 한 번 알의 절규가 벌판을 울려 퍼졌지만 아무도 귀담아 들어주지 않았다. 그렇게 몇 가지 자잘한 일들이 벌어지는 가운데 진은 점점 더 완성되어 갔다.

● Chapter 32
늑대인간 가출하다

Chapter 32

늑대인간 가출하다

"이얍!"

드르륵.

동굴 입구를 막고 있던 바위가 밀려 나가고 등에 커다란 검을 들쳐 멘 늑대인간 하나가 뛰어나왔다. 밖에서 대기하고 있던 늑대인간들이 반가이 그를 맞이했다.

"키튼, 바라던 바를 이룬 거냐?"

"뭐 아직 갈 길은 멀지만 한 걸음은 더 내디뎠다고 할까요. 핫하하 하."

엄지손가락을 내밀며 스스로를 추켜세우는 어린 늑대인간의 모습은 일견 건방져 보이기라도 하련만 유쾌한 웃음 때문일까, 둘러싼 자들도 밉지 않은 웃음으로 그 말을 받았다.

"훌륭하구나. 하지만 극성으로 완성해서 나오겠다고 큰소리치고 들어가더니 좀이 쑤셨나 보지? 핫하하. 술이라도 먹고 싶어진 거냐? 일 년은 다 채웠다만 좀 더 연장이라도 하지 그랬냐?"

엄격한 사문이라면 추상같은 호통이 떨어져야 할 장면이건만 느슨하다고 해야 할지 여유롭다고 해야 할지, 다들 그냥 와자지껄한 축제 분위기였다. 이 뛰어나면서도 유쾌한 어린 늑대인간은 여실히 사랑받고 있었다. 하지만 농담조로 건넨 존장의 말에 약간 자존심이 상했는지 키튼은 약간 삐친 척 말을 받았다.

"저를 뭘로 보시는 겁니까! 에세란 아저씨. 남아일언 중천금. 기존의 벽력섬 자체는 완성했다고요."

그 말에 둘러싼 늑대인간들의 입이 쩌억 벌어졌다.

"정… 정말 완성했냐?"

"그렇다니까요. 에에. 뭡니까! 그 놀랐다는 표정은. 들어갈 때는 저를 믿는다더니, 이제 보니 기대도 안 했다는 겁니까!"

"아니, 그런 건 아니고. 그러니까… 하하."

날뛰는 척하는 키튼을 진정시키면서도 둘러싼 늑대인간들의 표정에서는 경악이 떠나지 않았다. 물론 다음 족장이 될 걸로 자타가 공인하는 아이이고, 그 뛰어난 재능으로 인해 모두의 기대와 사랑을 한 몸에 받고 있긴 했지만, 그래도 이건 좀 과하지 않은가. 아무리 선택받은 몸이니 어쩌니 해도 제대로 된 영약 하나 해다 먹인 것도 없는데 말이다.

"두고 보라고요. 아직 뇌정신공은 극으로 완성하지 못했지만, 조상님의 위명은 제 대에서 부흥시킬 겁니다."

"그래, 너만 믿는다."

"참, 제가 들어가 있는 동안 별일은 없었죠?"

그 질문에 에세란의 표정이 조금 일그러졌다. 얼마 전에 입었던 참혹한 상처가 다시 쑤셔왔다. 그 표정을 놓치지 않고 키튼이 물었다.

"무슨 일 있었던 거예요? 있었군요?"

"아니, 뭐 별로 대단한 일은 아니고……."

에세란은 우물쭈물했다. 키튼의 화끈한 성격을 잘 아는데 알려줘도 될까라는 고민이 그래도 연장자로서 들었던 것이다.

"뭐예요. 말해 줘요. 저한테 뭘 숨기시는 겁니까. 섭섭합니다."

"아니, 그게 그러니까… 뭐 얼마 전에 뱀파이어 하나와 인간 하나가 들이닥쳐서는 멋대로 성역을 헤집고 갔는데, 그걸 막으려다가 나와 다른 경비 담당 전부가 부상만 입고 망신만 당해서 말야."

"뭐라고요? 대체 어떤 놈이 그런 모욕을. 대체 누굽니까, 그 녀석들?"

"인간은 강태인이라는 자인데 장로님이 에스리카로 보낸 모양이고, 뱀파이어 쪽은."

"그래서 우리 쪽은 그 녀석들 옷자락도 건드려 보지 못했다는 겁니까?"

미처 이름을 말하기도 전에 키튼이 그르렁거리며 말을 자르고 또 물었다. 키튼의 눈에서 번개가 치직거렸다.

"그게 조금 역부족이더라고. 네가 있었다면 얘기가 달랐겠지만, 장로님조차도 그냥 곱게 한 수 접어주자 하셨으니 우리로서는 별다른 수단이."

"이익. 그렇다고 그냥 보냈단 말입니까! 그 녀석들이 우릴 뭘로 보고 비웃었겠어요. 에잇. 알겠습니다. 제가 갔다 오죠! 에스리카의 강태인이라고 했죠?"

"어엇. 이봐, 키튼?"

에세란은 그제야 문제가 좀 커졌다는 걸 알고 다급히 키튼을 불렀지만, 어느새 키튼은 저 멀리 달려나가 시야 밖으로 사라지고 있었다.

"저, 저거 말려야 하지 않습니까? 거기다가 우릴 상처 입힌 건 강태인이 아니라……."

"야, 키튼. 키튼!'

소리쳐 보았지만, 소리보다는 키튼이 빨랐다. 어느덧 키튼의 모습이 결계 너머로 아득히 사라져 버렸다.

"맙소사. 우릴 상처 입힌 것은 그나마 강태인도 아닌데. 이거, 빨리 장로님에게 알려야겠군."

에세란은 키튼의 단순 과격한 성격을 잘 알면서도 괜히 말했다고 뼈저리게 후회했다. 저런 성격이니 보통의 늑대인간으로서는 불가능한 속도로 검의 성취를 이룰 수도 있었던 거겠지만, 참으로 보통 상식으로서는 못할 일도 저지르고 보는 것은 역시나 골치 아팠다.

"장로님, 장로님. 큰일 났습니다."

"무슨 일이기에 그리 호들갑인가?'

좌정하고 명상에 잠겨 있던 무디브는 에세란이 평소답지 않게 허둥지둥거리자 의아한 느낌을 받으며 눈을 떴다.

"그게, 키튼 녀석이……."

"키튼이 왜? 주화입마라도 걸렸느냐? 내버려 둬라. 한 몇 달 뒹굴면 알아서 회복하겠지."

"그게 아니고, 오늘 출관해서는……."

"서두르지 말고 자초지종을 말해 보거라."

그 말에 에세란은 자세를 바로 잡고는 방금 일어난 일을 한 자도 틀리지 않고 그대로 전했다.

"맙소사! 그런! 키튼 이 녀석, 한동안 얌전히 있나 했더니. 자네는 어쩌자고 그런 말을 한 건가!"

"죄, 죄송합니다. 키튼 녀석 성격이 얼마나 단순 무식한지 알면서."

무디브는 혀를 차며 고개를 저었다. 에세란에게 깊은 통찰력을 바란 건 아니지만, 사물을 겉보기만으로 판단하는 경향은 여전했다.

'키튼 녀석, 저번 사고로 한동안 수련동에 처박아두었더니 나오자마자 다시 세상을 뛰쳐나갈 핑계를 찾았군. 그리도 그 울분을 다스리기 힘들더냐.'

한편으로 이해도 갔지만 내버려 둘 일이 아니었다.

"막아야 한다. 짐을 꾸려라. 내가 직접 가겠다."

에세란의 말을 들은 무디브는 그대로 자리에서 일어났다. 다음 대족장 후보인 키튼이 가슴에 뭘 담고 사는지, 그리고 얼마나 열혈인지 잘 알고 있었지만, 설마 이토록 빨리 문제를 또 일으킬 것은 미처 예측 못한 그의 실수였다.

"정작 뱀파이어 이름은 듣지도 않고 가버렸으니 잘못하다가는 애매한 인간 하나 죽을지도 모르니 확실히 서둘러야겠군요."

다급히 일어나 채비를 하던 와중에도 무디브가 약간 어처구니가 없다는 눈초리로 에세란을 쳐다보았다.

"지금 걱정해야 할 건 키튼일세. 그 인간이 앞뒤 분간 없이 힘을 쓸 성격은 아니었다 하나, 키튼 쪽이 자칫 잘못 날뛰어 불상사라도 생긴다면 우린 미래를 잃게 되네."

"아. 장로님, 키튼은 벽력섬을 완성했습니다. 소림 장로들의 협공이라도 받으면 모를까, 일 대 일로는……."

소식이 늦군요라는 듯한 어투로 에세란이 말하자 무디브는 더욱 어처구니가 없다는 듯 한숨을 내쉬며 재빠르게 동굴 밖으로 발을 옮겼다. 그에 맞추어 행장을 꾸리고 따라오는 에세란을 보며 무디브는 말했다.

"벽력섬만으로? 터무니없네. 뇌정신공까지 극에 이르러도 겨우 격을 맞출 텐데. 그 틀 자체를 깨고 넘어가지 않는 한, 형식 안의 완성으로 승리를 바랄 상대가 아닐세. 내가 인간을 얕보지 말라고 그렇게나 일렀거늘, 그 작은 완성을 믿고 앞뒤 구분 못하고 날뛰는가. 자네도 똑똑히 듣고 남은 애들에게 전하게. 세상은 넓고 진정한 인간의 저력들은 쉽게 나서지 않으니, 결코 경거망동하지 말라고."

"안 된단 말입니까?"

기막혀하는 에세란의 말에 무디브는 한숨만 쉬었다. 갇혀만 있으니 견문이 좁아지는 건 어쩔 수 없다 해도 무상반야광이란 이름이 가지는 의미를 몰라도 너무 몰랐다.

'이번에 키튼을 잡아오면 뇌정신공의 새로운 경지를 개척할 때까지 나오지 말라고 잡아 넣어둬야겠군.'

무디브는 그대로 에세란에게서 행장을 낚아채고 뒤도 돌아보지 않고 발걸음을 옮겼다.

"그래도 다행이군. 적어도 뱀파이어의 비숍을 찾아가지 않았으니 손 쓸 여지가 있겠어. 내가 자리를 비운 동안 수행에나 힘쓰되 결코 그 틈을 타 인간 세상을 기웃거릴 생각을 젊은 아이들이 못 품도록 단단히 단속하게. 자네 자신부터 단속해야겠지만."

그 말을 끝으로 무디브는 멀어져 갔다. 남겨진 에세란은 잠시 멍히 있다가 입맛을 다시며 고개를 저었다.

"대체 언제까지 참고 또 참아야 하는 건지. 하기야 키튼 혼자서 둘 모두 대성한다고 해보아야 그 많은 인간 상대로 역부족인 건 사실이지만, 그렇다고 일 대 일조차 안 될 거라니, 장로님은 너무 과장이 심하신 게 아닌가."

모든 늑대인간이 전부 그걸 대성하기라도 한다면 모를까, 그전에는 꿈쩍도 하지 말라는 윗대로부터의 규율이 왜 있는지는 아는 그였지만, 역시 마음에 드는 건 아니었다.

잠든 알이 바위가 무거워, 거기가 아니래 같은 의미 불명의 잠꼬대를 하고 있는 동안 태인은 요요로운 달빛을 바라보며 한숨을 내쉬고 있었다. 진은 완전히 완성되었고 그 안에 다시 그가 겹쳐 놓은 결계 또한 완성되었다. 이제 더 이상 미룰 핑계도 없었다.

'혜련을 찾아가 봐야겠지?'

혜련이 그사이에 마음을 바꾸었든 아니었든 간에 더 이상 방치한다는 건 책임 회피였다.

'그래. 그동안 다른 세력 쪽에서 혜련과 접촉이 없었는지도 알아봐야 할 테고, 정말로 혜련이 나와 함께할 생각이라면……'

태인은 한숨을 내쉬었다. 지금 이 순간의 혜련의 마음이 거짓일 거라고는 생각하지 않았다. 하지만 10년, 20년, 아니, 짧게 3년, 5년 정도의 시간에도 바뀌는 게 사람의 마음이었다.

'일단 만나보자. 그러고 나서 판단하자. 지금 미리 혜련이 어떤 생각을 하고 있을 거라고 고민해 봐야 해결될 건 하나도 없지.'

그렇게 결정해도 태인의 얼굴은 여전히 어두웠다. 사실 혜련을 만나러 간다는 자체가 위험이었다. 자신이 혜련과 접촉할 가능성에 대해서

염두에 둔 세력은 분명히 있을 테고, 그러면 그와 혜련이 돌아오는 길을 감시해 이곳을 찾아내려고 하는 자들도 분명 있을 터였다.

'따돌릴 수가 없는 대상이라면 포기할 수밖에 없겠지만. 하아, 그 핑계로 미룰 수는 없겠지.'

사실 이미 한번 미룬 상태였다. 알만 산문에 맡기면서 혜련은 그러지 않을 그때부터 말이다. 어쩌면 그때 자신은 상대가 혜련을 확실하게 감시하기를, 그래서 혜련을 이곳에 데려오는 걸 포기할 수밖에 없는 명분이 생기기를 바란지도 몰랐다.

"하아. 그래. 더 이상 회피할 수 없는 문제야. 그건 그녀에게 너무 무책임한 일이지. 결단을 내리자."

알은 잠꼬대하고 태인은 한숨 쉬던 그 시간 혜련도 잠들지 않고 있었다.

'이 바보. 어디로 잘도 숨어들었는지 소식도 없네.'

자신의 컴퓨터 화면에 떠오른 그간의 근황 정리를 보면서 혜련은 인상을 썼다. 주름이 질 위험을 떠올리기에는 상황이 너무 안 좋게 돌아가고 있었다.

"넌 팔자 좋게 어디 은거할 곳이나 찾아다니고 있으니 모르지? 이쪽 보이지 않는 뒤로 돌아가는 이야기를 엿들을 수 있는 내 속은 얼마나 타는지 알아? 남자가 여자 바람막이가 되어줘야지, 왜 여자인 내가 너를 걱정하게 만드냐고."

좋지 않았다. 너무나 좋지 않았다. 알과 태인이 마지막으로 얽힌 뱀파이어가 죽으면서 남겼다는 '자백'이 또 한 번 뒤의 세계를 술렁이게 만들고 있었다.

'교황청의 발표를 액면 그대로 믿는다면 말이지만, 죽은 녀석은 뱀파이어 최고 수뇌부의 일인으로 혼천묵염강을 익혔고, 알은 그 녀석조차 부리는 정점의 존재로 그 이상의 힘을 지니고 있고, 세리우스도 알과 한패이고. 후⋯⋯.'

물론 그녀는 교황청의 발표를 그다지 믿지는 않았다. 포획부터 조사, 심문까지 교황청 혼자 다 했고 죽은 자는 말이 없으니 그게 모조리 다 추기경께서 손수 집필하신 소설이라 해도 누가 알겠는가?

'하지만 문제는 스포츠 신문이 소설을 쓰면 사람들이 재미 삼아 보고 웃고 말지만 교황청이 소설을 쓰면 그게 곧 진실이 되어버린다는 거지. 알 녀석, 정말 거물이 되어버렸군.'

그렇게 말하는 그녀의 표정은 전혀 웃고 있지 않았다. 농담이 아니라 진담으로 알은 이제 거물이었다. 교황청은 애들이 모여 장난하는 곳이 아니었다. 그곳에서 알을 이 정도로 집요하게 노릴 정도면 99% 알에게 그녀가 모르는 거대한 무엇이 있다고 봐야 했다. 이번 자백 자체가 진실이든 아니든 간에 말이다.

'설령 교황청이 알을 잘못 판단하고 찍은 1%의 경우라 하더라도.'

교황청이 거물로 대접하는 이상 거물이었다.

"태인, 이 바보야. 어디 가서 뭐 하는 거야. 제발 빨리 날 찾아와. 지금 알 녀석을 찾겠다고 교황청에서 눈에 불을 켜고 있다고. 늦으면 정말로 너까지 위험해. 나도 같이 가자고 한 그 약속 잊고 있는 건 아니지?"

혜련은 살짝 입술을 깨물었다. 태인에 대해서는 그녀가 잘 알았다. 약속한 이상 그 책임과 의무를 소홀히 할 성격은 절대 못 되었다. 그러니 반드시 그녀를 찾아오긴 올 것이었다. 단지 그때가 오기 전에 교황청, 그 죽음의 대천사가 알과 태인을 찾아내는 일이 벌어질까 봐, 그게 그녀는 두려웠다.

　그리고 그 시간 그녀가 두려워하는 교황청의 추기경 예하는 영상 회의를 하며 다른 내로라하는 조직의 수장들에게 정식으로 통보를 하고 있었다.

　"이미 모든 것이 백일하에 드러났습니다. 이번에 죽은 뱀파이어가 자백한 바는 다들 보셨을 것입니다. 거기다가 알렉시안 그자는 이미 눈치를 채고 잠적해 버렸습니다. 제가 저번에 말했을 때 일을 서둘렀다면 잡을 수 있었을 것을, 이제 다시 그자를 찾아 제거하려면 얼마만한 노력이 들며 그사이에 그자가 무슨 일을 벌일지 누가 알겠습니까?"

　기세 등등한 추기경 앞에서 다른 자들은 말없이 듣고 있었다.

　"역시 이번에도 저희의 제안을 거부하신다는 거군요. 좋습니다. 그 문제는 그렇다면 뒤로 미루지요. 그러나 알렉시안이란 위험은 더 이상 두고 볼 수 없습니다. 지하로 잠적해 버린 세리우스와 알렉시안. 그 두 강대한 뱀파이어는 기필코 저희가 추격해서 제거하겠습니다. 그것까지 반대하지는 않으시겠지요?"

　"나무아미타불……."

　작게 불호만 외우고서 자혜 대사는 침묵했다. 당연히 세리우스에 대해서라면 누구도 반대할 명분이 없었다. 그리고 어느 사이에 세리우스와 한 묶음이 되어버린 알렉시안을 따로 떼어놓고 반대하기 힘들게 추기경은 몰고 있었다. 자혜 대사는 그를 지나 달려갔던 혼천묵염강의 주인을 떠올렸다. 그 정도 힘의 주인인 자가 과연 저렇게 죽기 전에 다 털어놓지라는 식으로 추기경에게 모든 것을 말했을까? 말했다 해도 그게 얼마나 믿을 만할까? 많은 의문이 들었으나 드러내 놓고 반박할 수 없었다.

'그나마 추기경이 애매한 자들까지 몰아넣는 성전은 더 주장하지 않으니 다행이라 해야 하는가. 세리우스와 알렉시안이 지금 추기경에게 다시 위치를 잡힐 만큼 역량이 작지는 않을 터, 교황청이 아무리 기세등등하여도 그 둘을 찾지 못하면 제풀에 지칠 터이니 오늘은 한발 물러설 수밖에 없겠군.'

"뜻대로 하시지요."

자혜 대사까지 승인한 마당에 더 반대할 자가 있을 리 없었다. 세리우스와 알렉시안 두 존재에 대한 싸움에 대해 공식적인 승인 협약을 받아내고서 추기경은 만족해하며 자리에 몸을 눕혔다.

'이제 놓은 덫에 그들이 걸려들기를 기다릴 차례로군. 오너라, 시원 자들이여. 너희의 힘 교만할 만큼 강대하나 인류의 힘이 하나로 뭉쳐 신의 뜻을 수행할 때 그 오만함 꺾여 다시금 잠들게 될 것이다.'

마도사 협회장 아케리트는 난감하다는 표정을 지으며 영상을 껐다.

"곤란해, 곤란해. 그냥 벌여도 될 일에 군이 국제적 공인을 받는다. 이건 틀림없이 다음을 위한 수순인데. 저 구렁이가 단단히 작심했으니 쉽게 빠져나갈 수도 없고. 알렉시안을 찾아내면 조금 돕는 척은 해야 하나. 후우."

다음날 알에게 사정 설명을 하고서 태인은 길을 떠날 채비를 했다.

"알았지, 알? 말썽 안 피우고 있어야 한다."

"으응. 걱정 말고 다녀와."

알은 나름대로 최대한 듬직하게 보이도록 노력하며—그게 태인을 더 불안하게 했지만—태인에게 손을 흔들었다.

"다시 말하지만, 절대로 이 밖에 나가면 안 돼. 알겠지?"

"으. 한두 번 말한 것도 아니잖아."

마침내 알은 지쳤다는 듯이 고개를 푹 숙였다. 가겠다고 했으면 얼른 갈 것이지, 무슨 잔소리가 끝이 없었다.

"내가 없는 사이에 네가 심심함을 못 이기고 나갈까 봐 그러지."

"갔다 와. 갔다 와."

이젠 쫓아내듯이 알은 손을 앞뒤로 흔들었다.

"후우. 잘 지내야 한다."

이미 행장을 다 꾸리고 문밖까지 나온 상황에서 알이 걱정되어 태인은 자꾸 주저했다. 데리고 밖에 나가는 것보다 여기 놔두는 게 훨씬 안전하다는 합리적 판단에도 불구하고 심정적으로 불안했다. 하지만 언제까지 미룰 일도 아니었기에 태인은 결국 떠났다.

"냐앙. 자유다."

태인이 진 안으로 들어가서 시야에서 사라지자마자 알은 만세를 불렀다. 그리고 모처럼 맞이한 자유 시간을 즐거워하며 자기 방으로 쪼르르 달려가 침대에 풀썩 드러누웠다.

"편하게 누워서 생각하자. 뭘 하고 놀까. 음음. 나가는 건 안 된다고 했으니 안 될 테고."

막상 드러누워서 진지하게 고민하니 딱히 할 게 없었다. 이 태인이 만들어놓은 은신지는 막상 생활 편의 시설을 하나도 갖추어두지 않았던 것이다.

"에고. 아무리 급히 만들어도 그렇지, TV랑 인터넷은 되게 해놔야 할 거 아냐. 으, 라디오도 안 되고. 그렇다고 밖에 나가는 것도 안 되면 완전 감옥이나 다름없잖아. 심심해."

누워 있으니 잡념만 늘었다. 하지만 정말로 나가서는 안 된다는 걸 이해할 정도의 머리는 알에게도 있었다. 단지 아무것도 안 하자니 따분해서 하나마나 한 푸념이나 하며 자기 위안을 하는 것뿐이었다.

"따분해. 뭔가 스릴 넘치는 모험이라도 안 일어나나. 태인은 밖에도 함부로 나가지 못하게 하고. 심심해애."

따뜻한 햇볕을 온몸에 받으며 알은 침대 위에서 뒹굴거렸다. 일어나서 뭐라도 하면 덜 심심하련만 푹신한 매트와 따뜻하면서 적당히 무거운 이불의 느낌이 일어나기 싫게 만들고 있었다.

'잠이나 더 잘까? 자꾸 잠만 자면 게으름뱅이 될 텐데. 그냥 일어날까?'

뒹굴뒹굴. 자는 것도 아니면서 일어나는 것도 아닌 채 둘 중 어느 쪽을 할까만을 고민하기를 대략 삼십여 분. 알은 어느덧 정신을 잃고 다시 잠들었다. 난방이 잘 되어 있는 집 안은 너무나도 아늑했다.

"음냐아. 잘 마시겠습니다."

한참 꿈나라를 헤매며 알은 나른한 행복을 만끽했다.

쾅.

그때 무언가 부서져 나가는 소리가 들리며 알을 도로 현실로 불러들였다.

"주인은 당장 나와라! 안 나오면 모조리 다 때려부수겠다."

"우웅?"

잠에서 깬 알은 눈을 껌벅이며 지금 들리는 소리가 현실인지, 아니면 꿈속인지 잠시 헷갈려 했다.

"키튼이 와서 너에게 비무를 신청한다! 용기가 있다면 당장 나와라."

"아아. 꿈이구나. 음. 무협 소설을 한동안 못 본 탓인가. 그런데 이름이 영어라니 꽤 이것저것 섞인 꿈이네. 하긴 요즘 건너가는 시리즈들도 꽤 많았으니까, 이상할 건 없는지도."

꿈이라고 결론 내린 알은 그냥 느긋이 침대에 누워 지금의 기분이나 더 만끽하기로 했다. 어떤 내용의 꿈이 될지는 모르겠지만, 별 관심 없었다.

쾅!

문짝이 뜯겨져 나가는 소리가 다시 울렸다.

"당장 나오지 못하겠느냐. 안 그러면 여기 기둥부터 잘라주겠다."

"우웅. 그것참 시끄러운 꿈이네. 대체 누가 와서 설치는… 우왓?"

우당탕.

별 생각 없이 몸을 움직여 한번 보기나 하자라고 하던 알은 허공을 짚었고 당연히 그대로 바닥으로 굴러 떨어졌다. 그대로 온몸에 전해오는 통증에 그제야 알은 정신을 차렸다.

"지금 꿈이 아냐? 잠깐, 그럼 밖에서 저렇게 소리 지르는 놈은 대체 누구야?"

다급히 창밖으로 머리를 내민 알은 뜯겨져 나가 바닥에 나뒹굴고 있는 대문과 그 앞에서 검을 들고 설쳐 대는 자기 나이 또래의 소년을 볼 수 있었다.

"뭐야, 저 미친놈은? 대체 어떻게 들어온 거야? 아니, 지금 그게 문제가 아니지."

더 이상 내버려 두었다가는 대문만이 아니라 기둥까지 진짜 잘라낼 기세였기에 알은 다급히 창밖으로 뛰어내렸다.

"나왔느냐. 손님을 기다리게 하다니, 예의가 되어먹질 않았군."

"나타나자마자 대문부터 때려 부숴놓고 무슨 손님이냐. 너 대체 누구야!"

나중에 태인이 돌아오면 뭐라고 변명하지라고 걱정하며 알은 자신의 단잠을 깨운 이 '미친놈'의 정체를 살폈다. 푸른 눈에 푸른 머리, 키는 알 자신보다 약간 컸고, 운동을 많이 했는지 근육과 골격도 잘 발달해 있어서 꽤 다부져 보였다. 그런 주제에 얼굴은 아직 완전히 어른이 되지 않은 소년의 앳됨과 일정 이상 힘을 이루어낸 남자의 자신감이 섞여서 쿨한 분위기를 만들어냈다. 알은 재빠르게 결론을 내렸다.

'뭐야, 저 순정 만화 주인공에게나 있을 법한 괴기한 구성은.'

"내 이름은 키튼. 네가 바로 내가 잠시 자리를 비운 틈에 우리의 성역에 와서 지키고 있던 문지기들을 쓰러뜨리고 우리의 명예를 실추시킨 그자렷다?"

"아닌데? 잘못 찾아온 거 아냐? 옆집이라든지."

상대가 잘 싸우게 생긴 체형이든 말든, 손에 검을 들고 있든 말든 알은 조금도 주눅 들지 않고 당당하게 대답했다. 겉보기에 약해 보여서 그렇지 사실 그도 마음만 먹으면 어느 고등학교 하나쯤 점령하는 건 어렵지 않은 강자였던 것이다.

"뭐냐. 지금 와서 발뺌하는 거냐? 네가 그럼 강태인이 아니란 말이냐? 문패를 보고 두들겼거늘. 무엇보다 에스리카의 이종족만의 비밀 공간에 들어와 집을 지을 자가 또 있단 말이냐!"

"응? 태인? 아, 태인. 난 태인이 아니고 같이 사는 조수 알이야. 태인은 지금 집 비웠는데."

그 말에 순간 키튼의 표정이 일그러졌다. 잠시 뒤 표정을 수습한 키튼은 흠흠 하고 헛기침을 했다. 그러더니 무안을 감추기 위해 검을 다시 치켜들고 외쳤다.

"좋아. 스승의 빚은 제자도 이어받는 법. 일단 너부터 꺾고 그를 다시 꺾어주지."

"아니, 저기 난 제자가 아닌데. 거기다가 대체 무슨 빚… 어엇?"

대체 어떻게 말을 번역하면 조수가 제자로 바뀌는지 궁금한 알이었지만, 다른 문제가 훨씬 급하다는 걸 키튼의 몸에서 치직거리며 번개가 튀기 시작할 때 깨달았다. 거기다가 설상가상으로 키튼의 몸이 알이 보는 눈앞에서 변했다. 온몸이 신비스러운 푸른빛이 감도는 털로 뒤덮이고 뾰족한 이빨과 귀가 생겨나면서 덩치가 한층 더 커졌다.

"늑… 늑대인간?"

"그렇다. 나는 늑대인간 부족의 다음 대 족장이 될 키튼. 내가 자리를 비운 사이에 잘도 다녀갔더구나. 하나 우리의 힘이 고작 그 정도에 불과하다고 생각하지 마라. 네가 상대한 것은 껍데기뿐! 이것이 진짜다."

"아니, 저기 내가 아니고 태인이. 윽."

키튼의 잘못을 바로잡아 주려던 알은 주위로 튀는 번개에 몸을 살짝 데이고는 뒤로 물러섰다. 번개가 조금만 틈을 허락하면 바로 뛰쳐나갈 듯이 검에 머물러 치직거렸다.

"삼초를 양보하마! 그 뒤에 너를 쓰러뜨리고 늑대인간의 명예를 회복하겠다. 그렇게 알아랏!"

"삼… 삼 초고 삼 분이고 간에 대체 나를 쓰러뜨리는 게 무슨 명예회복이 되는 건데!"

키튼이 말한 삼초란 삼초식을 얘기하려다가 영어 미숙으로 삼초가 되어버린 거였지만, 당황한 알로서는 알 바 아니었다. 잘 먹고 잘 자는 나날을 보내려고 준비 중이었건만 갑자기 쳐들어와서는 불문곡직하고 도전한다라니, 마른하늘에 날벼락이 달리 없었다.

"지금 와서 발뺌하는 거냐! 준비해라! 우리 부족의 호족신공인 뇌정신공과 벽력섬이 우습게 보이지 않는다면 당장 검을 뽑아랏!"

'태인이 대체 무슨 일을 했길래 이러는 거야? 빌린 카드로 현금 서비스라도 좌악 긁고는 밤새 날랐기라도 했나?'

알은 집을 비운 태인을 원망했다. 그리고 실제로 키튼이 생각하고 있는 대상은 드뤼셀과 태인이 묘하게 뒤섞인 상태이긴 했지만, 키튼의 말 자체는 거짓은 아니었다. 어떤 의미에서 분명히 '알의 한패'인 자가 성역을 헤집고 나갔던 것은 사실이었으니 말이다.

"빨리 무기를 준비해라. 최선을 다하는 게 좋을 거다. 안 그러면 아낀 것을 후회하며 죽게 될 테니까."

"난 무사가 아니라고. 삼초를 양보하나마나 쓸 무기도 없어. 내가 할 줄 아는 건 마법뿐인걸."

"그, 그런가?"

키튼의 표정이 순간 맹하게 바뀌었다.

"그렇다니까."

키튼의 온몸에서 뻗어 나가던 투기가 순식간에 사라졌다. 갑자기 던져진 난제에 손으로 턱을 괴고서 고민하는 키튼의 모습을 보고 알은 상대가 엄청나게 단순하다는 것을 직감했다.

'그냥 저대로 고민하다가 돌아가라.'

하지만 알의 기대와 달리 키튼은 해결책을 찾아내었다. 다시 온몸에서 공력을 끌어올리며 키튼은 외쳤다.

"좋아. 그럼 보조 주문을 세 가지 정도 걸 여유를 주마. 빨리 준비해라."

"무슨 그런."

알은 기가 막혀 입을 벌렸지만 상대는 일말의 흔들림도 없었다. 확고부동이라는 네 글자를 써서 이마에 써 붙여주고 싶은 그 모습이었다.

'어쩌지? 그냥 말로 때울 수 있는 녀석이 아닌 거 같은데. 에라, 모르겠다. 일단 좀 피하고 보자.'

"삼초를 양보한다고 했지? 좋아. 그럼 간다. 드넓은 대지를 자유로이 오가며 북에서 남으로 남에서 북으로 동에서 서로 서에서 동으로 치닫는 영원의 나그네여, 그 지치지 않는 빠름을 나의 몸에 불어넣어 다오. 윈드 셀레리티(Wind Celerity)."

알이 주문을 외우는 것을 보며 키튼 또한 공력을 서서히 끌어올렸다.

"영겁을 흘러가는 시간의 흐름이여, 그 지엄한 흐름의 가닥 중 가장 빠른 가닥을 내게 허하고 가장 느린 가닥을 그에게 내려, 비틀린 균형을 유지하라. 트위스트 타임(Twist Time)."

"대지여, 나의 말에 귀 기울여 다오. 이제 나 나의 의지로써 나의 길을 가리니, 너의 속박에서 나를 놓아다오. 대기여, 나의 말에 귀 기울여 다오. 이제 나 나의 바람대로 나의 발걸음을 옮기리니 나의 받침이 되되 나의 방해가 되지 말아다오. 무브먼트 오브 윌(Movement of Will)."

알이 주문을 외우는 걸 보며 공력을 다 끌어올린 키튼은 기다리기 지루하다는 듯 발로 자신의 검집을 툭툭 찼다. 그 모습이 꼭 먹이를 노려보는 늑대 모습이라 알은 꿀꺽 하고 침을 삼켰다.

"끝났냐?"

그 말과 함께 높이 쳐든 키튼의 검에서 다시 치직거리며 푸른 번개가 맺혔다. 주위로 튄 전기 한 가닥이 땅에 떨어지자마자 그대로 일대를 태우며 퍼지는 것을 보며 알은 아까부터 위협적으로 느껴지던 상대가 지닌 기운의 정체를 깨달았다.

'진짜 뇌정신공이다아! 그것도 저 정도로 무지막지한 힘이라니, 대체 어느 정도를 익힌 거지? 으아아. 잘 자고 있었는데 이게 웬 날벼락이야.'

알은 조금 전에 스릴 넘치는 재밌는 일이 안 일어나나라고 불평한 것도 잊어버리고 자신의 처지를 한탄했다.

"간다."

"에잇. 몰라. 올 테면 와라. 나도 준비 끝났다고."

섬전과 같은 빠르기로 자신을 향해 쏘아지며 푸른 번개가 맺힌 검으로 베어오는 상대를 향해 알도 과감하게 움직였다.

"너 이 자식."

뒤를 향해서……

요란하게 주위로 충격파가 터져 나가는 가운데 뱀파이어와 늑대인간 사이의 때 아닌 추격전이 벌어졌다.

"거기 안 서!"

"미쳤냐! 내가 서게. 서면 그걸로 날 쪼개려고 그러지."

키튼이 뭔지 알아듣지 못한 세 주문은 하나같이 가속 주문이었고 알은 그 효과를 유감없이 발휘하며 도망쳤다.

"비무를 받아들여 놓고 비겁하게 도망이냐!"

"무예끼리 부딪쳐야 비무지 무예와 마법이 부딪치는 게 무슨 비무야, 뇌정신공을 실은 벽력섬의 위력을 내 몸으로 시험해 보고 싶은 생각 전혀 없다고. 차라리 비 오는 날 고압선 닦는 아르바이트를 하면 했지."

그러면서 알은 아예 숫제 공중으로 달려나갔다. 혹시 못 쫓아오지 않을까 하며 기대에 차 뒤를 슬쩍 본 알은 자기 이상으로 자연스럽게 허공을 뛰어 달려오는 키튼을 보고 일단 도망치자라는 자신의 결심이 옳았음을 재확인했다.

'저거 아무리 봐도 철민이보다 약할 거 같지는 않은데 부딪쳤다가 무슨 꼴을 당하려고. 여긴 태인이 쳐놓은 결계 때문에 내 주특기인 흑마법은 하나도 못 쓰는데, 저런 무식한 녀석을 상대하다간 나만 다치지.'

"이 자식, 너 진짜 안 설래! 내가 상대할 가치도 없다고 피하며 모독하는 것이냐!"

"니 눈에 내가 지금 한가하게 피하는 걸로 보이냐. 죽을힘을 다해 도망쳐도 거리가 그대로… 그대로?"

알은 자신과 키튼의 거리가 처음 출발한 그 상태에서 하나도 줄어들지 않았다는 사실을 깨닫고 경악했다.

'아니, 잠깐. 원래 내가 100m 5초 안 넘기고 주파하잖아. 거기에다가 지금 트위스트 타임으로 저 녀석과 내 시간 차이가 4배. 다시 윈드 셀레리티로 3배. 거기에 무브먼트 오브 윌로 3배. 대충 따져도 저 녀석이 나랑 보조를 맞추려면… 저 녀석 원래 이동 속도가 마하 2야?'

알은 죽어라 도망치면서도 기가 막혔다. 아니, 세상에 빨라도 정도란 게 있지, 너무 지나치지 않은가.

'니가 무슨 전투기냐!'

죽어라 날아다니면서 알은 생각했다. 이대로 도망다니다간 가속 마법의 효력이 끝나자마자 붙잡힐 판이었다. 그전에 상대의 내공이 다 떨어질지도 몰랐지만 왠지 기대하기 힘들었다.

'태인의 결계 때문에 흑마법은 못 쓰잖아. 어떡하지? 그래. 까짓거 어둠의 힘이 아닌 힘을 빌리면 그만이지. 고마워요, 할아버지 스님! 역시 세상에 공짜는 없어. 그렇게 고생한 나날이 오늘날 이렇게 쓸모가 있을 줄이야.'

"안 선다 이거지! 잡히는 날엔 죽었어!"

"잡히면 죽는데 내가 왜 서냐!"

말이 제대로 전달이 되지 않을 빠르기였지만, 다행히 결계 덕분에 소리가 이리저리 반사되면서 둘 간의 대화는 간간이 이어졌다.

"지금 서면 안 죽을 만큼만 패줄게."

키튼이 즉석에서 내놓은 의문스러운 타협안을 알은 과감하게 거부했다.

"싫어! 이거나 받아라!"

그러면서 드디어 알은 새로운 주문을 쓰기 시작했다. 당연히 성력을 빌리는 힘은 그의 존재상 쓸 수 없었다.

'그러고 보면 흑룡 할아버지 때는 참 뭐가 어떻게 된 건지 모르겠단 말야.'

어둠의 힘을 빌리는 주문은 태인이 쳐놓은 결계 때문에 곤란했다. 결국 선택은 제3의 힘이었다. 어느 쪽에도 속하지 않는 힘들. 태인 때문에 산사에 처박혀 보내야 했던 세월이 새삼 감사해지는 알이었다.

"드높은 천공에서 태초부터 지상을 비추며 끝없는 영광으로 칭송받는 불의 군주여, 만물을 길러내는 생명력의 근원을 내뿜는 위대한 아버지여."

'으갸. 빨리 못하면 진짜 죽겠다.'

주문을 왼다고 잠시 정신이 흩어진 사이 키튼은 무섭도록 육박해 알을 위협했다. 주문을 외다 말고 알은 다급히 도망치며 외쳤다.

"인간, 아니, 늑대인간적으로 너무 빠른 거 아냐?"

"섬전행이야말로 쾌에 관한한 천하제일의 보법이라는 것을 이제야 알았느냐. 크하하핫."

'망, 망할. 그거였지. 빠르다 빠르다 하더니 진짜 빠르네. 에라, 모르겠다. 이판사판이다. 어지간한 건 씨도 안 먹히겠지? 저 움직임을 때려잡을 수 있는 거라면? 번개보다 빠른 건? 에잇, 레이저다.'

"그 찬연한 광휘의 조각이 내 손에 맺히어 타오르는 불길의 힘으로써 적을 태우는 백만의 화살이 되리니 가로막는 자 찢겨지고 맞서는 자 멸망하여 당신의 권세를 체험하리라. 선 블라스트(Sun Blast)!"

순간적으로 또 하나의 태양이 지상에 나타났다. 그 태양은 눈부신 광휘를 사방으로 발하였고, 쫓아오던 늑대인간 하나 역시 예외없이 걸려들었다. 온몸을 태우려고 압박해 오는 극양의 기운에 키튼은 그 자리에 멈춰 섰다.

"극양의 신공이냐. 좋아. 상대해 주지."

'전혀 아냐. 멋대로 가져다 붙이지 말아줘.'

"세간에서 호신강기라면 구대극품공 중에서도 범천항마신공이 으뜸인 양 말하지만, 공력 소비가 커서 오래 못 가서 그렇지 뇌정멸은 그 이상이지."

'하나도 안 궁금해. 설명 안 해줘도 좋으니까 그냥 쓰지 마.'

알이 속으로 뭐라고 떠들거나 말거나 키튼의 몸 주위로 푸른 번개의 기운이 아예 막을 이루며 맺혔다. 금방이라도 터져 나갈 듯이 꽉꽉 눌린 번개의 구는 안으로 짓쳐들어오는 태양의 빛과 정면으로 충돌했다.

"으하핫. 어떻냐. 이것이 바로 뇌정멸. 감히 범접코자 하는 모든 것을 그대로 멸하니 무엇도 다가오지 못한다는 절대의 호신강기다."

'글쎄, 설명 안 해줘도 된다니까. 진짜 절대면 난 어쩌라고.'

쏟아지는 태양광 아래에서 푸른 구체에 휘감겨 당당히 떠 있는 키튼을 보고 알은 다시 수인을 맺었다. 선 블라스트는 이걸로 끝이 아니었다. 일단 넓게 펼쳐져 상대를 가두고 나면 제2단계로 변화할 수 있는 것이었다.

"백만의 화살 하나로 모일 때 일찍이 혼돈을 가르고 나가 밤과 낮의 시작을 알렸던 위대한 불의 검의 흩어진 조각으로 이곳에서 다시 이루어질지어니, 태양의 권세에 맞서는 오만한 자에게 징벌의 힘 될지어다. 솔라 다이아몬드(Solar Diamond)!"

그 말과 함께 주위로 뻗어 나가던 태양 빛이 일순간 한 점에 모여들었다.

"핫?"

자신의 호신강기에 가해지는 양강의 기운의 압력이 훨씬 강해졌음을 느낀 키튼은 다급히 공력을 더 끌어올렸다. 그 모습을 보고 알은 계란을 닮았다고 생각했다. 푸른 번개로 된 노른자에 작렬하는 태양광으로 된 흰자를 가진 계란 말이다.

"우헤헤헷. 네 입으로 그랬지? 그거 공력 소모가 심하다고? 어디 한 점에 집중된 선 파워 앞에서 얼마나 버티는지 보자."

"이, 이 자식이."

키튼은 자신이 당했음을 깨닫고 엄청나게 분노했지만, 별다른 뾰족한 수가 없었다. 뇌정멸을 잠시라도 늦추고 딴 짓을 하려 했다간 바로 온몸이 직화구이가 될 판이었다.

"야, 이 뱀파이어 녀석아! 너 흡혈박쥐 주제에 태양의 힘을 빌리다니. 암수를 써서 상대를 곤경에 빠뜨리다니 부끄럽지도 않느냐!"

그 말에 알의 이성이 날아갔다. 흡혈박쥐라니! 해도 너무한 호칭이 아닌가. 누구는 자존심이 없는가. 그 많은 호칭 다 놔두고 흡혈박쥐라니. 열받은 알은 그 역시 맞먹는 짓을 벌이기로 했다.

"그러는 너는! 두 발로 선 강아지 주제에 번개의 힘을 써대면서!"

아마도 '개XX'라고 하지 않고 '강아지'라고 한 건 알의 마지막 이성이었을 것이다. 하지만 상대는 알의 배려를 무시하고 격노했다.

"뭐… 뭐라고! 두 발 강아지! 감히 신성한 워울프의 부족을 그렇게 부르다니! 이 흡혈박쥐 따위가."

솔라 다이아몬드와 뇌정멸이 격돌하는 와중에 나오는 대사로서는 조금 한심했지만 둘은 나름대로 진지했다.

"이것만 풀리면 너 정말 두 쪽 날 줄 알아라."

"헹. 그때까지 네가 버틸 수나 있냐."

"크윽. 이 자식이!"

이를 박박 갈면서도 키튼은 응답하지 못했다. 뇌정멸이 막강한 호신수법이긴 했어도 내공 또한 무식하게 잡아먹는 수법이었고, 상대의 말대로 끝까지 버텨낼 자신이 없었다.

'크윽. 이 내가 이딴 잔수에 빠져 이런 낭패를 당하다니.'

상대의 당황한 얼굴을 보고 해냈다는 승리감에 알은 뿌듯하게 웃다가 순간 느껴지는 어지러움에 비틀거렸다.

"어라?"

'에. 뭐, 뭐야. 마력이 거의 안 남았어? 주문을 막 써대긴 했지만 벌써 이렇게 바닥이 날 정도는 아닌데. 잠깐 이거. 끄악. 그런 거야?'

알은 그제야 자신이 뭘 잘못했는지 깨달았다. 단순히 빠른 놈을 잡기 위해 더 빠른 게 좋겠지라고 고른 빛의 힘은 비록 사용이 가능하다 해도 그의 마력이 변환되기에는 매우 비효율적인 힘이었던 것이다. 익힐 때는 잠깐 해보고 말았기에 잘 몰랐지만, 지금처럼 상대가 쓰러질 때까지 유지하려고 하니 그 문제점이 여실히 드러났다.

상대를 놀리던 그 문제가 그대로 자기에게도 적용된다는 사실을 깨닫고 알의 얼굴은 더 하얘졌다. 지금 와서 주문을 바꾸자니 열받은 늑대인간에게 죽을 만큼 썰릴 판이었고, 계속하자니 마력이 핸드폰 배터리 마지막 한 칸이 껌벅거리듯 하는 판이었다.

'버텨야 하는데. 으와앙. 하느님, 부처님, 알라, 에 또, 아무라도 좋으니 제발 저에게 힘을.'

평소 때는 관심도 기울이지 않다가 알은 다급하니 아무나 막 불러대며 기도했다. 하지만 전혀 효과가 없었고 알의 마력은 한 칸조차 사라져 바닥을 긁어댔다.

'우와악. 이제 끝이구나.'

그때 기적이 일어났다.

"크윽. 이, 이 자식."

푸른 번개의 기운이 먼저 약해지더니 그 안을 뚫어낸 태양광이 그대로 들이받혔다.

"크아악!"

온몸이 타는 고통에 비명 소리를 지르며 추락하는 키튼을 보고 알은 만세를 불렀다.

"와아. 이겼… 우왓."

그리고 바로 그 순간 떨어진 그의 마력에 알 역시 지상으로 추락했다.

쿵. 쿵.

키튼이 조금 더 먼저 바닥에 추락하고 뒤이어 알도 바닥에 내리꽂혔다. 떨어질 때 자세가 안 좋았던 탓에 허리가 부러진 알은 낑낑대며 목만 들어 올려 앞쪽을 봤다. 다행히 온몸이 반쯤 숯검덩이가 된 키튼도 자기 못지않게 안 좋아 보였다.

"크윽. 이 자식. 나를 이렇게 낭패스럽게 하다니."

"아, 안 죽었네?"

죽일 생각까지는 없긴 했지만 그렇다고 말을 할 정도로 멀쩡하다니, 기대 이상이었기에 알은 입을 쩍 벌렸다.

"네놈의 극양신공도 제법이긴 했다만, 그 정도에 이 몸이 꺾일 줄 아느냐. 기다려라. 몸이 회복되는 대로 가서 베어주마, 흡혈박쥐 녀석아!"

순간 알의 이마에도 힘줄이 생겼다. 금기란 한 번 어기기 어렵지 두 번은 쉬운 법이었다.

"시끄럿! 전기나 폴폴 날리는 늑대새끼 주제에. 그러다 비 오는 날 감전사나 당해 죽어라."

"이… 이 자식이."

키튼은 입에 거품을 물려 소리쳤다.

"감히! 네가 지금 뇌정신공을 전기나 폴폴이라고 했냐. 이것이야말로 내 27대 조상님께서 한 자루 검을 들고 세계가 좁다 하고 돌아다녔던 최고의 절기인데. 인간들조차 그 힘을 찬탄하여 존중해 마지않는 뇌정신공을 전기 폴폴이라니이! 전기 같은 거 발명하기도 전부터 워울프의 자랑이었던 무공인데."

'너무 도발했나?'

키튼이 분노해서 열변을 토하자 알은 순간 겁먹었다. 하지만 과격하기 짝이 없던 상대가 말만 하고 막상 행동으로 옮기지 않자 알은 눈을 더 크게 뜨고 상대를 관찰했다. 부들부들 떨면서 조금씩 몸을 재생시키는 모습이 눈에 들어왔다.

'뭐야, 녀석도 지금 온몸이 엉망이라 나한테까지 와서 베거나 할 힘은 없는 거잖아. 그럼 내가 꿀릴 이유가 없지.'

상대도 입만 살았지 여기까지 다가와 검을 또 휘두를 힘은 없다는 것을 확인한 알은 가열차게 말대꾸했다. 입 싸움이란 어떻게 해야 하는지, 일찍이 선구자적인 두 여인네의 전투에서 보고 배운 바가 있는 그였다.

"헹. 자랑은 무슨 자랑이냐. 무식하게 빠르고 단순하게 휘두르기만 했지."

방금 전까지 그 단순 무식함의 위력이 어떤 것인지 확인했던 알이지만, 지금은 눈 하나 깜짝할 필요가 없었다.

"벽… 벽력섬을… 단순 무식하다고? 강과 쾌. 그 두 가지 요결을 극한으로 추구하여 어떤 것도 앞에 막아서지 못하게 했던 벽력섬의 그 깊은 오의를 두고 단순 무식하다고?"

"피. 진정으로 뛰어난 검법이라면 모든 면에서 완벽해야지, 그 많은 검결 중에 달랑 두 가지만 가지고서 깊은 오의라니 지나가는 개가 들어도 웃겠다."

지나가는 개는 듣고 웃을지 몰라도 지나가는 무도가는 절대로 웃지 못할 말이었지만 알은 되는대로 내뱉었다.

"너. 너. 너. 너……."

키튼은 열받아서 운기행공을 통해 기운을 회복해야 한다는 사실조차 잊어버렸다. 물론 키튼이 열받아서 운기행공을 못하든 주화입마에 빠지든 알로서는 전혀 상관없는 일이었다.

키튼이 그토록 흥분하는 것은 무리도 아니었다. 알의 말대로 벽력섬의 요결은 정말로 간단했다. 빠르면 된다가 다였다. 천 가지 변화와 만 가지 의미의 초식을 구사한들 그전에 베어버리고 그사이에 베어버리면 그만 아니냐는 뭔가 납득하고 싶지 않은 원리가 벽력섬의 요결이었다.

거기에 덧붙여서 그래도 벨 대상이 튼튼해서 잘 베어지지 않으면 곤란하니 강함까지만 구비하면 그걸로 끝이라는 게 벽력섬이 주장하는 바였다. 강맹하면 둔중하기 쉽고 빠르면 가볍기 쉽지만 벽력섬은 뇌정신공을 바탕으로 하여 강하고 빠름 양쪽 모두에 있어서 적수가 없다고 큰소리쳤고, 그 큰소리를 다물게 한 자가 없었던 검법이다.

그런 자랑스러운 역사를 자랑하는 조상의 절기였고 자기 대에서 다시 한 번 찬란하게 부활시켰노라고 큰소리쳤던 벽력섬을 얄미운 흡혈박쥐 녀석이 비웃으니 키튼은 쓰러지기 직전이었다. 하지만 무식한 게 죄라고 화만 내서야 상대에게 벽력섬의 위대함을 깨닫게 할 수 없었다. 평소라면 검으로 헛소리를 다물게 해줬겠지만 지금은 그럴 수 없었기에 키튼은 그답지 않게 분노를 참고서 말로 하였다.

"너, 세상에 빠르면서도 느리고 한 검법이라는 게 있다고 생각하냐! 때로 빠르고 때로 느릴 수 있어도 동시에 빠르고 느릴 수는 없다고. 그리고 여러 가지 장점을 다 가져 변화에 능하니 어쩌니 해대는 자들이 하나같이 벽력섬의 일격에 목을 바쳐야 했다는 거 알기나 해?"

"모르겠는데? 하지만 무협 소설 읽어보니 그 말은 나오더라. 이유제 강이요, 후발선지라. 강하면 부러지기만 쉽겠네 뭐."

그 말의 의미에 대해 알이 진정으로 이해하고 있기나 한지는 불명이 었지만 이번만은 키튼도 나름대로 진지하게 반박했다.

"그게 다 어줍잖은 소리들이라니까. 이유제강이라지만 사람 목뼈가 칼날이 베고 지나가도 물처럼 흘러내릴 수 있을 만큼 부드럽대? 후발 선지 운운하지만 상대의 궤도를 보고 미리 도착하는 만큼을 펼칠 여유 도 없을 만큼 아예 빠르면 어쩔 건데? 벽력섬이 어디 궤도를 예측 못해 서 당하는 검법인 줄 아냐? 예측하고서도 대응할 수가 없고 대응해도 막히지 않으니 하늘에서 내리치는 번개와 같다 해서 벽력섬이다 이거 야."

"그렇게 잘난 검법이라면 왜 천하제일검이 되지 못했는데? 기껏해 봐야 환우칠검의 하나 아니던가?"

알이 그 말을 하는 순간 키튼이 씨익 웃었다.

"역시 못 들어봤다는 건 거짓말이었군."

'앗, 이런 실수를.'

"훗훗. 하긴 못 들어봤을 수가 없지."

방금 전까지 자신이 어떤 각오로 덤벼들었는지도 잊어버린 채 키튼 은 기분 좋게 웃었다. 그리고는 손가락을 까닥거리며, 동시에 꼬리까 지 살짝 흔들며 설명했다.

"그 환우칠검이라는 게 제멋대로 묶은 거라니까. 실제로 나의 조상 님이신 크세타이나 쥬로스 데카이 텐 알세베츠 티프리카님께서 한 자 루 검을 차고 세상을 둘러보다 중국에 이르렀을 때 거기의 난다 긴다 하는 자들마다 다 찾아다니며 비무를 벌이셨지만 누구에게도 지지 않았다고. 물론 그 환우칠검의 나머지 여섯인가 뭔가를 익힌 자들도 그 안에 포함되어 있었다고."

"못 믿겠는데. 순 뻥 아냐?"

알은 뒤늦게라도 상대의 말을 부정하려고 노력했지만 그 기세는 한 풀 꺾여 있었다. 반대로 키튼은 더욱 기세가 등등해서 자랑스러운 그의 선조의 업적을 늘어놓기 시작했다.

"무슨 소리. 선조께서 중국에 들어가 청년 검객으로 모습을 바꾸신 후 제일 먼저 한 일이 그 시대에 비룡검제라고 황당한 별호를 사용하던 자가 두목으로 있던 신검문을 찾아가는 일이었는데, 거기서 일 초만에 꺾어버리셨지. 핫하하하. 어디 그뿐인 줄 아냐? 그 다음에 태극검성이라고 역시나 우습지도 않은 별호를 받던 무당의 장문인을 찾아가 일 초 만에 또 꺾어버리셨지. 그는 자신은 초식에서 벗어나 무형식의 검을 이뤄 태극검의 진수를 이뤘다고 큰소리치다가 바로 박살났지. 무초도 무초 나름이고 유초도 유초 나름이지, 그 정도 무초로 완성이라고 자만했으니 갈고닦은 벽력섬의 상대가 되었을 리가 있나. 핫하하하. 어디 그뿐인 줄 아냐? 마교 교주는 조상님의 비무를 피하려다가 결국 마주쳤고 마황파천검 역시 일 초 만에 깨져 나갔다고."

기나길었던 선조의 영광을 키튼은 숨 한 번 안 쉬고 단번에 늘어놓았다. 그걸 듣는 알은 머리를 싸맸다. 명확한 증거를 키튼이 들고 나오기 시작하자 트집 잡기가 상당히 곤란해졌다. 하지만 이대로 순순히 인정하는 것은 뭔가 패배를 인정하는 기분이 들어 결코 할 수가 없었다.

'끄응. 뭐라고 해야 저 성공을 깎아내리지? 아, 그렇지!'

"혹시 단지 그 시대 중국에 워나악 인재가 없어서 하나같이 엉터리로 대강만 익힌 약한 자들만 찾아가서 꺾고서는 그 절기들을 벽력섬이 꺾었노라, 한 거 아냐? 소림 장문인마다 달마 대사일 리가 없잖아?"

"뭐야?"

키튼의 꼬리가 다시 뻣뻣해졌다. 이번에는 알이 키튼을 흉내 내어 손가락을 까닥거렸다.

"그렇지? 중국 사람들도 바보가 아니고 벽력섬의 위력이 어느 정도인 줄 못 알아봤겠어? 다 보고서 아, 지금으로서는 제일 강하네. 하지만 돌아간 누구누구가 살아 돌아오면 그 정도는 다 하겠다 싶으니까 겨우 환우칠검의 한 자리 던져 주고 만 거겠지. 안 그래?"

알도 키튼도 깨닫지 못하고 있었지만 처음 둘이 싸웠던 이유를 생각해 보면 이미 둘 사이의 대화는 한참 본래 안건에서 멀어져 엉뚱한 곳을 돌고 있었다. 거기다가 조금 전에 알이 벽력섬을 아주 별 볼일 없는 것으로 깎아내리려 했던 것에 비해 보면 이미 환우칠검의 하나라는 명성도 결코 작은 게 아니었건만 어느 쪽도 그 사실을 인지하지 못했다. 지금 둘에게 중요한 것은 방금 한 상대방의 말을 받아치는 것뿐이었다. 그래서 알은 상대가 환우칠검의 하나로 꼽히는 절기를 구사한다는 걸 인정하면서도 먼저 그걸 '겨우'라고 말함으로써 유리한 고지를 점했고, 키튼은 이제 자신의 벽력섬이 그중에서도 으뜸임을 증명해야 할 불리한 처지에 빠졌다.

거기다가 그 처지를 극복할 만한 대답을 고안해 내기도 전에 알에게서 추가 타가 들어왔다.

"안 그래? 그렇게 대단한 거라면 일부만 익힌 너도 강해야 하는 거잖아. 그런데 정작 나도 못 이기고서 뻗었잖아. 그래서야 태인한테는 상대도 안 될걸?"

그 말에 다시 한 번 키튼은 폭발했다.

"에이잇. 더 이상의 모독은 참을 수 없다! 여기서 너를 이기고 명예를 회복하겠다!"

내력이 바닥났든 말든 키튼은 용맹히 떨쳐 일어나 다시 검을 치켜들었다. 말로 제압할 수 없는 상대는 힘으로 제압하는 게 최고였다. 아주 많은 상황에서 검은 붓보다 강한 법이었다. 때마침 몸의 재생도 끝나 있었다. 그 모습에 알은 당황해서 상대를 말렸다.

"아니, 저 그러니까 몸도 안 좋은데 그렇게 무리할 필요는 없지 않을까? 우리 그냥 말로 하자."

'에고고, 너무 놀렸나 보다. 적당히 할걸. 저 단순한 녀석 하나 제대로 못 다루다니.'

그렇게 생각하는 본인은 얼마나 복잡한지 의문이었지만, 원래 남의 눈의 티끌은 잘 보여도 자기 눈의 들보는 안 보이는 법이었다.

"닥쳐라! 전사는 명예롭게 죽을지언정 수모를 당하지는 않는다! 잠시 잊고 있었지만 너를 꺾고 실추한 우리 부족의 명예를 다시 일으키겠다!"

그렇게 외치는 키튼의 말은 별 무게는 없이 들렸지만 말 그 자체로 알에게 충분히 위협이었다. 알은 방금 전까지 자기가 얼마나 열심히 상대를 놀렸는지도 잊고서 비굴하게 웃었다.

"헤헤. 그러니까 나 같은 뱀파이어 하나 꺾어봐야 뭐 하겠어. 그냥 좀 기다리면 태인이 올 테니까, 태인이나 상대하는 편이."

"아직도 말로써 나를 희롱하려느냐아! 다시 검을 뽑아라! 안 그러면 그대로 베겠다."

"저기 난 검 없는데? 아까도 말했지만 내가 무슨 검을 써?"

알의 날카로운 지적에 키튼은 순간 비틀거렸다. 그리고는 헛기침을 커험커험 한 후 다시 검을 겨누고 외쳤다.

"좋다. 그렇다면 마법을 준비해라. 비겁하게 기습으로 상대를 꺾었다는 소리는 듣지 않겠다."

"아니, 저기 마법을 준비하라고 해봐야 난 남은 마력이 거의 없……."

"계속 꽁무니를 뺀다면 그냥 베겠다!"

'에구구. 어쩌자고 저런 녀석이랑 얽힌 거야.'

알은 참으로 되는 일이 없다고 한탄하면서 조용히 그에게 돌아온 마력이 어느 정도 있는지 점검했다. 당연히 거의 없었다. 그나마 다행인 건 상대도 내공을 회복하고 말고 할 틈이 거의 없었을 것이라는 것과 그도 부러진 허리는 도로 붙어서 원상태로 회복했다는 것이었지만.

'마력이 바닥난 마법사와 내공이 바닥난 검사가 붙으면 보통 소설에서 어떤 결론이 나오더라?'

그런 소설의 케이스가 잘 떠오르지는 않았지만, 멀리까지 가지 않아도 바로 현실이 충분한 판단의 근거가 되어주었다.

"좋아. 상대해 주…… 마아!"

그 말을 하면서 알은 이미 박쥐로 변해서 하늘 위로 치솟아오르고 있었다. 닭 쫓던 개, 아니, 박쥐 쫓는 늑대가 되어 키튼은 하늘로 뒤쫓으려고 했지만 땅에 멈춰 서야 했다. 불행히도 허공답보를 펼치기에는 그의 내력이 남아 있질 않았다. 제자리에 서서 검을 허공으로 휘두르며 키튼은 고래고래 소리쳤다.

"이, 이 자식이 비겁하게. 야, 당장 못 내려와! 승부를 받아준다고 해놓고 지금 비겁하게 도망치는 거냐!"

"미쳤냐! 내가 내려가게. 그렇게 나랑 싸우고 싶으면 네가 쫓아오든지.

메롱. 난 절대로 안 내려갈 테니까 네 마음대로 해봐."

"이이이익!"

이를 가는 소리가 하늘 높이 솟아오른 알에게까지 들렸지만 알은 가볍게 무시했다. 그가 본 많은 소설에서도 마력이 떨어진 마법사와 내공이 떨어진 검사 사이의 결투에 대해서는 딱히 나온 게 없긴 했지만, 합리적으로 판단해서 별로 그에게 유리한 승부가 될 거 같지가 않았다.

'내가 무슨 갠달프냐. 마법도 쓰고 검도 쓰게. 에구구. 겨우 도망쳤네. 그런데 이제 어디로 가지? 태인이 절대로 이 결계 밖으로 나가지 말라고 했는데.'

"좋아! 안 내려오면 내려오게 해주지."

키튼이 그 말을 하더니 정원 한구석의 바위를 향해 성큼성큼 걸어갔다. 알은 쟤가 무슨 짓을 하려나 싶어 눈을 동그랗게 떴다. 키튼이 합하고 기합을 한 번 내지르더니 그대로 바위를 썰기 시작했다.

'무… 무식한 놈 같으니. 화풀이할 데가 없어서 바위를 써냐. 저러다 날아나 다 나가 버려라. 잠깐 저 바위, 그날 하루 종일 고생하면서 옮긴 건데. 아흑, 모르겠다. 될 대로 되라.'

키튼은 열심히 바위를 썰어대더니 이제 그걸로도 화가 안 풀린다는 듯 다지기 시작했다. 내공의 힘을 빌리지 않고도 바위를 무슨 단무지 썰듯 규격에 맞춰 정확한 크기로 썰어내는 키튼을 보고 알은 엉뚱한 생각을 했다.

'저 솜씨로 주방에 취직하면 칼질 하나는 끝내주게 잘하겠다. 재료를 던지면 바닥에 닿기도 전에 착 썰어서 도마 위에 내리는 그런 묘기도 보일 수 있는 거 아냐? 그리고 보니 세리우스도 칼질은 잘할 텐데. 그 차다찬 검으로 베면 횟감이 급속 냉동되어 신선도가 보존될 테고.

음음. 그러면 횟집 주방장으로는 최고일지도.'

알이 뭔가 매우 실용적일 수도 있는 생각을 하는 동안 키튼도 마침내 바위 다지기를 끝냈다. 그리고는 자신의 작품을 한 움큼 손에 쥐고서는 당당한 웃음과 함께 알을 올려다봤다.

"감히 도망쳤겠다. 전사의 분노를 보여주마!"

"에?"

무언가가 휙 하고 날아왔다. 알은 순간 움찔하며 본능적으로 몸을 틀었지만 그것은 알의 날개에 작은 상처를 남기고 스쳐 지나갔다.

"에잇. 받아라!"

휙. 휙.

연이어 날아오는 돌멩이들 때문에 알은 그제야 상황을 파악했다.

"이, 이거 암기잖아!"

"안 내려올 수 없게 만들어주마."

시속 몇백 킬로미터가 넘어가는 속도로 날아오는 작은 돌멩이들은 뭔가 천지 사방을 메우고 별빛이 쏟아지듯 쏟아진다든지, 유려한 곡선을 그리며 한 마리 연어가 헤엄쳐 폭포를 거슬러 올라가듯 한다든지 하는 것은 전혀 없이 그냥 일직선으로 알을 향해 쭈욱 날아왔다. 하지만 단순히 빠른 속도로 날아오는 것뿐이었지만 그 속도가 워낙 빨랐기에 알에게는 대단히 위협이었다.

"으갸? 으갸갸?"

휙. 휘익.

몇몇 돌멩이들이 알의 몸에 씻을 수 없는, 아니, 바로 재생되기는 하는 상처를 남기며 지나갔다.

"비겁하다아! 검사라면서 암기를 쓰다니!"

피하거나 재생하는 속도보다 날아오는 돌멩이에 다치는 속도가 더 빠름을 깨닫고 알은 소리쳐 외쳤다. 이대로 가다가는 날개가 몸을 지탱 못해 추락할 판이었다.

"너같이 전사의 도를 무시하고 도망치는 놈에게는 암기도 과분하다."

"대체 그 전사의 도라는 건 엿가락이냐. 멋대로 이랬다 저랬다 하게. 암기를 쓸 거면 최소한 무협 소설 주인공들처럼 뭔가 멋진 수법이라도 써보라고!"

되는대로 말하던 알은 순간 뭔가 이게 아닌데 하고 멈칫했다. 멋진 수법을 쓴다고 치고 그걸 당할 자는 당연히 자신이었던 것이다. 하지만 키튼은 알의 말에 감명받았는지 고개를 끄덕였다.

"좋아. 그럼 보여주지. 뇌정신공의 묘용이 검법인 벽력섬(霹靂閃)과 신법인 섬전행(閃電行)으로 끝나지 않지. 이게 바로 지뢰인(地雷刃)이다!"

쾅.

충격파가 일어나며 알에게 음속을 돌파한 돌이 날아왔다. 그 순간 알은 본능적으로 약간이나마 돌아온 마력을 돌려 장막을 펼쳤고 그건 참으로 현명한 행동이었다. 실린 내공과 충격을 견디지 못하고 돌은 날아오는 중에 부서졌지만 거기에 실렸던 기는 그대로 날아와 알에게 꽂혔고 그 번개의 기운은 알이 순간적으로 펼쳐 둔 장막을 절반쯤 찢고서 부르르 떨렸다.

"저기, 그냥 아까 하던 대로 하면 안 될까?"

뭔가 서너 대 더 맞으면 가히 유쾌하지 못한 사태가 벌어질 것 같다는 위기의식에 알은 다급히 부탁했지만 상대는 매몰차게 거절했다.

"훗. 겁먹었나 보군. 또 받아라."

다시 한 번 지뢰인이 날아들고 알은 충격으로 몸을 부르르 떨어야 했다.

"제, 제길."

더 높이 올라갔다가는 태인이 쳐둔 결계 밖으로 나갈 상황이었기에 알은 제자리를 맴돌며 돌을 피했다.

"쿠하하핫. 언제까지 피할 수 있을 것 같으냐? 순순히 내려와서 결투를 받아들여라."

'어쩌지? 으윽. 진짜 이대로는 못 버틸 거 같은데. 에잇, 몰라. 저 녀석이 내력을 회복했으면 얼마나 했겠어. 몇 번 쏘다가 그냥 던지겠지. 으윽, 근데 그냥 던지는 것도 무지하게 아픈데.'

태인은 한국으로 돌아갈 채비를 했다. 비행기 같은 것을 이용하면 빠르겠지만, 역시 신분 노출의 가능성이 껄끄러웠기에 그는 좀 힘들더라도 바다를 걸어 지나가기로 했다.

넓은 평원과 바깥의 경계선까지 온 후 태인은 준비를 시작했다. 그때 평원 안쪽에 새로운 인간의 모습이 나타났다.

좀 더 그 인영이 가까이 다가오자 태인은 전혀 기대하지 않았던 상대의 모습을 보고 당황했다.

"무디브 장로님?"

상대도 태인을 발견했는지, 그대로 멈췄다. 조금 무리해 가면서 왔는지 늑대인간의 얼굴에는 땀방울이 맺혀 있었다.

"중간에 마주쳐서 다행이군. 자네 집에 아무 일 없는가?"

"집에 말입니까?"

그렇다고 대답하려다 말고 태인은 멈칫하고는 그의 집이 있는 쪽을 돌아보았다. 하지만 밖에서는 결계 때문에 제대로 안이 보이지 않았다.

"무슨 일이 생길 만한 건이 있었습니까?"

"어린 녀석 하나가 앞뒤를 잘 알아보지도 않고, 자네에게 도전해 보겠다고 뛰쳐나갔네. 다행히 아직 이곳을 못 찾았나 보군. 하지만 틀림없이 이곳으로 올 터, 기다리다가 잡아가도 되겠나?"

말하는 무디브의 표정이 진지하지 않았다면, 웬 농담이냐고 했을 내용이었다.

"그렇게 하도록 하십시오. 이럴 게 아니라 일단 안으로 안내해 드리지요. 집 주위에 다시 결계를 쳐놓아서 모르는 자는 다가가지도 못하고 헤맬 겁니다."

"그래? 다행이군. 그 녀석이 자네에게 실례되는 행동을 저지를까 봐 심히 우려했었다네."

무디브를 안내하며 다시 자신의 집으로 발길을 돌린 태인은 진의 입구에 섰다. 그가 설치한 진이었지만, 자율 선사의 가르침 그대로 따라 만든 것뿐이라 자세한 원리를 완전히 아는 것은 아니었다.

"따라오십시오. 한번 잘못 들면 심히 어려운 진입니다. 활로를 알지 못하면 계속 헤맬 수밖에 없는……?"

걸음을 옮기며 선사가 전해준 진을 설명하려던 태인의 말끝이 이상해졌다. 진에 떠나올 때까지만 해도 전혀 없던 흔적들이 생겨 있었다.

'이건… 누가 통과해 들어갔다? 그것도 일직선으로?'

끊임없이 변화하면서 들어온 사람을 홀리게 만드는 천리미혼진이었다. 설치자인 그 자신조차도 정해진 경로를 따라 착실하게 걷고 있었는데, 앞서 간 누군가는 어이없게도 최단 직선거리로 지나간 흔적을 남기고 있었다.

'복잡하기 짝이 없는 미로를 만들었더니 벽을 통과해서 나간 격이군. 하지만 시각과 청각은 물론 방향 감각까지 혼란시키는 이 안에서 일직선으로 나간다라. 가능했었군.'

최소한 진을 부숴가면서 가기라도 했다면 이렇게 난감하지 않았을 것이었다. 그러나 존재하는 줄도 몰랐다는 듯이 나 있는 흔적은 태인에게 내가 이걸 왜 쳤나라고 생각하게 만들었다.

"표정이 갑자기 안 좋아졌군. 무슨 일 있나?"

"그게, 어쩌면 그 친구가 이미 온 걸지도 모르겠군요. 그런데 그 친구 진법에도 일가견이 있었습니까?"

태인의 말에 무디브의 안색도 굳었다.

"결코 아닐세. 진법의 진 자도 제대로 모를 녀석이네. 만약에 진을 파훼하고 지나갔다면 그 녀석의 소행은 아닐 걸세."

"그게, 파훼했다기보다 진이 변화해서 반응하기도 전에 빠져나갔다고 해야 할지. 하지만 이미 있는 기운을 풀어헤치는 것도 보통은 아닐 텐데 그건 아예 무시하고서 뚫고 나간 것 같군요."

태인의 말에 무디브의 얼굴에 여러 가지 감정이 교차했다. 놀람, 당혹, 곤란, 그리고 앞뒤가 안 맞지만 뿌듯함과 기특함까지.

"파훼했다고 하기보다는 강맹한 힘으로 뭉개면서 그에 대한 반응이 나오기도 전에 신속으로 빠져나갔다는 건가? 그 녀석이 맞군. 극에 다다른 섬전행과 뇌정신공이라면 가능한 일이지. 이럴 때가 아니군. 서두르세."

무디브가 말하지 않아도 태인은 이미 서두르고 있었다. 이 안은 그가 결계를 쳐둔 공간이었고 그 힘은 알을 억압하는 힘이었다. 그에 반해 뇌전의 기운은 억압당하지 않을 테니 만약에 싸움이 벌어졌다면 알이 매우 힘겨울 게 틀림없었다.

'알, 설마 그사이에 당하거나 하진 않겠지? 살아만 있어라. 제발.'

굳을 대로 굳은 태인의 얼굴을 보며 무디브가 조심스럽게 말했다.

"그 녀석이 앞뒤 못 가리고 날뛰긴 하나 그렇다고 정말로 잔혹한 녀석은 아닐세. 너무 걱정지는 않아도 될 걸세."

그 말에 태인은 들끓는 속을 숨기며 최대한 침착하게 들리도록 노력하는 목소리로 대답했다.

"그러기를 바랍니다."

냉정을 가장했지만, 냉정함 그 자체에 숨겨진 의미를 무디브는 읽었다. 최악의 경우가 벌어졌다면 최악의 수단도 각오해야 할지 몰랐다.

'키튼 이 녀석, 어쩌자고 이런 난리를 친단 말이냐. 쥐도 궁지에 몰리면 고양이를 무는 법이다. 하물며 궁지에 몰린 호랑이를 건드리면 무슨 일이 벌어질지 알기나 하는 것이냐.'

태인은 조바심을 내며 달리다시피 진 안으로 나아갔다. 가능만 하다면 앞서 간 자처럼 그도 진을 그대로 돌파하고 싶은 심정이었다. 만에 하나 몇 초가 늦어 알의 운명이 바뀐다면 결코 스스로를 용서할 수 없을 심정이었다.

그때 갑자기 진법이 걷혔다. 진의 핵을 이루던 바위를 키튼이 검으로 다져 버리면서 벌어진 일이었다. 저 멀리 보이는 집을 향해 태인과 무디브는 재빨리 뛰었다. 잠시 뒤 태인과 무디브의 눈에 하늘을 맴도는 박쥐와 그런 박쥐를 향해 메이저리그 특급 투수인 척 돌을 던지고 있는 늑대인간의 모습이 들어왔다. 그리고 엉망으로 파헤쳐지고 불타고 부서진 정원이 뒤이어 눈에 들어왔다.

"후우."

누가 먼저랄 것도 없이 태인과 무디브의 입에서 동시에 한숨이 흘러나왔다. 일단 알이 무사한 것을 확인한 태인은 순식간에 정상으로 돌아갔다. 이제 그는 본격적으로 분노했다. 공들여 가꾼 곳을 망쳐 놓은 주제에 남은 걱정해서 달려왔더니 한가하게 투닥이고나 있었으니 매우 혼이 나야 마땅했다.

"저 녀석들이."

태인의 눈썹 각도가 서서히 바뀌었다. 알이 보았다면 그 의미를 재빨리 깨닫고 낮은 포복으로 기었을 신호였다. 무디브 역시 조금 민망했던지 헛기침을 다시 하며 말했다.

"미안하오. 아직 철없는 아이인지라."

"괜찮습니다만 말려야 할 듯하군요."

저절로 갈리려는 이를 옆에 선 자의 체면을 생각해서 억지로 참으며 태인은 대답했다.

"좀 과격한 수단을 동원해도 괜찮소. 아니, 동원해 주면 좋겠소. 맞아야 정신을 차릴 녀석인지라."

"사양치 않겠습니다."

태인의 손에서 연이어 부적이 날아가며 박쥐와 늑대인간 사이에 끼어들었다. 키튼은 이 예상치 못한 난입에 당황했고 알은 알대로 익숙한, 그러나 지금 상황에서 결코 반길 수만은 없는 부적을 보고 몸을 떨었다.

'히익! 태인이다. 돌아왔구나.'

"빙무임태허."

평소보다 더욱 낮아진 태인의 목소리는 그러나 부적이 날아온 방향으로 집중된 알의 귀에 안 들리진 않았다. 그리고 알은 주술이 발동되기 전부터 목소리에 실린 한기를 느끼고 몸을 떨었다.

'우왁. 무지 화나 있다. 어쩌지. 일단 도망… 으악. 늦었다.'

새하얀 영기가 맺히고 거북과 뱀을 섞어놓은 환수가 나타나 위와 아래로 동시에 냉기를 내뿜었다. 알은 그대로 공중에서 얼어붙고, 뭔가 상황이 좋지 않음을 깨달은 키튼은 재빨리 뛰었으나 새하얀 냉기는 한순간 쭉 뻗어와 그를 사로잡았다. 잠시 뒤 두 개의 얼음동상이 정원의 한가운데 나란히 섰다.

"후우. 미안하게 되었네. 아직 세상 물정을 잘 모르는 가운데 하염없이 자존심만 드높은 녀석이 되어나서 말일세. 재능만을 믿고 앞뒤 분간 없이 설쳐 대니. 내가 대신 사과하지."

"괜찮습니다. 자, 알, 얘기를 좀 할까?"

태인이 잠깐 힘을 풀어주자 알은 바로 본모습으로 돌아갔다. 그러자마자 다시 묶여 버렸지만 말이다.

"저, 저기, 태인?"

목만을 얼음 밖으로 내민 채 자신을 부르는 알을 태인은 노려봤다. 그 눈길에 알은 에헤헤헷 하고 웃었으나 태인의 표정은 조금도 풀리지 않았다.

"떠나기 전에 내가 뭐라고 했지?"

"그러니까 집 잘 보라고……."

"그런데 저렇게 온통 엉망이 되는 걸 잘 '보고만' 있었던 거냐! 걱정하지 말고 가라고 하더니 하루도 안 지나서 이렇게 걱정 안 할 수 없게 만들어? 오늘 하루 종일 그 상태로 서 있어! 벌이다."

"그게, 그러니까 내가 하고 싶어서 한 게 아니라."

"알. 았. 지?"

질문의 형태를 띤 명령. 알은 바로 알아들었다.

"으응."

알은 열심히 고개를 흔들며 자신에게 일말의 반항 의지도 없음을 열심히 드러냈다. 그 모습에 만족했는지 태인은 이번에는 키튼 쪽을 노려보았다.

"그리고 너 늑대인간! 남의 집에 멋대로 쳐들어와서 무슨 짓을 벌인 거냐. 어른 된 도리로서, 집주인으로서, 너도 벌주겠다. 알 옆에 하루 종일 서 있어."

"뭐, 뭐야! 인간이 지금 감히 나를 벌주겠다고! 내가 너한테 벌받으려고 온 줄 아느냐. 난 늑대인간족의 족장 후보, 우리 종족을 능멸한 너에게!"

고래고래 소리 지르는 키튼의 머리를 무디브가 지팡이로 그대로 내려쳤다.

"그 입 닥쳐라!"

키튼이 억울하다는 표정을 지으며 항변했다.

"장로님, 제가 아니라 저 인간 녀석을 때려야죠."

"닥치라고 했지. 아무리 성격이 급하기로서니 어찌 앞뒤도 알아보지 않고 마구 덤빈 것이냐! 이 친구는 우리 일족에 대해 최대한의 존경을 보였다. 네가 정말 싸우고자 했다면 그 대상은 따로 있건만 이 무슨 일이냐! 너 때문에 사이가 나빠졌으면 어쩌려고 했느냐! 이 정도 가벼운 처벌로 끝내겠다고 한 그 호의에 감사해라."

"그, 그런······."

무디브의 호통에 그제야 얌전해진 키튼을 알은 좀 전의 원한도 잊고 안쓰러운 눈길로 쳐다보았다. 하지만 무디브는 못 본 척 고개를 돌리고는 태인에게 말했다.

"괜찮다면 안으로 들어가서 담소나 나누지 않겠나? 기다렸다가 저 녀석을 직접 데려갔으면 하네만."

"그러도록 하시지요."

둘이 자신들을 버리고 들어가자 알과 키튼 사이에서 버림받은 자들의 공감대가 형성되기 시작했다. 알이 먼저 화해 비슷한 의미로 말을 걸었다. 본질적으로 그는 누굴 미워하기보다는 좋아하는 쪽이 익숙한 뱀파이어였다.

"너도 이제 보니 고생이 많구나."

조금 전까지 서로 싸우던 것도 잊고 키튼은 알의 위로에 대답했다.

"말도 마라. 후우. 늙은이들이 나이가 좀 많다는 걸 이유로 무슨 잔소리가 그리도 많은지. 뭐 좀 하려고만 하면 뭐 하지 마라, 뭐 하지 마라, 뭐 해라, 하여간 내가 그 등살에 꼬리털이 다 빠질 지경이라니까."

"그러게. 정말 어디 가나 나이 많다고 제멋대로 하면서 젊은 사람들 괴롭히는 건 마찬가지구나."

고개를 끄덕이는 알을 보고 키튼도 네 사정도 알만 하구나라는 눈길을 던졌다.

"너도 그 악덕 퇴마사 밑에서 고생이 많았나 보다?"

키튼과 알 사이에 형성된 공감대가 더욱 짙어져 갔다. 방금 전까지 오고 갔던 서로를 상처 입히는 말 대신에 상대를 이해하는 말이 나왔다. 불처럼 타오르며 쏘아보던 눈길 대신에 같은 상처를 지닌 이에 대한 공감과 이해를 하려고 하는 따뜻한 눈빛이 마주쳤다. 연장자라는 공통의 적을 맞아 뱀파이어와 늑대인간 사이에 종을 뛰어넘어 협력을 구가하는 아름다운 장면이었다.

"말도 마. 으. 여기저기 막 데리고 다니면서 무슨 일인지 잘 설명도 안 해주고, 마구 부려먹기만 하고."

"어째 그렇게 나랑 똑같냐."

멍만 들고 달걀만 있었다면 건네줄 기세로 키튼과 알은 동시에 한숨을 내쉬었다. 잠시 뒤 먼저 손 내밀어준 알에게 키튼은 성의로써 보답했다.

"에구. 아까는 미안했다. 야, 난 그냥 네가 우리 성역을 멋대로 침입한 녀석이랑 한패인 줄 알았지. 핫하."

모르고 그랬다는 한마디로 넘어갈 일이 아니었지만 알은 넘어가기로 했다. 같은 불쌍한 처지에 더 따져 뭐 하겠냐는 생각이었다.

'끝이 좋으면 다 좋다잖아. 어쨌든 나도 무사하고, 태인한테 좀 혼나긴 했지만 이 정도는 버틸 만하고. 이 녀석도 원래 나쁜 녀석은 아니니까 뭐. 거기다가 미안하다고 사과도 하는데 어쩌겠어.'

"아냐. 그럴 수도 있지. 다음부터 안 그러면 되지. 그런데 아까 너 벽력섬 멋있긴 멋있더라. 별거 아니라고 한 건 사실 약 올리려고 한 거 짓말이고 빠르고 강한 게 진짜 번개보다도 훨씬 무섭더라."

"핫하. 그렇지? 천지간에 가장 강맹한 기운이라는 뇌의 기운을 정수만 모아 담아 뿌려내는 검법이니 말야. 서양에서는 라이트닝 블레이드라고 부르는데, 뭐라고 부르건 간에 최고라고 최고. 핫하하하."

그렇게 종 간의 화해는 사소한 이해의 한마디에서 시작되어 본격화되어 갔다.

"무공에 대해 잘 아나 봐? 그럼 꾸며낸 무협 소설 말고 진짜 제대로 된 재밌는 이야기 좀 해줄래? 뭐가 대단하니 뭐가 훌륭하니 떠들어대기는 하지만 소설 말고 실제 다큐멘터리는 뭐 제대로 나온 게 있어야지."

"흠? 뭐 그야 제법 잘 알긴 잘 알지. 역시 지피지기면 백전백승이라고 다른 자들의 무공에 대해서도 알아야 하니까. 우리 부족 나름대로 열심히 인간들의 무공을 연구했거든. 뭐가 궁금하냐?"

이미 더 이상 화해하고 말고 할 것도 없었다. 지난 일은 잊어버리고 공통의 흥밋거리를 놓고 잡담을 나누는 그들은 어느덧 친구였다.

"음, 역시 이런 거 이야기할 때 제일 먼저 묻고 싶은 건 최강의 아홉 무공이라 불리는 것들. 그것들이 최고로 강력하고 효율 좋고 깊이있는 내공심법인 것 맞지? 그거 특색이 실제로 어떤 거야?"

알이 눈을 반짝이며 스스로의 무지함을 드러내는 걸 부끄러워하지 않고 물어오자 키튼은 우쭐해졌다. 무공에 대해서 그는 이 뱀파이어보다 훨씬 더 박식했던 것이다. 이 만만찮은 라이벌보다 자신이 확실하게 우월한 분야가 있음을 확인한 그는 관대해졌다.

"에… 그건 엄밀히 말해서 정확한 말은 아냐. 사실 단순히 쌓을 수 있는 내공의 수위만으로 따진다면 그 아홉에 뒤지지 않는 것들이 몇 개는 더 있어. 한계가 일찍 올 뿐 그때까지 내공이 빨리 쌓이는 효율만으로 따진다면야 사실 그것들보다 더 나은 것이 마도에는 꽤 많고. 그래도 그것만이 최고의 아홉이라 칭해지는 건 일단 그 말대로 내공 수위가 가장 깊이있게 쌓이면서, 그걸 바탕으로 해서 펼쳐지는 다른 무공과의 연계까지 다 생각했을 때가 최고인 거지."

"헤에? 그런가? 그럼 뇌정신공 다음으로는 뭐가 제일 강해?"

물론 뇌정신공이 최강이라고는 여전히 믿지 않는 알이었지만 지금와서 상대를 기분 나쁘게 할 이유가 없었기에 슬쩍 말을 꾸미며 물었고, 키튼은 그런 알의 마음 씀을 느꼈는지 호탕하게 웃었다.

"핫하. 사실은 뇌정신공도 아직은 최강이라 말 못해. 무엇도 막지 못할 빠름과 강함이라는 그 본래의 목표를 이룬다면 최강이 되겠지만, 그게 아직 미완성이라서 말야. 핫하하하."

"그, 그런가?"

자신이 먼저 솔직해지자 상대도 솔직해졌다. 알은 역시 세상은 착하게 살아야 해라고 느끼며 키튼이 무안하지 않게 마주 웃었다.

'생각보다 더 괜찮은 녀석일지도.'

그 순간 둘의 머리 속에 스쳐 지나간 건 똑같은 생각이었지만, 어느 쪽도 알지 못했다.

'저 녀석들이 뭐 하는 거야?'

멀리 떨어져서 얼음에 몸이 갇힌 채 머리만 내밀고 있는 두 녀석을 감시하던 태인은 그 와중에도 종알종알 떠드는 둘을 보고 약간의 의문에 빠졌다.

'다시 싸우는 것 같지는 않고, 화해 중인가? 역시 애들은 그런 게 빨라서 좋군. 뭐 그냥 놔두자.'

"으음. 그런데 뭐가 제일 강하다라. 글쎄. 솔직히 그것들끼리 붙은 적이 없진 않은데, 그 경우 똑같은 경지로 익혔다고 말할 수가 없을 때가 많고, 똑같은 경지라 한다 해도 승부가 나버린 정도의 차이가 있는 걸 어떻게 같은 경지냐고 할 수 있냐가 애매해서 말이지. 어느 게 더 강하냐보다, 누가 더 완벽하게 익혔냐의 문제에 가까워서 솔직히 아홉 개 안에서 따지라면 글쎄?"

키튼은 우물쭈물하며 답변을 미루려다가 스스로를 책망했다. 이렇게 모호한 대답이라니, 사나이답지 못했다. 당장 실망감이 상대의 얼굴에 드러나지 않는가. 이래서야 자신의 무공에 대한 해박함을 자랑하기는커녕, 너도 별로 잘 아는 게 없구나라는 소리를 들을 판이었다. 그래서 그는 다급히 보충 설명을 붙였다.

"그래도 장단점 정도는 논할 수 있어. 일단 멸혼독하공은 빼고 봐야해. 별 볼일 없는 녀석들 쓸어 죽여 버리기야 좋겠고 진정한 경지에 이르기 전까지는 가장 무서운 게 독이겠지만, 반대로 가장 극에 이른다고 본다면 역시 좀 많이 뒤로 처지지. 순수하게 따지면 여덟이라 해야 할걸? 멸혼독하공을 아홉의 하나로 끼워준 건 역사상 저질러놓은 일들이 다른 여덟에 뒤지지 않아서겠지. 극에 다다랐을 때를 기준으로 얘기한다면 구대극품공은 고사하고 다른 것에서도 그걸 깰 게 많아. 당장 구파의 무공만 해도 어느 것이든 극으로 익혔다면 멸혼독하공은 아래로 깔아볼 수 있을걸."

"그렇구나아. 대단하네. 그런 것도 다 알고."

알은 눈빛을 초롱초롱 빛내며 키튼을 올려다봤다. 훨씬 더 그럴듯한 무협 소설도 많았지만 실제 지식에는 그런 상상의 이야기가 따라오지 못할 리얼한 재미가 있는 법이었다.

'잘 들어뒀다가 나중에 기회 생기면 다른 사람들에게 자랑해야지. 이럴 때 아니면 내가 언제 진짜로 무림비사를 들어보겠어?'

알이 예의상 보여주는 의례적 관심이 아니라 진짜로 순수하게 자신의 이야기에 흥미를 가졌음을 느낀 키튼은 더욱 기분이 좋아져 나불나불 그가 아는 것을 떠들었다.

"훗. 뭐 다른 것들도 얘기해 보자면 역시 가장 폭넓음을 자랑하는 건 소림의 범천항마신공이지. 그 동네야 원체 가지각색의 절기를 쌓아두고 사는 곳이니까. 하지만 글쎄? 솔직히 72가지씩 있다고 한 인간이 살아생전 그거 다 익힐 것도 아니고, 설령 다 익힌다고 해도 어차피 72가지가 한꺼번에 펼쳐질 것도 아닌 다음에야 그게 무슨 소용이냐?"

"그래도 역시 많이 알면 적게 아는 것보다야 좋지 않아?"

"뭐 나쁠 건 없지. 상황에 맞게 대처할 수도 있는 거니까. 그리고 하나하나가 다 깊이가 있는 것들이고. 그중 스무 가지 정도를 완성했다면 능히 최고라 할 만하긴 한데 그래도 그런 이유로 그게 1등이라고는 절대 인정 못한다 이거야. 만약 그걸 그만큼 익힐 자라면 다른 뭘 익혔어도 자기만의 경지를 개척해 그에 못지않은 실력이 되었을 거다."

"하긴 만물박사보다 전문가가 돈을 훨씬 잘 버는 법이니까."

알은 나름대로 재해석해서 키튼의 말을 납득했다. 키튼은 더 더욱 신이 나서 말을 이었다.

"그 다음으로 양의태극공으로 말하면……."

그렇게 시작된 키튼의 무공 강의는 마지막으로 혼천묵염강을 소개하면서 끝이 났다.

"마지막으로 혼천묵염강은 말야, 약간 이질적인 무공이야. 뭐라고 해야 하나? 같은 마도의 수법인 천마제력하고도 상당히 다르단 말야. 사실 그건 우리 조상님들도 붙어본 적이 없어서 뭐라고 말은 못하는데 말야. 들은 것으로만 친다면 그건 순수한 무공이라기보다는, 뭐라 해야 하나… 사일마황이 천하를 종횡할 때 그의 무공도 무공이지만 정말 무서운 건 그의 사술이었거든."

"응. 나 그건 알아. 혼천묵염강이라는 게 '헬 파이어'니까. 영적 차원의 마력과 물리적 차원의 기가 뒤섞여서 이루어진 힘이니 무공이라고만 하기 힘든 게 당연하지. 순수하게 마력의 작용에 의해 현 차원의 기가 발현되거나 한 마법도 아니지만, 그렇다고 정제되어 단련된 기만으로 된 것도 아닌 만물이 형태를 갖추기 이전 시대의 자국을 그대로 간직하고 있는 원력(Raw Power)의 하나. 맞지?"

나도 아주 무식하지는 않다를 드러내기 위해 자신의 지식을 열심히 떠들던 알은 키튼의 눈빛이 이상하다는 걸 그제야 눈치 챘다. 내가 공자 앞에서 문자 썼나라며 알은 멋쩍게 웃었지만 키튼의 눈빛은 그런 의미가 아니었다.

"너, 너 그걸 어떻게 아냐? 나도 모르는걸?"

태인은 다시 둘 쪽을 쳐다보았다. 어딘지 아까와 대화의 내용이 약간 바뀐 느낌이었다. 하지만 역시 싸우고 있지는 않은 듯했다.

'화해도 끝나고 뭔가 다른 주제로 넘어간 건가. 뭐, 좋겠지. 잘하면 마음 맞는 친구가 될 수도 있을 테니, 굳이 지금 내가 가서 방해할 필요는 없겠지.'

그래서 태인은 둘 간의 대화를 굳이 들으려고 하지 않고 그냥 본래의 일에 몰두했다. 더 나눌 이야기도 딱히 없는 상황에서 무디브와 사교적인 대화를 지속하는 것도 보통 일이 아니었다.

알은 머리를 긁적였다. 혼천묵염강에 대해 좀 떠들었기로서니 저렇게 놀라다니 뭔가 이상했다.

"응? 유명한 거 아냐? 알 사람은 다 아는 줄 알았는데?"

그런 알에게 절대 아니라는 듯 키튼이 고개를 저었다.

"나도 모르는 게 어떻게 유명하다는 거냐. 말도 안 돼. 너 대체 그걸 어디서 본 거냐? 무협 소설에 실릴 내용이 아니잖아."

"물론 무협 소설은 아니지. 그러니까 이런 게 실릴 만한 건 퇴마사 협회에서 발행하는 각 유형별 특수 능력 정리집… 도 아닌데? 그럼 내가 이걸 어디서 봤더라?'

알은 머리를 싸맸다. 분명히 잘 알고 있던 사실이었다. 그런데 막상 어디서 그걸 입수했는지 도통 기억할 수가 없었다.

"에이, 몰라. 내가 여기저기서 주워듣고 읽고 한 게 한두 개인가 뭐. 그냥 이것저것 닥치는 대로 보다 보니 어디선가 봤을 거야."

"끄응. 그런가? 내로라하는 무공에 대해서는 우리도 철저하게 연구하고 있었다고 생각했는데, 정작 돌아다니는 책에도 있는 내용을 모르고 있었나. 뭔가 한심스럽군."

키튼은 알 못지않게 단순하게 결론 내리고는 그 문제를 넘어갔다. 마지막에 다소 빛이 바래긴 했지만 이미 충분히 자신의 해박한 무공 지식을 자랑한 뒤였다. 그리고 이제 이 뱀파이어가 상당히 마음에 들었기에 새로운 주제로 넘어가기로 했다.

"좋아. 그런데 너 나이 몇이냐?"

"나? 에, 그러니까… 스물."

순간 얕잡아 보이기 싫다는 생각에 알은 나이를 뻥튀겼다. 하지만 항상 그렇듯 이런 건 먼저 대답하는 쪽이 지는 것이었다.

"그래? 그러면 내가 45세이니까, 내가 형이다. 좋지?"

인간 모습일 때는 절대로 십대로 보이게 생겼고 하는 행동과 말도 스물을 넘어섰을 거라고는 결코 떠올릴 수 없었던 키튼이 갑자기 마흔다섯이라고 하자 알은 벙쪄서 입을 벌렸다.

"그, 그런 게 어딨어! 25년이면 한잠 푹 자고 일어나면 지나갈 시간이구만. 종도 다르면서 그런 걸 왜 따져."

정말로 키튼이 마흔다섯인지 대단히 의심스러운 알이었지만, 스스로 먼저 해놓은 게 있었기에 의혹을 삼켜야 했다. 하지만 이 맹랑한 늑대를 형으로 모시는 것은 절대 못할 일이었기에 알은 펄펄 뛰었고, 키튼은 하하 웃었다.

"좋아. 좋아. 그럼 친구하지. 자, 우린 동맹이다. 폭압적인 상사 때문에 고생하는 아랫사람들의 연합. 좋지?"

"뭐, 그런 거라면야."

처음 시작이 좀 험악하긴 했지만, 이 늑대가 그다지 싫지는 않아져 버린 알이었기에 그는 고개를 끄덕였다. 이러니저러니 해도 막강한 무공을 지닌 늑대란 친구로 사귀면 든든하고 적으로 돌리면 괴로운 법이었다.

"좋아. 우리의 강령도 정했다! 둘이서 손잡고 이 폭군이 넘치는 험난한 세상을 헤쳐 나가 자유와 권리를 되찾는다! 하급자 해방 전선 만세!"

"아니, 저기… 해방씩이나. 그러니까 약간 오버하는 감이."

"뭐가 오버야?"

휙 하고 돌아보는 키튼을 보고 알은 잠시 가까이 있는 키튼과의 거리와 저 멀리 앉아서 담소를 나누고 있는 태인과의 거리를 비교했다. 결론은 어렵지 않았다.

"아냐. 참 좋은 말인 거 같아."

푸하하핫거리는 키튼의 웃음소리가 둘이 있는 자리에까지 요란하게 들렸기에 무디브가 눈살을 찌푸렸다.

"후우. 처음부터 버릇을 잘 들였어야 했는데, 이제 말리기도 힘들게 커버렸으니. 그만 데리고 돌아가겠네. 앞으로 이런 일로 귀찮게 하지 않을 걸세."

"괜찮습니다. 그러면 안녕히 가십시오."

열심히 태인과 무디브의 흥을 돌아가면서 보던 알과 키튼은 둘이 일어서자 입을 다물었다.

"앗. 장로님, 돌아가시는 겁니까?"

"그래. 이번에 돌아가면 단단히 각오하거라. 다시 한 번 사과드리오."

너도 사과하라는 무디브의 압력 섞인 눈길에 키튼은 멋쩍게 웃으며 한마디 했다.

"핫하. 조금 실례했습니다. 뭐, 남자답게 생기신 분이 그 정도를 꽤 넘치는 않으시겠지요?"

태인은 어이가 없어 헛웃음만 흘렸다. 확실히 끼치는 민폐에도 불구하고 미움받지 않을 스타일이었다.

"지금 그걸 사과라고 하느냐!"

"하하. 괜찮습니다. 그럼 이 친구를 제압한 것을 풀어드리죠."

"아니, 잠시만. 얼음만 치우고 그대로 제압한 채 놔둬주겠나?"

"네? 알겠습니다."

태인이 그의 부탁을 수행하자 무디브는 그대로 키튼의 몸 여기저기를 갑자기 쿡쿡 찔렀다. 갑자기 온몸의 혈도를 막는 무디브를 보고 키튼이 놀라 외쳤다.

"뭐 하시는 겁니까!"

"아혈까지 제압당하고 싶지 않으면 얌전히 있거라. 안심이 안 되어서 이러고 너를 끌고 가야겠다."

"아니, 연세도 많으시면서 무거운 저를 들고 가시려고요?"

키튼이 화들짝 놀라며 무디브를 매우 걱정했다. 고양이 생각해 주는 쥐, 아니, 장로 생각해 주는 악동을 무디브는 싹 무시했다.

"너 정도 들 기력은 남아 있으니 걱정 마라. 그럼 실례하겠네. 잘 있게나."

"아. 네. 안녕히 가십시오."

무슨 짐 보따리 들고 가듯 키튼을 한 손으로 들어 잡고 가는 무디브를 보고 태인은 아무렇지도 않은 척 인사했다. 알은 황망함을 감추지 못했지만 말이다. 소리 지르다가 아혈까지 제압당했는지 얌전해진 채 멀어져 가는 키튼을 알은 손 흔들며 배웅했다. 조금 과격한 첫만남이긴 했지만 재밌는 친구였다.

"언제 저 친구에게도 억압에서 해방된 자유의 세월이 오면 좋겠다."

"무슨 소리야?"

"응? 아냐. 하하. 아무것도 아냐."

방금 즉석에서 결성된 회원 2명의 비밀 결사체의 조직 명을 발설할 만큼 알은 멍청하지 않았다. 그 이유가 단지 조직 명을 말했을 때의 후환이 두렵다는 것뿐이었지만.

"후우. 결계 복구하려면 시일 꽤나 걸리겠군. 혜련을 만나러 가는 건 미뤄야 하나."

"에헤헤헤. 저기, 이번에도 열심히 도울게."

알은 태인이 뭐라고 하기 전에 재빨리 선수쳤다. 그런 알에게 태인이 화 풀렸음을 알리는 웃음을 지어 보이며 가볍게 타박했다.

"그럼 안 하려고 했냐. 저쪽 바위부터 들어."

"응!"

● Chapter 33
늑대신간 잡혀가다

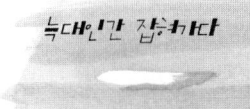

알이 태인의 눈치를 살피며 부지런히 왔다 갔다 하는 그 시간, 애절한 눈빛으로 계속 무디브를 공격한 끝에 겨우 아혈만 풀린 키튼이 투덜대고 있었다.

"끄응. 에세란 아저씨도 좀 제대로 말해 줄 것이지."

"시끄럽다. 네가 제대로 앞뒤도 알아보지 않고 덤벼드니 벌어진 일 아니냐."

키튼은 멋쩍게 웃으며 화제를 돌렸다. 그는 언제 어떤 상황에서도 꿋꿋한 멋진 늑대였다.

"장로님도 참. 그런데 드뤼셀이라고 했죠? 나쁜 자식 같으니. 멋대로 들락날락거리면서 우리를 농락해?"

"키튼! 아직도 정신을 못 차렸느냐. 네 작은 힘을 믿고 설칠 상대가 아니다. 때로는 굴복과 인내야말로 진정한 용기인 법. 참고 또 참는 법부터 배워라. 다리 가랑이 사이를 기어 지나가더라도 살아남는 법이 우선이다."

키튼이 또 반항하면 다시 아혈을 점해 버릴까 고민하는 무디브의 귀에 믿기지 않는 소리가 들려왔다.

"그렇게 평생 살면 언젠가 기회는 온다 이거죠?"

'이 녀석이 웬일로 이렇게 순순히 인정하지? 역시 인간에게 한 번 당한 것이 좋은 교훈이 된 것인가.'

"그래. 그것이다."

하지만 제 버릇 개 못 준다고 키튼은 바로 이죽거렸다.

"헷. 그래서 장로님 살아생전에 기회가 왔습니까? 뭐, 장로님이야 아직 안 돌아가셨으니 그렇다 치고 줄줄이 돌아가신 조상님들은 인내가 부족해서 기회가 안 온 건가요?"

"닥치거라! 아직도 정신 못 차렸느냐. 힘없는 용기는 만용일 뿐, 개 죽음당하면 누가 알아줄 것 같으냐? 이번에 돌아가면 다시 10년 동안 폐관하거라. 이건 장로로서의 명령이다."

"알았습니다. 알았다고요."

키튼은 어련하시겠습니까라는 표정으로 고개를 끄덕였다.

"그러니까 장로님, 돌아가면 폐관하라는 거죠? 그럼 그전에 사고 하나만 더 치겠습니다. 뱀파이어의 비숍이라는 놈이 얼마나 대단한지 제 몸으로 한번 부딪쳐 봐야겠습니다."

"네가 지금!"

무디브는 아예 키튼의 아혈까지 점해서 끌고 가려고 손을 뻗었으나 그 순간 키튼이 몸을 날리며 물러섰다.

"어떻게 점혈을!"

"뇌정신공의 묘용을 아시는 분이 그런 말씀을. 제가 그자한테 저항 안 하고 얌전히 있었다고 너무 방심하셨습니다. 노년에 무리해서 쫓아오지 마시고 돌아가 기다리세요!"

그 말과 함께 키튼은 섬전행을 펼쳐 순식간에 멀어졌다. 급작스레 벌어진 일에 무디브는 일순 당황하다가 다급히 소리쳤다.

"안 된다! 안 돼! 그는 네가 범접할 수 있는 상대가 아냐!"

무디브가 애타게 불렀지만 애초에 소리가 쫓아갈 수 있는 신법이 아니었고 잠시 뒤 키튼은 아예 시야에서도 사라졌다.

"키튼, 정녕 네가 죽을 자리를 찾아가느냐. 네 뛰어난 재능이 오히려 화근이로구나, 화근이야. 하아. 그래, 어찌 너만의 잘못이겠느냐. 우리 일족 전체의 비극이지. 그러나 참는 것 말고는 달리 수가 없음을 너도 알지 않느냐. 알면서도 어찌 참지 못하느냐."

무디브는 탄식하며 고개를 절레절레 저었다. 이번에 드뤼셀이 키튼을 어떻게 할지도 짐작할 수 없었다.

'설령 그가 키튼의 행동을 귀여운 재롱 정도로 보고 넘어가 준다고 해도, 이런 식으로 다른 인간과도 부딪친다면 그때는 결코 무사하지 못할 것인데. 어찌해야 저 참지 못하는 성격을 고칠꼬. 어찌해야.'

무디브의 걱정도 헛되이 키튼은 그대로 달려나갔다.

'분명히 뱀파이어의 비샵이라 했겠다.'

어디 있는지도 모르고 무작정 달려갔지만, 키튼은 나름대로 자신이 있었다. 일족의 어른들이 해준 말을 그는 기억하고 있었다. 어디서든 찾고자 한다면 나오는 곳에 거하는 금단의 장소. 그 지옥으로의 입구에 머무는 뱀파이어의 수장의 이야기를.

그리고 되는대로 발걸음을 옮긴 순간 나타난 작은 가게가 눈에 들어오자 키튼은 온몸의 털이 빳빳이 일어서는 걸 느꼈다. 말이 필요없었다. 본능이, 직감이 여기가 바로 그가 찾는 곳임을 알려주고 있었다. 상대는 자신을 '초대' 했다. 디자인만으로 본다면 평범하기 짝이 없는 가게 문. 그러나 그 문에서 풍겨 나오는 불길한 기운은 그에게 감히 들어올 용기가 있으면 들어와 보라고 도발하고 있었다.

"좋아. 배짱 좋군. 그 녀석처럼 도망치지는 않겠지? 네가 얼마나 대단한지 한 번 보자."

쾅.

부서져라는 듯 문을 세게 밀어젖히고서 키튼은 안에 들어섰다. 흐릿한 조명 아래에서 대걸레를 들고 바닥을 닦고 있던 남자가 그를 돌아보았다. 눈에는 안경, 손에는 걸레, 거기다가 영업용의 부드러운 미소, 가게의 입구에서 풍기던 기운과는 전혀 어울리지 않게 평범한 점원의 모습에 키튼은 오히려 긴장했다.

"어서 오십시오, 손님. 무엇을 찾으십니까?"

너무나 자연스러워 위화감이 드는 말투. 키튼은 상대의 화술에 말려들 필요 없다고 판단하고 바로 소리쳤다.

"내 이름은 키튼, 늑대인간의 차기 족장이다. 네게 승부를 요청한다."

"핫하. 손님, 죄송하지만 저희 가게는 물건을 파는 가게이지, 오신 손님을 두들겨 패는 가게가 아닌데요. 변태 영업소랑 착각하신 것 아닙니까?"

싱글벙글 웃는 드뤼셀을 상대로 키튼은 날카롭게 검을 세웠다.

"헛소리 집어치우고 준비하시지. 나를 이곳에 들어오게 해줄 때 애초에 모든 걸 알고 있었던 거 아닌가? 더 이상 시치미 떼면 그냥 베어주지."

키튼의 온몸에서 뿜어져 나온 살기가 날카로운 끝을 드러내며 드뤼셀 하나만을 향해 뻗어갔지만, 드뤼셀의 웃음은 조금도 줄어들지 않았다.

"그만두십시오, 손님. 저한테 난동 부려서 봐야 손님만 다치십니다."

"닥쳐라! 늑대인간이 네 뜻대로 휘두를 수만 있는 부족이 아니란 걸 보여주마!"

키튼은 더 이상 기다리지 않았다. 그 말이 끝남과 동시에 그는 이미 드뤼셀을 지나쳐 있었다. 섬전과 같은 빠르기로 몸을 날리며 하늘에서 내리치는 벼락의 기운인 뇌정신공을 담아 충격파를 만들어내는 속도로 벤다. 지나간 자리에 전기가 주위로 흩어질 때 이미 그 몸은 검을 제자리로 돌리며 상대를 지나친 지 오래. 하늘의 번개가 내리칠 때 그 시작됨과 끝남을 구분하기 힘들 듯, 키튼이 검을 빼 들어 달려들 때와 지나쳐 도달했을 때의 짧은 순간은 동시로 보였다. 가히 그 빠르기가 카메라로 담을 수 있는 한계를 넘어가 뇌정신공을 바탕으로 펼쳐지는 벽력섬과 섬전행의 진수라 할 만한 움직임이었다.

그리고 키튼이 입고 있던 옷이 그대로 갈라져 타며 흩어졌다. 키튼이 번개가 이글거리는 눈으로 돌아서 드뤼셀을 노려봤다.

"듣던 그대로군."

처음부터 그의 검이 노린 것은 정확히 상대의 옷만 벨 깊이였다. 그의 검이 단순한 빠르기와 강함만이 아니라 정교함까지 갖추고 있음을 암시하는 것이었지만 드뤼셀은 여유만만했다.

"그럼 그만두시겠습니까?"

"웃기지 마라!"

그러면서 키튼은 다시 드뤼셀에게 달려들었다. 아니, 달려드는 동작을 취하는 듯 보이는 순간 이미 들러붙어 베고 있었다. 푸른 번개의 기운을 내뿜는 검이 X자를 그리며 두 번 드뤼셀을 베고 지나갔다. 그 선을 그대로 따라 키튼의 몸에 깊은 상흔이 새겨지며 피가 튀지도 못하고 촤악 하며 증발했다. 하지만 그 피가 상처를 따라 미처 증발하기도 전에 이미 키튼은 다시 검을 휘둘렀다. 그러나 이번에는 그 대상이 드뤼셀이 아니라 바로 그 자신이었다. 자기 자신을 두 번 베고 키튼은 드뤼셀을 지나가 자세를 잡았다.

그런 그의 몸에 다시 새겨진 상처를 따라 다시 한 번 피가 증발하고 지져진 흔적의 흉터가 남았다. 키튼은 퉤 하고 침을 뱉고 드뤼셀을 노려봤다.

"쳇. 아니군."

드뤼셀을 벤 검은 당연하다는 듯 그 자신을 베어버렸다. 그리고 그 자신을 벤 검도 '당연'하게 그 자신만을 베고 말았다. 원래 후자가 당연하고 전자는 이상한 것이었지만, 전자가 당연하다 보니 후자가 이상해졌다. 어찌 되었든 상황은 그의 기대대로 흘러가 주지 않았다.

"그 순간을 노려 자신을 공격하면 제게 공격이 갈 거라고 기대하신 겁니까. 뭐 그런 류의 수법도 있긴 합니다만, 잘못 짚으셨는데요. 하늘로 던진 게 자신에게 되돌아온다고 땅으로 던진 게 하늘로 떠나가겠습니까. 어쨌든 이제 그만 하시겠습니까?"

그만둘 수도 있었겠지만, 드뤼셀의 여유만만한 말투와 낯짝이 다시 키튼의 오기를 자극했다.

"웃기지 마라! 아직 안 끝났어!"

키튼은 검을 다시 세웠다. 그리고 드뤼셀을 노려보는 것도 그만두고 오로지 검에 정신을 집중했다.

'쓸데없는 머리 굴리기는 그만둔다. 벽력섬과 뇌정신공의 가장 기본

정신에 충실한다. 어차피 만 가지 잡기는 한 가지 정심함을 당해내지 못하기 마련. 저게 공간 왜곡이든, 아니면 무엇이든 어차피 그 한계조차 벗어난 절대의 힘과 빠르기라면 깨어지기 마련. 하늘로 던진 건 돌아온다고? 속도가 충분하지 않을 때나 그렇겠지.'

이유제강 사량발천근이 가능하다면 능강파유 태산압정도 가능한 법이었다. 그의 선조가 비무행을 나섰을 때 왜 멋들어진 무당의 도사가 패해야 했던가. 벽력섬이 강이 아니어서도 아니고 태극검이 유가 아니어서도 아니었다. 단지 그의 선조의 벽력섬의 강맹함을 감당해 낼 부드러움이 그때 무당의 인물 중에는 없었다.

'이번에도 마찬가지.'

공간을 왜곡한다 해도 그 공간 안의 힘이 왜곡력을 깨뜨릴 정도가 되어버리면 그만이었고, 그 외의 무엇이든 압도적인 힘이라면 그만이었다. 상성이든 수법이든 같은 차원에서 노니까 걸려드는 것이었다. 그렇게 굳게 믿고서 키튼은 그의 뇌정신공을 극한으로 끌어올렸다.

파직. 파지직.

잠시 뒤 소리조차 잦아들며 푸름을 넘어 새하얗게 변한 뇌전의 기운이 검에 모여들었다. 그 뇌극의 기운을 견디지 못하고 검면의 일부가 녹아서 치직 하며 바닥으로 떨어졌지만 키튼은 개의치 않았다. 알과 싸울 때 호신강기로서 사용했던 뇌정멸이었지만.

'한 극에 모을 수 있다면 공세로도 못 쓸 것 없어. 간다!'

더 이상 모았다가는 자체로 폭발해 버리기 직전까지 극한점으로 힘을 모은 키튼은 다시 드뤼셀에게 쏘아져 나갔다. 그런 키튼을 드뤼셀은 혀를 차며 지켜봤다.

"정말로 고집불통이시군요."

콰앙.

흩뿌려진 뇌전의 기운이 거대한 충격음을 만들며 주위의 풍경까지 일그러져 보이게 하며 드뤼셀을 베고 지나갔다. 검에 힘을 주기 위해 몸의 속력까지 최고로 올렸던 키튼은 그 관성으로 그대로 앞으로 뻗어 나갔다. 그리고 눈부신 섬광이 그의 몸에서 작렬하며 뻗어 나가고 그는 그 자리에 쓰러졌다. 증발한 피의 뒤를 이어 미처 다 지져지지 않은 상처에서 피가 연이어 쏟아져 나왔다.

이번에도 마찬가지인 듯했다. 키튼은 재기 불능의 상태가 되어 바닥으로 쓰러졌고 드뤼셀은 조금도 변치 않고 담담하게 서 있었다. 하지만 그 순간 이변이 일어났다.

툭.

드뤼셀의 코에 걸쳐 있던 금테 안경의 가운데가 끊어지며 그대로 양옆으로 갈라져 바닥으로 떨어졌다. 안경이 떨어지며 낸 소리는 거대한 천둥 소리에 비하면 매우 작았다. 그럼에도 그건 조용한 호수에 떨어진 돌처럼 자신의 존재를 주장하며 주위로 뻗어갔다.

"호?"

키튼이 생즉사 사즉생의 각오로 던진 최후의 일격이 만들어낸 그 흔적에 드뤼셀의 웃음으로 이루어진 포커페이스가 마침내 깨져 나갔다. 안경이 없어진 맨얼굴이 드러났다. 그의 눈에 잠깐의 이채가 스쳐 지나갔다. 짧은 순간이지만 멍히 있던 드뤼셀은 갑자기 즐겁다는 듯이 웃었다.

"아하. 아하핫. 아하하하."

둘로 쪼개진 몸을 내공을 이용해 억지로 붙은 걸 유지한 채 흘러내린 자신의 피에 잠겨 키튼은 그런 드뤼셀을 노려봤다. 하지만 더는 어쩔 힘이 없었다. 내공으로 몸을 간신히 지탱하는 것조차 이제 한계였다. 좀 있으면 몸이 다시 벌어질 것이고 그때는 피가 지금보다 훨씬 더 빨리 빠져나갈 것이었다. 그것은 늑대인간 중의 늑대인간이라고 자부하는 그에게도 죽음을 의미했다.

키튼은 분했다. 이룬 성취가 결코 낮지 않다고 자부하고 있었는데 상대는 가만히 있었음에도 그의 몸에 상처 하나 내지 못한 채 거꾸로 자신이 이렇게 쓰러져 있었다.

'제길. 제길.'

겨우 이 정도를 가지고서 그동안 자만했던가 하며 키튼은 자신을 책망했다. 하지만 포기하지는 않았다. 상대가 스스로와 주위 장로들의 말마따나 하늘 같은 존재일지는 몰랐다. 하지만 하늘이라도 상관없었다. 인간들도 하늘을 넘어 달도 가지 않았는가. 하늘이라고 해서 못 닿을 이유가 없었다.

'안경은 베었잖아. 놈도 절대로 무적은 아냐. 단지 내가 아직 공부가 얕았을 뿐.'

다음 기회가 온다면 그때는 저 잘난 척 웃고 있는 면상을 두 쪽으로 쪼개놓고야 말겠다고 다짐했다. 그 다음 기회란 게 이번 생에 올 것 같지는 않았지만 말이다.

"아핫하하. 정말로 예상 밖의 오차라는 게 존재하기는 하군요. 훌륭합니다. 설마 내 안경을 베어낼 줄이야. 역시 법칙과 운명을 뛰어넘는 '가능성'의 존재들, 에잇 폰의 일원답습니다."

뭐가 그리도 통쾌한지, 신나게 웃던 드뤼셀이 마침내 웃음을 그쳤다. 그리고 다시 잔잔한 미소를 지었다. 하지만 안경이 없는 때문일까, 그 미소는 꾸며낸 영업용 가면이라고 하기에는 조금 더 진실하고 따뜻해 보였다. 정말로 진실된 미소였는지 여부는 드뤼셀 본인만이 알 수 있는 일이었지만 말이다.

"더 이상 모욕하지 말고 죽여라. 이번 싸움은 내가 졌다."

가만히 내버려 둬도 곧 죽을 처지면서 큰소리치는 키튼에게 드뤼셀은 곤란하다는 듯 어깨를 으쓱해 보이며 안으로 들어가 선반 안에 놓인 물병 하나를 들고 나왔다. 그 뚜껑을 따며 그는 키튼에게 사근사근하게 말했다.

"지금까지 당신은 귀환 전쟁이라는 연극에서 관객이었습니다만, 정식으로 출연 섭외를 하겠습니다. 예고된 운명을 비틀 작은 오차 하나도 정말로 기대하는 입장이거든요. 자, 그러니 이건 그 출연료인 셈치고 받아주시지요."

드뤼셀은 그대로 물병의 액체를 키튼의 몸에 들이부었다. 정체 불명의 액체는 키튼의 몸에 스며들었고, 순식간에 몸이 봉합되기 시작했다.

"대체 뭘 붓는 거냐!"

한층 기세를 회복해 소리치는 키튼에게 드뤼셀은 다시 영업용 미소로 돌아가 말했다.

"엘릭서 즙에다가 드래곤 하트와 피닉스의 깃털, 유니콘의 뿔, 천사의 피, 베헤모스 꼬리를 넣고 푹 고은 다음 현자의 돌과 태양의 모래를 빻은 가루로 간을 맞춘 겁니다. 몸에 좋은 거니 그냥 드시죠. 아, 생명의 나무 열매랑 천도선과도 들어갔었지."

그 황당하기 짝이 없는 재료 목록에 기가 막혀서 키튼은 소리쳤다.

"무슨 잡탕찌개냐. 그 수상쩍기 짝이 없는 재료들이 다 들어갔다고 지금 믿으라고? 그거 다 넣고 끓여서 대체 뭐가 되는 건데."

"음. 말씀드렸다시피 몸에 좋은 것이 되지요. 뱀파이어에게는 별 쓸모가 없긴 합니다만 말입니다. 못 믿으시겠다면 남은 건 입에 넣어드리죠. 직접 맛을 보십시오."

그러고서 드뤼셀은 이미 몸이 다 붙은 채 바닥에 뻗어 있던 키튼의 입에 그대로 병을 가져다 대고 들이부었다. 키튼은 순간 읍읍거리며 그 액체를 뱉어내기라도 할 듯 반항했지만 액체는 그의 식도를 넘어가기도 전에 입 안에서 그대로 흡수되어 사라졌다.

그러나 그 짧은 순간에도 키튼은 미각 고문의 극치란 이런 것이구나 하는 생각을 했다. 쓰면서 달고, 짜면서 시었다. 매우면서 담백하니 서로 다른 맛이 함께 하여 하나만 당할 때보다 몇 배로 혀를 괴롭혔다. 물론 혀 좀 괴롭다고 기죽을 키튼은 아니었다.

"제길. 바라는 게 뭐냐? 이거 먹여놓고 날 개조라도 하려는 거냐?"

"도대체 아까부터 멀쩡한 가게 주인을 이런저런 엉뚱한 걸로 착각하시더니, 이번에는 미친 과학자라도 되는 줄 아십니까. 안심하시지요. 그나저나 고객의 필요를 파악하기 위해 물어보는 겁니다만, 바라는 바를 이루기에 힘이 부족하지 않으십니까?"

키튼은 눈을 치켜뜨고 자리에서 몸을 튕겨 일어나며 말했다. 수상쩍기 그지없는 액체였지만 그 약효만은 인정할 만했다.

"힘은 필요하지만 너한테 영혼을 팔고 얻은 힘 같은 건 필요없어! 난 내가 수련해서 힘을 얻을 거다! 어차피 너 때문에 다친 몸이니 고쳐 줬다고 치료비 내놓으라는 소리 지껄이지 마."

"자꾸 넘겨짚지 말아주십시오. 달라고 하셔도 어차피 전 무공은 학자의 지식으로서 아는 거지 누굴 가르칠 실력은 못 됩니다. 제가 드릴 건 다른 겁니다."

"필요없다니까!"

키튼은 그렇게 외치며 그대로 뒤로 물러났다. 용맹히 도전한 만큼 물러날 때는 깔끔하게라는 게 그의 신조였다. 지금은 돌아가 힘을 기를 때였다. 무모한 도전과 처참한 패배는 한 번으로 충분했다. 하지만 드뤼셀은 그를 벌써 돌려보내 줄 생각이 없는 듯했다.

"일단은 샘플이니까, 그냥 받아보시지요. 마음에 드시면 할부로 구매하시든 일시불로 구매하시든 하시고요."

"돈 없어! 있어도 네 건 안 사! 영약이고 비급이고 필요없어! 그런 걸로 얻은 힘이 쓸모있는 경지는 나도 옛날에 넘어섰다고."

"그거 다행이군요. 지금 샘플은 영약이나 비급도 아니고 무엇보다 제가 만든 것도 아니거든요. 그럼 일단 받아보십시오."

그 말과 함께 대체 언제 꺼냈는지 모를 추를 드뤼셀은 손에 쥐고 흔들었다. 순간 자기도 모르게 그 추의 흔들림을 눈으로 좇았던 키튼은 갑자기 정신이 아득해짐을 느끼며 바닥으로 쓰러졌다.

"대체 무슨 짓을⋯⋯."

그 말을 끝으로 쓰러져 잠든 키튼을 보고 드뤼셀은 싱긋 웃었다.

"아무리 소화 흡수를 돕기 위해 영양제를 많이 넣었다지만 가능의 씨앗(Seed of Possibility)은 그렇게 간단한 물건이 아니랍니다. 그건 정말 아무것도 아닐 수도 있는 물건이라서요. 그러니 식후엔 운동이 좋다고, 좋은 지도자 하나 소개해 드리지요."

그리고서 그는 가볍게 손뼉을 쳤다. 그러자 키튼의 몸이 그대로 떠오르더니 안쪽 구석, 세리우스가 잠들어 있는 관 옆에 가 처박혔다.

"자. 세리우스 군, 마냥 기다리기도 심심할 텐데 어린 늑대나 하나 키워보라고. 저 친구가 운명을 비틀어줄지 가속화시킬지는 나도 모르겠지만 말야. 변수가 많아지는 게 킹의 뜻이기도 하니 잘해보라고."

"아욱! 머리야. 어디야, 여기는? 그 망할 뱀파이어 자식이 대체 날 어디다 버려둔 거야?"

그게 어디든 간에 지구상이라면 자신의 고향으로 돌아갈 자신이 있었기에 키튼은 주위를 휘휘 둘러보았다. 눈에 들어오는 것은 사방으로 넓게 펼쳐진 빙원이었다.

"큭. 북극에라도 갖다 버린 건가? 응? 저건 뭐야?"

멀리 지평선까지의 공간 전부를 차지하고 있는 줄 알았던 눈밭의 한가운데에 이질적인 것이 섞여 있었다. 그게 사람, 아니, 적어도 사람 형상의 존재임을 확인하는 데는 얼마 걸리지 않았다. 에스키모라도 되나 싶어서 좀 더 가까이 다가가던 키튼은 그 자리에 우뚝 섰다. 아직 한참 거리가 남아 있음에도 상대에게서 느껴지는 기운이라는 게 상상 이상이었다.

존재함만으로도 주위의 모든 것을 그대로 정지시켜 적막 속으로 몰고 가는 듯한 차가움이라는 단어를 넘어 정지됨이란 단어로 묘사해야 할 절대적인 느낌이었다. 주위의 빙원을 따뜻하다고 해야 할 정도의 절대적인 빙한지기를 상대는 보여주고 있었다.

'누구든 알게 뭐야. 기껏해 봐야 드뤼셀 같은 놈이겠지.'

키튼은 자신이 순간 두려움을 느꼈다는 사실을 부정하며, 일부러 섬전행을 써 더 빨리 다가갔다. 주위의 풍경이 순식간에 스쳐 지나가고 상대의 앞에 키튼은 도달했다. 그리고 은발사내의 흑청안과 눈길을 마주쳤다. 순간 그 눈빛에서 뿜어져 나오는 기파에 주눅 들려는 자신을 발견하고 키튼은 땅을 발로 찼다. 늑대의 본능이 자신에게 눈앞에 있는 자가 그를 능가하는 맹수임을 여실히 알려오고 있었지만 인정할 수 없었다.

"넌 누구냐! 난 늑대인간 부족의 다음 족장, 키튼이다."

당찬 목소리로 자신을 소개하는 키튼을 보고 세리우스는 짧게 대답했다.

"세리우스."

못 들어본 이름이 아니었기에 키튼은 움찔했다. 아니, 예상한 이름이었음에도 움찔했다.

'제길. 강하다 강하다 말은 들었지만, 이 자식 진짜 강하잖아.'

도통 뭐가 뭔지 알 수 없던 드뤼셀과 달랐다. 자신과 동류의, 그러나 훨씬 높은 차원에 있는 힘이 처절할 정도로 잘 느껴졌다. 그 두려움을 감추기 위해 키튼은 더 크게 소리쳤다.

"좋아. 뭐, 네가 누구든 어차피 난 이곳에서 나가 고향에 돌아가면 돼. 여기가 어딘지, 덤으로 티벳으로 가는 방향이나 좀 알려줘."

목소리와 달리 키튼의 꼬리는 살짝 떨리고 있었지만, 그래도 키튼의 눈길은 계속 세리우스를 향했다. 그런 키튼이 기특했던 걸까, 세리우스의 입가로 짧은 순간 흐릿한 미소가 스쳐 지나갔다.

"드뤼셀이 널 이곳으로 보냈군. 그리고 그분이 너를 벗으로 인정한 건가. 그렇다면 너 또한 나의 손님으로서 대접받을 수 있다."

"맞아. 드뤼셀, 그 망할 자식이 날 기절시키고는… 근데 여긴 어디야? 그분은 누구고? 내가 누구 벗이라는 거야? 어럽쇼, 이건 또 뭐야?"

그제야 키튼은 자신의 가슴 쪽에 희미한 빛을 띠고 있는 기묘한 문양들이 떠올라 있다는 걸 깨달았다. 처음 보는 글자였지만, 그 내용에 의문을 표하기도 전에 문양들은 사라졌다. 그게 드뤼셀이 남겨둔 편지라는 것까지는 키튼의 짐작 밖이었다. 그리고 세리우스도 친절한 설명 대신에 검을 꺼내 들었다.

그 모습에 키튼은 본능적으로 거리를 벌이며 뒤로 물러섰다. 그리고는 검을 높이 세우며 외쳤다.

"뭐야! 해보자는 거냐! 좋다. 도전이라면 받아주지."

"난 친절하게 가르치는 교사는 아니다. 나의 무공이 너의 무공일 수는 더 더욱 없는 노릇이고. 그러니 하나하나 당하면서, 스스로 깨우쳐라. 계기는 만들어줄 테니 그 다음부터는 네 몫이다."

"누구 마음대로 뭘 가르쳐. 난 너 같은 스승 필요없⋯ 이 자식! 그거 내 거잖아!"

자신과 똑같은 방식으로 검을 높이 든 세리우스를 보고 키튼은 충격을 받아 외쳤다. 하지만 키튼 못지않게 세리우스 또한 자신의 할 말만 하고 끊었다.

"네 자신의 부족함부터 느끼도록."

"이, 이 자식이 누구 앞에서 흉내를. 받아라!"

키튼은 더 이상 생각하지 않고 앞으로 쏘아져 나갔다. 그런 그를 향해 세리우스도 마주 달려나왔고 둘은 중간에 스쳐 지나가며 반대 편에 도달했다. 그리고 키튼은 그 자리에 그대로 무너졌다. 키튼은 패배감과 충격에 싸여 바닥에 드러누운 채 세리우스를 쳐다봤다. 방금 자신의 검은 제대로 휘두를 기회조차 주어지지 않았었다. 그에 반해 상대는 그 빠르고 강맹한 검을 펼치면서도 자신을 베어내는 대신에 강하게 두들겨 충격만 주고 지나가는 여유를 보여주었다. 실력 차이가 한 단계 나는 정도로는 보여줄 수 없는 여유였다.

"나보다 더 빠르고 강하다니. 뭐야, 그건!"

"벽력섬의 이념 자체가 틀렸다고는 할 수 없다. 하지만 그런 어설픈 빠름과 강함으로는 무엇 하나 상대하지 못한다."

그 말에 키튼은 얼굴이 시뻘게져서 소리치며 자리에서 일어났다.

"지금 내 검이 엉터리라는 거냐! 웃기지 마. 단지, 그래, 네가 나보다 좀 더 나이가 많고, 최고의 검법인 벽력섬을 좀 더 많이 익혔으니 내가 상대가 안 된 것뿐이야. 나도 너만큼 수련하면 할 수 있다고."

"좀 더 당해야겠군."

세리우스가 검의 자세를 바꾸었다. 그리고 키튼은 새로운 경악에 휩싸였다. 검을 든 자세를 바꾸는 거야 누구나 할 수 있는 일이었다. 하지만 아예 다른 인물로 보일 만큼 기도가 완전히 바뀌는 건 쉬운 게 아니었다. 그리고 그 바뀐 기도가 아까와 전혀 달랐음에도 어느 게 더 낫다고 하기 힘들게 양쪽 다 극의 경지에 다다르는 건 말이다.

조금 전까지 하늘에서 내리치는 번개처럼, 그 무엇도 가로막을 수 없고 가로막아 봐야 그대로 베어주겠다는 자가 지금은 오연히 서 천하를 오시하는 제왕이 되어 있었다. 지상의 미천한 늑대 무리가 달려든다 하여도 고고히 하늘 위에서 그것을 무시하며 자신의 길을 가는 한 마리 용의 모습. 키튼은 자기도 모르게 중얼거렸다.

"여의제룡검."

순간 키튼은 자신이 초라하게 상대를 올려다보는 위치가 되었음을 깨닫고 바락 소리 질렀다. 한 번도 아니고 두 번씩 그러는 건 견딜 수 없었다.

"누가 그 따위에 당할 줄 알고!"

예전에 그의 조상이 단 일 초식에 깨뜨려 버렸던 검법이다. 지금 와서 달라질 이유는 없다. 그렇게 스스로에게 말하며 키튼은 다시 달려들었다. 세리우스가 장중하게 위엄을 드러내면서도 그 움직임을 예측하기 어려운 방향으로 발을 옮기며 검을 휘둘렀다. 여유를 잃지 않으면서도 당당하고, 그러면서도 누가 감히 나에게 도전하느냐는 제룡의 검이 사방에 검영을 만들며 펼쳐졌다. 거기에 하늘의 번개가 내리꽂히고 가로막혔다. 구름 위를 노니는 용의 신능을 벼락은 뚫지 못했다.

"이익."

캉. 까강.

두 번, 세 번, 네 번. 몇 번이고 키튼은 다시 검을 휘둘렀지만, 화려하게 펼쳐진 검막은 벽력섬이 뚫고 들어가는 것을 허용하지 않은 채 중간에 모두 걷어내 버렸다. 그렇게 공격을 막아내면서도 제왕의 풍모를 잃지 않는 세리우스 때문에 키튼은 씩씩거리며 검을 멈췄다.

"제길. 천의무봉(天衣無縫) 따위, 내 조상님께서 한 번에 깨뜨렸던 초식인데."

"벽력섬이 최고의 창이라면 여의제룡검은 최고의 방패. 어느 쪽이든 더 단련한 쪽이 이긴다."

키튼은 입을 다물었다. 벽력섬은 방어를 제대로 생각한 공격이 아니었다. 아니, 정확히는 공격 자체가 방어인 검이었다. 어떻게 일격을 견뎌냈다 해도 이격, 삼격이 들어가다 보면 방어에만 급급하다가 상대는 무너지게 되어 있었고, 방어란 불필요했다. 포위되거나 하면 벽력섬으로 뚫고 섬전행으로 빠져나가면 그뿐이었다. 하지만 그렇기 때문에 섬전행의 움직임을 쫓아낼 수 있는 상대가 아무런 어려움 없이 공격을 막아냈다면 그 다음엔 당연히 허점이 드러났다. 세리우스가 마음만 먹었다면 자신의 목을 서너 번은 들었다 놓을 수 있었다는 걸 인정하지 않을 수 없었다.

"제길. 제길. 제길. 제길. 제길."

키튼은 애꿎은 땅을 검으로 몇 번이나 내리찍었다. 그걸 보며 세리우스는 다시 말없이 검을 고쳐 잡았다. 깎아지른 절벽, 그것도 면이 유리로 되어 한 점의 일그러짐이나 파고들 여지조차 없는 절벽이 그 모습에서 떠올랐다. 일말의 엇나감도 용납하지 않고 추상같이 베어가는 엄정하고 고고한 기운. 눈 속에 핀 매화가 부끄러울 그 모습에서 현천구검을 떠올리는 건 어렵지 않았다.

"그래, 해보자! 얼마든지 다 꺼내봐! 몇 번이고 쓰러져도 덤빌 테다."

오기와 분함, 왠지 모를 서러움까지 느끼며 키튼은 다시 덤벼들었다.

"하아. 하아. 제길. 제길."

키튼은 씩씩거리면서 바닥에 드러누워 있었다. 손가락 하나 까닥할 힘이 없었다. 정말로 모든 기력이 바닥나서는 아니었다. 그의 뇌정신 공은 이렇게 드러누워 있는 동안에도 저절로 운기되며 다시 착실하게 기운을 모아들이고 있었다. 그가 몸을 움직이지 못하게 하고 있는 건 패배감과 좌절감이었다.

깨지고 부서졌다. 그것도 철저하게 몇 번이나. 차라리 드뤼셀에게 놀림당할 때가 나았다. 그게 어떤 기묘한 마법이든 간에 죽든 살든 덤벼들겠다라는 의지는 꺾이지 않았다. 하지만 같은 무도인으로서 상대해 준 저 은발의 뱀파이어는 그의 자긍심을 밑바닥까지 부숴놓았다.

"깨달았나?"

비웃는다는 느낌조차 들지 않게 차디찬 어조. 그 어조가 다 꺼져 버린 줄 알았던 가슴 밑바닥의 오기에 다시 불을 질렀다.

"안 끝났어! 포기 안 해!"

"그럼 이번에는 무엇에 부서지고 싶은가?"

그 말에 키튼은 입을 다물고 자리를 박차고 일어섰다. 하지만 덤벼들지는 않고 세리우스를 노려보며 외쳤다.

"말해 봐. 어떻게 하면 당신을 넘어설 수 있는 거지?"

키튼은 질 수 없다는 오기는 버리기로 했다. 인정하지 않으면 넘어설 수 없었다. 뻔히 안 되는데 된다고 우기는 건, 그러면서 정작 되게 할 방안은 만들어내지 못하는 것은 용기가 아니라 사실은 비겁한 자기 도피에 지나지 않았다. 하지만 대신에 그는 다른 용기를 택했다. 지금 부족한 것을 인정하는 용기를 말이다. 그리고 거기에 무너지지 않고 기필코 넘어서겠노라고 그렇게 가슴으로 외치며 그는 세리우스를 노려봤다. 그런 키튼을 보는 세리우스의 입가에 아주 엷은 미소가 스쳐 지나갔다.

"지금의 너부터 넘어서라. 몇 번이고 한계를 넘어선다면……."

"선다면? 그 정도면 당신이 방금 보여준 정도는 넘어설 수 있겠지. 하지만 당신 자체는?"

세리우스가 보여주지는 않았지만 키튼은 짐작할 수 있었다. 여러 종류의 열매가 보인다면 그게 특이한 나무 한 그루라고 생각하는 것보다, 커다란 숲 하나라고 생각하는 게 맞았다.

"나는 나이트, 지상을 걷는 필멸자가 애초에 넘어설 수 있는 존재는 아니다. 하지만 태생의 한계를 깨고, 법칙 자체를 넘어설 수 있다면 가능하겠지."

보통은 안 된다는 말로 해석해야 할 대답이지만 키튼은 씨익 웃으면서 검을 다시 치켜들었다.

"좋아. 까짓거 하면 되지. 그럼 맨 처음 거부터 시작하지. 내 한계를 넘어서라고 했지? 쳇. 벽력섬과 뇌정신공을 극성으로 익혔다고 생각했었는데, 아니었던 건가."

얼마든지 충격이 될 수도 있는 일을 간단한 한마디로 넘겨 버리는 어린 늑대인간을 보고 세리우스는 속으로 고개를 끄덕였다. 상대는 아직 덜 자랐고, 충분히 유연한 자였다.

"전해 내려온 기준으로 보면 극성이 맞다. 벽력섬과 뇌정신공으로 이룰 수 있는 완성은 넌 이뤘다."

"그럼 이걸 넘어서는 새 벽력섬을 내가 만들어야 한다는 건가?"

암담하게 들릴 말이었건만, 키튼의 목소리는 오히려 들떠 있었다. 그런데 뜻밖에도 세리우스가 고개를 저었다.

"그 이상을 만들기가 쉽지도 않겠지만, 만들어봐야 소용없을 거다. 너의 벽력섬은 진정한 벽력섬이 못 된다."

"뭐, 뭐야. 방금 극성이 맞다며. 그런데 아니라니 뭔 소리야?"

세리우스가 말없이 그 눈길을 키튼에게 마주쳐 왔다. 그 서늘한 눈길에 키튼은 몸을 부르르 떨었다. 상대의 눈빛은 또 달랐다. 지금은 그의 밑바닥까지 투시해 보는, 그래서 그 자신도 모르고 있던, 혹은 모르는 척하던 그의 진면목을 뚫어보는 그런 눈빛이었다. 대체 뭐가 캥기는지도 모르게 스스로 캥겨 키튼은 먼저 고개를 돌렸다.

"검법이 있고, 내공이 있고, 그것이 지향하는 철학과 이념, 도가 있다. 너의 그것이 벽력섬과 일치하나?"

누구도 해오지 않았던 질문이었다. 심지어는 저 드뤼셀이란 자도 생각해 보지 못했을 테고, 에세란도 어떤 동료도 의심하지 않았던 내용을 물어오는 세리우스를 상대로 키튼은 지금까지의 모습을 잃어버리고 소리쳤다.

"아니라는 건가? 단순, 과격, 용맹, 정면 돌파. 어디가 나와 어울리지 않는다는 거지?"

"그렇게 보이고 그에 가까운 면도 강하더군. 거기다가 재능과 동기와 노력이 있었으니 비틀어서라도 벽력섬을 완성할 수 있었겠지. 하지만 그게 진짜 너의 전부인가?"

동중정. 뇌정신공을 완성한 키튼은 가볍고 과격해만 보였지만 그 가벼움으로 이루어진 안정됨이 그의 정신에 있었다. 하지만 지금 이 순간 그 모든 것이 무너졌다.

"뭘 말하고 싶은 거야. 말해!"

그건 묻어둬야 할 비밀이었다. 나름대로 반항도 해보고, 깨어볼 기회도 노리지만 결국 완전히 무시할 수 없는 일족의 규율 아닌 규율. 그걸 누구도 알지 못했던, 스스로도 스스로를 속였던 비밀을 단지 검을 섞어보았을 뿐인 상대가 건드렸다.

"넌 스스로를 검사가 아닌 차기 족장이라고 소개했었다."

거기까지만 말하고 세리우스는 다시 앉아 명상을 시작했다. 키튼 역시 서서 눈을 뜬 채로 명상에 빠지기라도 한 듯 굳은 자세 그대로 서 있었다. 반항하는 척, 무시하는 척, 세상에 도전하는 척하면서도 사실은 내심 꺼뜨렸어야 했던 그의 욕망이 있었다. 세상 누구에게도 비굴하지 않게, 어떤 힘 앞에서도 당당하게 자신의 의지가 다른 자의 의지에 의해 꺾이지 않게, 양보는 할지언정 굴종하지는 않고 배려는 할지언정 아부는 하지 않아도 되는 그런 존재가 되고 싶었다. 그런 종족을 만들고 싶었다. 같은 비애를 안고서 야성의 기원을 가지고서도 그 발톱이 전부 뽑힌 채 생존을 위해 하루하루를 지내야 하는 일족의 모습을 보기 싫었다.

그리고 그런 자신을 솔직히 드러내었다. 아니, 드러내는 척만 했다. 그런 규율을 무시하고 멋대로 놀며, 자그마한 모욕에도 팔팔 뛰는 척하며, 단순 과격한 열혈아인 척 굴었었다. 하지만 그 실제로는 항상 선 안이었다.

명시된 선을 벗어났기에 그 다음 선 안에 그가 있다는 것을 스스로도 모른 척했었지만, 사실 알았다. 사고를 칠지언정 수습 가능한 선이었다. 규율을 무시할지언정 그 기반을 파괴하지는 않았다. 그 와중에 자기 자신은 죽어도 좋다라며 내달렸지만, 종족 전부를 끌어들이지는 않았다. 장로들의 눈 밖에 나서 족장 자리를 승계받지 못하게 될 거라는 걸 알고 있었지만, 한세상 그렇게 살고 가기로 했었는데.

한 번 끄집어내진 내면은 이제 양자택일을 강요하고 있었다. 받아들이고 그 길로 나아가던가, 아니면 거부하고 버리던가. 다시 자신을 속인다는 것은 불가능했다. 지금 이번에도 자신을 누른다면 그때는 이 눌림이 진짜로 그의 일부가 되어버릴 것이었다.

키튼은 그답지 않게 앞에 꽂힌 검을 바로 집지 못하고 마냥 쳐다보았다. 키튼의 머리 속으로 수많은 단어가 흘러 지나갔다. 자유. 금지. 동족. 위험. 굴종. 생명. 분노. 반항. 절제. 그리고 책임과 애정.

검을 노려보며 키튼은 마음속에서 검을 깎았다. 수많은 검이 생겨났다가 다시 버려졌다. 하나의 검이 마음에 든다 싶으면 다른 이유가 그걸 쥐지 못하게 했다. 자유는 책임이 걸렸다. 분노는 애정이 막았다. 서로 다른 욕망들이 충돌하는 가운데 어느 것이 진짜 그인지 알 수가 없었다.

'나는… 나는?'

망아지경에서 펼치는 검이 극에 달한 검의 하나라고들 말했다. 그것이 벽력섬의 원리와 상통하기도 했다. 모든 것을 잊고 순수하게 검이 가고자 하는 그대로 나아가 막을 수도 피할 수도 없는 일검이야말로 벽력섬의 진수였다. 그러나 지금 키튼은 그 반대의 길을 가고 있었다. 자신을 잊어버리는 대신에 그는 철저하게 자신에 매달렸다. 검이 가고자 하는 길도 잊고 철저하게 자신의 길을 찾았다.

고요. 사위가 눈으로 뒤덮인 곳에서 명상에 잠긴 세리우스에게서는 얄디얇은 호흡 소리조차 나지 않고 키튼 또한 석상처럼 서서 외부를 잊고 내부로 내부로 들어갔다.

"넌 이번 대에 태어난 아이들 중 가장 뛰어나다. 그것은 또한 그만큼 무거운 의무를 짊어지는 것이기도 하지."

"벌써 벽력섬의 경지가 칠성을 넘었느냐? 대단하구나."

"네가 다음 대 족장 자리를 이어받겠구나."

"쳇. 뭐 하나 하고 싶은 거 할 수 없는 허수아비 족장이 무슨 소용이라고요."

"트헤란 아저씨가 왜 죽어야 하는데?"

"왜 우리가 사과해야 하는 겁니까?"

지나온 과거가 하나둘 떠오르고 지나갔다. 그 안에서 그가 느끼고 감춰두었던 마음들이 꺼내지고 다시 들어갔다. 그 끝에서 키튼은 끝내 그를 찾았다.

대체 얼마의 시간이 흘렀을까. 키튼은 마침내 눈을 떴다. 그는 웃고 있었다. 그리고 그의 변화를 느낀 것인지 세리우스 또한 눈을 떴다. 자신을 한참 앞서 나간 상대의 눈을 당당하게 마주 보며 키튼은 말했다.

"당신 말대로 난 가짜 무사야. 하지만 진짜 족장이긴 하지. 난 내 일족을 다시 번성케 하고 자유롭게 하고 당당하게 하고 싶다. 하지만 만용으로 일족을 다치게 하고 싶진 않아. 그러니 그걸 할 수 있게 할 검이 필요해. 줄 수 있나?"

"일족을 억누르는 인간을 멸할 검을 원하나?"

시험하듯 묻는 세리우스에게 키튼은 바로 고개를 저었다.

"아니. 인간의 횡포에 쌓인 게 많긴 하고 언제까지 참을 생각도 없지만, 그렇다고 인간을 증오해서 드는 검은 아냐. 내 일족이 당당하고 자유로운 존재가 되길 원하지만, 우리가 인간의 위에 서서 똑같은 억압자가 되고 싶은 건 아냐."

세리우스가 고개를 끄덕였다.

"그러나 인간은 이미 차지해 버린 것은 자신들의 정당한 몫이라 여기고 결코 내어주지 않을 거다. 그걸 되찾자면 많은 피가 흐를 것이다."

"알아. 하지만 그 싸움에서 내 일족이 최대한 다치지 않게 하고 싶다. 그리고 인간도 물러날 줄 아는 자는 베지 않겠어. 내가 그들과 똑같은 자가 되고 싶진 않으니까. 줄 수 있나, 나의 검?"

세리우스의 입가로 작은 미소가 스쳐 지나갔다.

"내가 주는 것이 아니라 네 스스로 만들어야 한다. 하지만 앞서 간 자들이 무엇을 만들었는지는 보여주지. 검을 잡아라."

키튼은 고개를 끄덕이고 앞에 꽂혀 있던 검을 잡았다. 그에게 세리우스가 말했다.

"처음부터 다시 시작해야 할 거다. 각오는 섰나?"

"알면서 뭘 물어? 보기보다 말이 많네."

씨익 웃는 키튼에게 세리우스는 고개를 끄덕였다. 말은 간단했으나 지금까지 익혀왔던, 그리고 다소 변형되었다 하나 극에 이르렀다고 하기에 부족함이 없는 것을 버리는 건 결코 간단한 일이 아니었다. 그 일을 간단히 결단할 수 있는 각오와 비틀린 벽력섬을 자신의 것으로 만들 수 있었던 재능, 그리고 좋은 스승이라는 인연이 합쳐졌으니 어린 늑대인간은 충분히 강해지기에 부족함이 없었다.

"시작하지."

●Chapter 34
콜 오브 킹

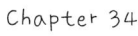

"음냐아. 바위가 너무 커. 왜 거기가 아닌 거야."

목만 빼꼼이 내놓고 이불을 뒤집어쓴 알은 옆으로 돌아누우며 잠꼬
대를 해댔다. 깊은 밤, 착한 어린이인 그는 꿈나라를 헤매고 있었다.
하지만 그런 그를 꿈속까지 쫓아와 괴롭힌 태인은 잠들지 못하고 있었
다.

"이제는 정말 가야 하는군."

태인은 한숨을 내쉬면서 창밖의 달을 바라보았다. 결계도 복구되었
고, 이젠 더는 미룰 이유가 없었다. 아니, 이미 예전에 한번 결정난 일
이었다. 단지 '사고'에 의해 조금 지연되었을 뿐.

다음날, 태인은 다시 한 번 알에게 작별 인사를 하고 길을 떠났다.

두 팔을 다 들어 올리고 마구 흔들어주는 알을 몇 번이고 돌아보다가 그는 끝내 발걸음을 옮겼다. 어떤 운명이 기다리고 있다 해도 나아가야 했다. 비록 그 순간 미래를 알았다면, 조금은 다른 선택을 할지 모른다 해도 말이다.

백화점에서 사온 최고급 도시락을 올려놓고서도 혜련은 입맛이 없는지 깨작거렸다. 다이어트를 하기 위해선 아니었다. 굶어서 살 빼는 건 미련한 짓이라는 걸 잘 아는 똑똑한 그녀였으니 말이다. 오히려 그 반대였다. 건강하고 탄력있는 피부를 유지하려면 먹기는 먹어야 하는데 하면서도 제대로 넘어가지가 않았다.

"후우. 태인 이 바보는 어디 가서 뭐 하고 지내는지. 잘못했나 봐. 이렇게 걱정될 줄 알았으면 그때 우겨서라도 같이 따라가는 건데."

갓 잡은 싱싱한 생선을 적당히 간한 후 바로 직송해 와 딱 좋은 시간에 바로 튀겨낸 튀김도, 유기농으로 재배된 후 깨끗이 씻어 최고급 올리브 오일과 식초만 약간 쳐서 신선함을 그대로 유지한 채 야채 자체의 질로서 승부하는 샐러드도 혜련의 미각을 깨우지 못했다.

'그 이후로는 교황청에서도 연락이 없긴 하지만. 까먹고 있는 게 아니겠지. 단지, 기다려 주는 것뿐.'

그날 보았던 차가운 눈길을 떠올리자 혜련은 자기도 모르게 몸을 떨었다. 인간은 결코 피할 수 없는 죽음의 공포라는 걸 여실히 느끼게 하던 자. 그럴 리 없지만 만에 하나 지금 그자가 어둠 속에서 감시하고 있을지 모른다고 생각하는 것만으로도 두려웠다.

'하아. 걱정이다. 역시 그 멍청이에게는 내가 붙어 있었어야 하는 건데. 힘만 강하면 뭐 해. 세상 사는 요령이 빵점인걸.'

한숨 쉬는 혜련을 바라보는 눈이 있긴 있었다.

'날 걱정하고 있었구나.'

태인은 미안한 감정으로 혜련을 쳐다보았다. 당장이라도 모습을 드러내어 자신이 돌아왔다고 말하며 그동안 내버려 둬서 미안하다고 사과하고 싶었다.

'조금만 더 기다리자. 혜련을 감시하는 이들이 없음을 확인할 수 있을 때까지만.'

길게 걸리지는 않을 것이었다. 그 순간을 위해서 조용히 결계를 준비 중이었으니 말이다. 자율 선사께서 전해주신 책은 여러모로 도움이 되었다.

결국 억지로 도시락을 반 정도 비운 혜련은 나머지를 버려 버리고 잠자리에 누웠다. 최근 들어 일은 하지 않으면서 태인과 관련된 정보를 수집한다고 써버린 돈이 너무 많았다. 아직 생활의 압박을 받을 수준은 아니었지만, 더는 이렇게 살 수 없었다.

"후우."

한숨만 내쉬다가 혜련은 얕은 잠에 빠져들었다.

시간이 얼마나 흘렀을까. 혜련은 가볍게 자신을 건드리는 손길에 눈을 떴다. 어둠 속에 희미하게 인영이 보였다. 자시만의 아지트에 침입자라니, 혜련은 잠 기운이 한순간에 달아나 버렸다.

"누, 누구!"

"쉿. 나야."

나야라고 하면 누군지 어떻게 알겠냐마는, 목소리가 너무나 귀에 익었다. 최근 몇 달 동안 내내 생각하던 상대의 목소리를 못 알아들을 수가 없었다.

"태인?"

"응. 나야. 잘 지냈어?"

혜련의 눈에 눈물이 핑 돌았다. 본래부터 다시 만나게 된다면 무척이나 반가운 척해야겠다고 마음먹고 있긴 했지만, 노력하지 않아도 저절로 연기가 되었다.

"왜 이제야 온 거야! 얼마나 기다렸는데."

그래도 와줬으니까 됐어라는 말이 저절로 뒤따라 나오려는 걸 혜련은 삼켰다. 태인의 책임감을 자극하려면 조금 더 투정할 필요가 있었다.

"미안해. 다른 일들이 많아서 말이야."

"미안이라면 다야! 정말이지 내가 얼마나 네 걱정으로 나날을 보냈는데 아무 연락도 없고. 살아 있으면 알려라도 주지."

혜련은 그대로 태인의 가슴에 고개를 파묻고 흑 하고 울었다. 태인은 잠시 머뭇거리다가 손을 들어 그런 혜련의 어깨를 살며시 어루만져 주었다. 따뜻한 손길을 느끼며 혜련은 승리의 미소를 지었다.

잠시 뒤 '진정'한 혜련과 태인은 테이블을 사이에 두고 마주 앉았다. 막 끓여낸 차 두 잔이 두 사람 앞에서 김을 모락모락 피워 올렸다.

"살 곳은 마련한 거야?"

"응. 기막힌 곳을 하나 찾았어."

혜련은 아주 짧게 고민했다. 역시 어디야라고 바로 묻는 건 조금 속보였다. 나중에라도 이상하게 느껴져서는 곤란했다. 물론 일이 벌어지면 그녀가 의심의 대상이 될 수밖에 없겠지만, 그러니 더 철저해야 했다.

"잘되었네. 다행이다. 이제 거기로 가는 거겠지? 그런데 알은? 걔도

가야 할 거 아냐. 애초에 그 녀석을 위한 일인데."

그 말에 태인은 순간 움찔했다. 그럴 수밖에 없다고 판단해서 벌인 일이긴 하지만, 막상 알은 먼저 가 있다고 대답하려니 대단히 미안했다. 지금 저렇게 울면서 자신을 맞이해 준 혜련에게 그간의 걱정과 의심을 늘어놓는다는 건 너무 염치없는 일이었다.

결국 늘어놓을 만한 핑계는 힘이 모자라서 한 번에 두 명을 커버하는 건 힘들다는 거였고, 그게 거짓말은 아니었지만 그래도 미안했다.

"알은 먼저 가 있어. 한 번에 두 명을 추적으로부터 숨기면서 이동하기에는 힘이 모자라서 말이야."

그 말에 순간 혜련의 표정이 안 좋아지는 걸 태인은 느꼈다. 이유가 어떻다 해도 결국 혜련을 방치한 꼴이라는 건 부인할 수 없는 상황이었다. 뭐라고 사과해야 할지 고민하기도 전에 혜련이 먼저 웃었다.

"그래? 다행이다. 그럼 일이 편하겠네."

사과하기도 전에 나온 용서. 태인은 어색하게 웃었다.

"고마워."

"뭐가? 그런데 어디야? 출발은 언제 할 예정이고?"

모른 척해주는 배려로써 태인이 딴생각 못하게 하면서 혜련은 연이어 질문을 던졌다. 그럼으로써 그녀가 가장 궁금해하는 것이 무엇인지를 슬며시 숨기며 태인이 미처 심각하게 생각하지 않고 대답하도록 유도했다.

짧은 두근거림. 그리고 태인은 그대로 미끼를 물었다.

"아, 에스리카란 작은 도시야. 아메리카 대륙에 있어서 머니까 지금이라도 바로 출발하려고 해. 괜찮겠어?"

혜련은 입가로 치밀어 오르려는 승리의 미소를 감추느라고 애먹었다. 그리고는 처음 들어보는 곳이라 조금 낯설다는 듯 되물었다. 실제로 낯설었으니 어렵지 않았다.

"에스라카?"

"응. 그곳에 작은 집을 지어놨어. 조용하고 평화로운 삶을 꾸릴 수 있을 거야."

조용하고 평화로운 삶이란 이곳처럼 화려하고 부유한 삶의 반대말이었기에 태인은 혜련의 눈치를 살폈다. 혜련은 그런 태인의 눈을 마주 보았다.

"어서 가고 싶네. 너와 함께라면 유유자적한 삶도 좋아."

"그럼 지금이라도 출발하자. 감시의 눈길이 지금은 없는 것 같지만 언제 들러붙을지 불안해."

'감시의 눈길은 없어, 태인. 그런 걸 붙여두었다가는 네가 안 나타날 걸 그쪽도 알고 있는걸.'

물론 혜련은 그렇게 대답하지 않았다.

"으음. 하지만 조금만 기다려 줄래? 네가 갑자기 나타나는 바람에 정리해야 할 일들이 조금 있어. 돈 같은 거야 뭐 놔두고 가도 상관없겠지만, 이건 그럴 수도 없는 일이라서 말야. 조금만 말미를 줄 수 있어?"

"조금이라면, 얼마나?"

"며칠이면 돼. 괜찮지?"

일단 혜련은 최대한 길게 불렀다. 바티칸의 일 처리 속도를 못 믿는 건 아니었지만, 그래도 태인을 할 수 있는 한 잡아두는 게 좋다는 판단이었다.

"며칠씩이나? 곤란한데. 좀 당길 수 없어? 알이 지금 거기 혼자 있는데."

"설마 네가 없으면 들키게라도 해둔 거야? 그렇진 않을 거 아냐."

"그야 물론 결계도 쳐놓았고, 그 이전에 그곳 자체가 어지간한 탐색은 차단해 버리는 공간이지만… 알았어. 이틀이면 돼?"

결국 여러 가지로 혜련에게 미안했던 태인은 자신이 양보하기로 했다. 생각해 보면 가는 데 걸리는 날짜만 해도 하루 이틀이 아니었다. 거기에 이틀 정도 더 붙는다고 해서 안 돼라고 잘라 말하기 힘들었다.

"이틀?"

혜련은 잠시 고민하는 척했다. 너무 간단히 양보해서 별거 아닌 일로 보이면 곤란했으니까. 하지만 너무 고민해도 자신이 태인의 부탁을 가볍게 여기는 것으로 보일 수 있으니 그녀는 한 호흡 쉬고 고개를 끄덕였다.

"알았어. 그 안에 정리해 볼게. 그동안 내 집에 있을 거야?"

이제 어떻게든 태인과 잠시 떨어져 있을 틈을 만들어야 했다.

"아니. 역시 난 모습을 감추고 있을게. 그럼 이틀 뒤 정확히 이 시간에 돌아올게. 그때 보자."

태인은 다시 베란다 쪽으로 나갔다. 그런 그를 향해 혜련은 미소 지으며 손을 흔들어주었다.

'와줘서 고마워, 태인. 덕분에 널 살릴 수 있게 되어서 나도 기뻐.'

태인이 시야에서 완전히 사라진 후 혜련은 그녀만의 비밀 통신선을 개방했다. 바로 오늘 같은 날을 위해 바티칸이 그녀에게 선물한 회선이었다. 짧은 연결 과정이 끝났다. 그녀는 바로 메시지를 쳐 넣었다.

에스리카. 아메리카 대륙의 작은 도시. 그 안에 강력한 결계를 치고 숨어 있음. 그 이상은 몰라요. 태인은 건드리지 않겠다는 약속은 지켜주실 거죠?

답변은 순식간에 돌아왔다.

그가 우리 일을 방해하지 않는 이상 안전할 걸세. 다른 수많은 인간의 생명을 위협하지 않는 이상, 어떤 인간의 생명도 존중하는 게 우리의 기본 방침임을 다시 알려주지. 협조에 감사하네.

연락은 그걸로 끝났다. 그녀는 홀가분하다는 듯 웃으면서 화면을 내려다보았다. 어두컴컴한 거실에서 희미하게 빛나는 모니터의 빛이 마치 천국의 빛처럼 보였다.

'이제 작별이로구나, 알 군. 더 이상 태인을 망치지 말고 곱게 사라져 달라고.'

그녀는 처음 알을 만났을 때부터 지금까지 있었던 일들을 회상했다. 그리고 태인과 그녀 사이에 있었던 일들도 떠올렸다. 마지막으로 알과 태인 사이에 있었을 일들을 그녀는 떠올려 봤다. 그녀는 알지 못하는 순간들, 하지만 결국 끝을 맺게 되어버린 순간들이었다.

'후우. 오래 걸리겠지. 하지만 이제 새로운 시작이니까. 결국 죽은 자는 잊혀지기 마련이고 살아남은 자는 살아가야 하잖아?'

아름다운 추억이 되어 영원히 태인의 가슴속에 살아 있을지도 모르지만 그 정도야 상관없었다. 결국 그건 현실의 무게 앞에 빛 바랜 화석이 되어 전시물 이상은 못 될 테니까. 갑작스럽게 긴장이 풀리자 몰려오는 피로에 그녀는 의자를 뒤로 젖히고 천장을 바라보았다.

'에스리카라. 이번 일이 무사히 끝나고, 태인만 안전해진다면 정말

로 그런 곳에서 살아도 좋을지도.'

피곤함 탓일까, 꼭 성공적이고 영명에 가득 찬 삶이 아니더라도 그게 태인에게 괜찮다면 자신에게도 나쁘지 않을지도 모르겠다는 생각이 드는 그녀였다.

추기경은 혜련의 연락을 받자마자 그 자리에서 일어나 옆에 있던 미하일에게 말했다.

"드디어 진짜 싸움이 시작된다. 전원에게 마왕 알렉시안을 맞이할 준비를 하라고 일러라."

"알겠습니다."

미하일이 고개 숙이며 명을 받들자 추기경은 잠시 그의 머리 속을 뒤졌다. 굳이 지도를 찾아보지 않아도 되었다.

'그곳은 별다른 게 없는 곳으로 기록되어 있었건만, 놓치고 있었다는 건가. 이번에 이중으로 좋은 정보를 얻는군.'

"갔다 올 테니 전원 준비한 채 대기하고 있으라고 전하라."

"봉행하지 않아도 괜찮겠습니까?"

"이미 다른 자가 있으니 걱정할 게 없네."

그 말을 끝으로 추기경의 몸 주위로 백색의 빛이 뻗어 나오기 시작했다.

공간을 뛰어넘어 추기경은 에스리카에 도착했다. 일견 별 볼일 없어 보이는 평이한 도시. 그 도시를 향해 추기경의 눈이 번뜩였다. 하늘이 부여한 그의 예지력이 도시를 낱낱이 훑기 시작했다. 태인이 며칠이나 헤매야 했던 곳, 하지만 그의 입가로 미소가 번진 건 그로부터 한 시간 뒤였다.

"후후. 과연 이런 곳이었는가? 그 아가씨가 일러주지 않았다면 도저히 찾아내지 못할 뻔했군."

추기경은 웃으며 고개를 끄덕였다. 일부러 관심 가져 이곳을 뒤지지 않는다면 누가 있어 찾아내겠는가라고 할 만한 곳이었다. 그러나 몰랐으면 모를까, 그의 눈에 띈 이상 아무리 교묘한 곳이라 해도 장애가 되지 못했다.

"천상의 드높은 곳에서 만물을 굽어보시는 그분의 눈길 아래에 어떠한 어둠도 거짓도 그 실체를 드러낼지니, 이제 내가 그분께 기도하여 그 지혜를 빌리는 바 사그라들지어다. 이단의 권세여."

추기경의 성창이 끝나자 그 앞에 공간의 결이 무너지며 새로운 길이 열렸다. 그 길을 따라 걸으며 자신의 그림자를 향해 추기경은 말했다.

"준비하게."

드넓게 펼쳐진 평원. 인간이 예전에 잊어버린 요정들이 살아서 돌아다니는 곳. 그 고대의 현장에 다시 선 추기경은 묘한 미소로 앞을 바라보았다. 앞에는 안개가 자욱했다. 자연적인 안개가 아니라 진에 의해 만들어진 것임을 바로 알아볼 수 있었다. 그것도 상당히 고도의 진법이었다.

"이런 곳에 숨어서 기회를 기다리고 있었나? 그러나 네 도피도 여기가 끝이니, 어둠의 지배자여, 이제 우리가 왔도다."

시야도 감각도 어지럽히는 안개였건만 추기경은 상관하지 않고 그대로 안으로 들어갔다. 그의 발걸음을 미혹할 수 있는 힘이란 없었다. 그야말로 가장 많은 것을 아는 천사였다.

"태인은 언제나 돌아올까. 으음. 뭐, 때 되면 오겠지만. 앞으로 실컷

볼 텐데 지금 없이 지내는 시간이나 소중하게 써야지. 이렇게 눈치 안 보고 내 마음대로 있을 수 있는 날이 앞으로 얼마나 있겠어?"

아늑하고도 나른한 오후. 마룻바닥에 손가락으로 그림 그리기 하면서 놀던 알은 문득 진이 반응하고 있다는 사실을 깨달았다.

'엇? 태인이 돌아온 건가? 예상보다 좀 빠르네. 아직은 더 있어야 할 줄 알았는데. 갔다 왔다만 했어도 이보단 시간 걸리지 않나?

혹시 태인 말고 그때 그 늑대가 다시 찾아온다든지 한 걸까 하는 생각에 알은 자리에서 일어나 문으로 달려나갔다. 누가 왔든 간에 반가이 맞이하는 것이 주인으로서의 도리였다.

'누굴까?

알은 궁금해하며 문을 뚫어져라 쳐다보았다. 상대는 진을 거의 통과했는지 알의 귀에도 발걸음 소리가 들렸다. 느껴지는 기척은 한 명뿐이었다.

'두 명이 아닌 거 보니 태인은 역시 아니구나. 그럼 누구지? 누구든지 심심하던 차에 잘되었다. 둘이서 놀면 심심하진 않겠지.'

그리고 문이 열렸다. 순간 드러난 상대의 모습에 알은 굳었다.

"어버버버."

충격에 잠시 말을 제대로 못하던 알은 뒤로 넘어질 뻔했다. 간신히 균형을 유지한 그는 놀라 외쳤다.

"어떻게 여기에?"

주어도 생략되고 어법에도 별로 안 맞는 말이었지만 그런 걸 따질 정신이 알에겐 없었다. 지난 바 신성력을 숨김없이 드러내는 추기경에게서 느껴지는 적의가 그의 판단력을 마비시키고 있었다.

"반갑군, 알렉시안 군. 주의 심판을 피할 수 있는 곳은 이 세상에 없다네."

알은 뒤로 주춤주춤 물러섰다. 하필이면 태인이 없을 때 오다니, 아니, 어쩌면 알고 온 걸지도 모르지만 최악이었다.

'다른 자들은 같이 안 왔나? 하지만 혼자라 해도 저 할아버지의 힘은 엄청날 텐데.'

도망쳐야 했다. 자신이 상대할 수 있을 리가 없었다. 어떻게라든지 같은 방안은 떠오르지도 않았다. 그래 봐야 이미 넌 잡혀 있다는 듯 추기경은 한 발짝도 움직이지 않으며 알을 쳐다보았다. 그 눈길에 알은 뱀을 만난 개구리처럼 얼어붙었다.

"지금 여기서 너를 죽이는 건 간단하지만 그래 봐야 어디서 또 다른 모습으로 환생하겠지. 신의 성소에서 너를 연옥에 감금시켜 주마. 제압하도록."

"시, 싫어! 혼돈의. 억?"

되든 안 되든 발악하는 심정으로 주문을 외어 추기경을 막아보려던 알은 갑자기 자신의 그림자에서 솟아오른 검은 무엇에 눈을 동그랗게 떴다. 그 무엇이 자신의 몸을 관통해 지나간 검이라는 걸 깨달으면서 알은 의식을 잃고 쓰러졌다.

추기경이 손가락을 딱 하고 튕기자 알의 몸이 둥실 떠올랐다. 주위를 둘러싼 요정들이 그 광경을 보고 두려움에 떨며 만들어내는 파장이 추기경에게 전해왔다.

"이곳도 정리해 버려야겠지만, 지금은 더 급한 일부터 해야겠지. 신의 인도 아래 우리가 나아가나니 그 길은 승리와 영광으로의 길이라. 어떤 고난도 모두 그분이 안배하신 시련일 뿐일지니 그로써 뜻한 바를 모두 이루게 되리라. 이제 그 뜻을 수행하여 내 나아가고자 하는 곳 있어 그분의 인도하심을 받아 나가니 무엇이 그를 이루지 못하게 하리오. 로드 오브 크로스(Road of Cross)."

새하얀 광휘가 추기경을 중심으로 뻗어 나왔다. 흑마법의 헬 게이트에 비교되는 교황청 비전의 순간 이동 마법. 보통의 부정한 자라면 그 빛에 감싸인 길을 가는 도중에 소멸되어 버리겠지만, 추기경은 신의 가호를 받는 몸이었다. 그리고 알은 그런 존재가 아니건만 멀쩡했다.

"과연. 이 정도에 사라질 리 없지."

툭.

교황청 본산 지하 성역의 한가운데. 빛과 함께 나타난 추기경의 곁에 알이 뒤따라 나타나며 바닥으로 떨어졌다. 약간의 상처만 입은, 그나마도 바로 눈앞에서 재생시키는 알을 보며 추기경은 미소 지었다. 강대한 적을 사로잡을 함정은 완성되었다. 미끼도 가져왔으니 이제 물기만 기다릴 차례였다.

"아니면 이 미끼가 그대로 요리되어도 괜찮겠지. 미끼 또한 그에 못지않은 월척임은 분명하니까 말야."

작게 중얼거리는 추기경의 곁으로 대기하고 있던 사제들이 다가왔다.

"이자가 바로 우리들이 처단해야 할 이단인 것입니까?"

추기경은 고개를 끄덕이며 둘러싼 사제들을 바라보았다.

"신의 뜻을 거스르는 대적자들을 멸하기 위한 성전에 이렇듯 목숨을 아끼지 않고 자네들이 모였으니 참으로 고마울 뿐일세. 지상의 영화는 짧은 것. 천상의 면류관이 자네들을 기다릴 것이니, 한 점의 두려움도 후회도 없을 것이라 믿네. 각자 자리에 가 의식을 준비해 주게. 신의 가호가 함께하기를. 아멘."

"아멘."

사제들도 추기경을 따라 경건하게 기도했다. 이제 곧 신의 뜻을 거스르는 사악한 자를 처단하는 일에 자신들이 힘 바칠 수 있다는 기쁨에서 오는 흥분이 그들 사이로 퍼져 나갔다.

추기경은 그들 사이에서 남다른 복장을 하고 있는 자들을 불렀다.

"우리엘, 라파엘, 사리엘, 사무엘, 이제 곧 의식을 시작하겠네. 각자 자리에 가주게. 자네들만 믿네."

"맡겨주십시오. 상대가 얼마나 강대할지 모르나 기필코 이곳에서 그 끝을 맞게 될 것입니다."

든든한 대답에 추기경은 고개를 끄덕였다. 상황이 정리되자 추기경은 가운데 원에 알을 내려놓았다. 그러자 사제들이 다가와 알을 준비한 십자가에 묶었다.

"부탁하네. 내가 위에 올라가면 5분 뒤 의식을 시작해 주게."

알이 십자가에 다 묶인 것을 확인한 추기경은 위쪽 출구로 갔다.

위잉.

진동 소리와 함께 집무실의 벽이 열리고 추기경이 걸어나왔다. 기다리고 있던 미하일과 헬레나가 고개 숙였다.

"마침내 시작인 것이군요."

"그래. 후세는 이 일을 성전의 시작으로 기록하겠지. 반드시 우리가 승리해야 할 성전일세."

"기필코 승리할 것입니다. 다만……."

미하일이 추기경의 말에 찬성하다 말고 말끝을 흐렸다. 미하일의 안색을 살핀 추기경이 껄껄 웃으며 그 내심을 짚었다.

"자네가 이번 일에서 빠진 것이 섭섭한 거로군."

"부끄럽습니다."

미하일이 송구스러워하자 추기경은 흐뭇하게 웃음 짓다가 곧 엄하게 표정을 바꾸었다.

"자네 둘을 빼놓은 것은 결코 자네들에게 편하게 구경만 하라는 뜻이 아니네. 싸움은 이번 한 번으로 끝나지 않을 터, 앞으로 있을 싸움은 오늘의 싸움보다 더욱 힘들고 더욱 거대할 것이네. 그 미래를 자네들에게 맡기는 것이니, 똑똑히 보아두게. 적의 힘이 어떠한지, 자네의 선배들이 어떻게 그 적에 대항하는지."

"알겠습니다."

추기경이 씁쓸한 얼굴로 미하일의 어깨를 두드렸다.

"오늘 저들은 죽음을 각오했네. 하지만 자네가 부끄러워할 필요는 없네. 단지 맡은 바 역할을 할 시간이 따로 배정되어 있을 뿐. 7대 천사들 중에서도 자네 둘이야말로 가장 강력한 주님의 사자. 하루빨리 힘을 갈고닦아 그들에 맞서주게. 저들은 자네들을 믿고 기꺼이 죽을 것이네."

미하일은 다시 한 번 고개를 숙였다. 자신이 좀 더 일찍 모든 힘을 깨웠더라면 저기 있는 이들 중 살 수 있는 이가 많았을 터인데. 그는 바스러지도록 주먹을 꽉 쥐었다.

'절대로. 절대로 당신들의 희생을 헛되이 하지 않겠습니다. 기필코 어둠의 무리들을 하나도 남김없이 무찔러 다시금 신의 천년왕국이 이 땅에 펼쳐져 평화와 번영 속에 인간들이 살아가도록 하고야 말겠습니다.'

웅웅웅.

머리 속을 울리는 어지러운 소리. 온몸을 바늘로 콕콕 찌르는 듯한 불쾌한 기운들. 그것들이 어우러져 만들어내는 고통에 알은 눈을 떴다. 양팔과 다리 끝에 느껴지는 쇠사슬의 서늘함에 알은 빠르게 정신이 들었다. 자신은 십자가에 묶여 있었다. 그리고 낯선, 그러나 그 기운만은 익숙한 자들이 백여 명이나 주위를 둘러싸 서 있었다.

'나, 납치된 건가? 여긴 어디지? 추기경은 어디 갔지? 저 사람들 추기경의 부하겠지?'

눈치만으로도 어느 정도 결론을 내릴 수 있었다. 추기경의 그 무서운 얼굴이 떠오르자 알은 몸을 부르르 떨었다. 그가 아직 자신을 죽이지 않고 살려둔 것은 다행이었지만, 절대로 좋은 목적으로 그랬다고는 생각할 수 없었다.

"하늘에 계신 우리 아버지시여."

알의 주위에 둘러선 자들의 입에서 기도문이 나오자 그에 호응하듯 땅바닥에서 빛이 솟아올랐다. 알은 그제야 이 사람들이 무엇을 하려는지 확실히 깨달았다.

'날 봉인하려는 거야! 그럼 여긴 그 바티칸에서 악마들을 봉인해 둔다는 지하 성역이구나. 정신을 잃은 사이 추기경이 날 여기에 데려온 거구나.'

자신이 처한 처지를 깨닫는 것은 문제 해결에 아무런 도움이 되지 못했다. 아니, 오히려 더 큰 공포와 절망만을 불러왔다. 죽은 영혼조차 어디로 가지 못하게 심판의 그날까지 영구히 봉인해 둔다는 악명은 알도 익히 들어본 바였다.

'어째서 내게 이렇게까지 하는 거지? 한 번 잘못했다 해도 그 뒤에 말 잘 들었잖아. 그냥 태인이 만든 그 집에서 얌전히, 정말 얌전히 놀

고 있었는데. 그냥 태인이 언제 올까 하면서 심심해했을 뿐인데 내가 왜 이런 걸 당해야 하는 거야.'

"뜻이 하늘에서 이루어지신 바와 같이……."

기도문이 이어지고 그에 따라 신성력의 압박은 점점 거대해져 왔다.

'싫어! 죽기 싫단 말야. 죽어야 할 만큼 잘못한 것도 없는데. 태인, 구해줘.'

예전에 그때 날 구해줬듯 이번에도 구해줘. 그렇게 외치려던 알은 멈칫했다. 태인은 올 수 없었다. 태인은 저 멀리에 혜련을 데리러 가 있었다. 거긴 너무나 멀고, 태인은 지금 혜련을 돌봐야 하니까 올 수 없었다. 그래도 부르면 와줄지도 모르지만.

'아냐. 부르면 안 돼. 부르면 태인이 위험해. 여기는.'

부를 수 없었다. 너무나 눈에 뻔히 보이는 함정. 태인을 불렀다가는 태인까지 같이 죽게 될 것이었다. 불러서도 안 되고, 불러봐야 오지 못할 곳에 있는 태인. 알은 어찌해야 좋을지 몰랐다.

약속대로 혜련에게 시간을 주기로 하고 새로운 감시의 눈이 붙지 않나를 확인하기 위해 멀찍이 숨어 있던 태인은 갑작스러운 한기에 몸을 떨었다.

'뭐지? 이 끝도 없는 불안감은? 뭔가 잘못되고 있어.'

단순히 예감이 안 좋다던지 그런 게 아니었다. 심장이 죄어들고 있었다. 구체적으로 뭐가 잘못되었다고 할 만한 일은 하나도 없었다. 그러나 지식과 의식의 영역이 아닌 그 아래의 차원에서 그에게 경고하고 있었다. 지금 이 순간 크게 잘못되고 있었다.

'설마 알에게 무슨 일이 생긴 건가?'

그렇게 추측할 만한 단서는 하나도 없었다. 알이 있는 곳은 여기서 너무나 멀었다. 그렇지만 알에게 안 좋은 일이 일어나고 있다는 예감은 확신의 수준으로 다가왔다. 이대로는 안 된다. 그는 무슨 일이 벌어졌는지 알기 위해 막 부적을 꺼내 들다가 멈칫했다. 충동적인 그 행동을 '합리적인 이성'이 막았다.

'안 돼. 거리도 너무 멀고, 공간상으로도 이중 삼중으로 결계에 진이 쳐 있어 너무 어려워. 억지로 무리해서 거길 탐지하다가는 여기 내가 있는 게 완전히 다 노출되어 버릴 거야.'

거기다가 탐지가 끝난 후에는 힘이 다 떨어져 무방비 상태에 가깝게 될 텐데, 그때는 그냥 이 지역 책임자에게 추기경이 연락만 해도 사로잡힐 판이었다. 그런 위험을 감수할 수는 없었다. 직접적인 전투와 관련된 한두 가지를 제외하곤 제대로 익힌 게 없다는 게 얼마나 큰 약점인지 뼈저리게 느껴지는 순간이었다.

'도저히 안 되겠어. 분명히 알에게 무슨 일이 생긴 거야.'

그 생각에 자기도 모르게 발걸음을 옮기려던 태인은 멈칫했다. 지금 그는 그냥 밖에 놀러 나와 있는 게 아니었다. 혜련에게 이틀 뒤 같이 가자고 해놓고 아무 말도 없이 지금 돌아가는 건 있을 수 없는 일이었다.

'제길. 하지만 이 느낌은 도저히.'

어쩔 줄 몰라 하던 태인은 결국 결단을 내리고 다시 혜련을 찾아가기로 했다. 이 불안한 느낌을 설명하고 동의를 구해야 했다.

부지런히 옷가지를 챙기는 척하고 있던 혜련은 태인이 다시 나타나자 조금 놀랐다.

'아냐. 괜찮아. 당장은 들킬 리가 없다고. 지금 좀 놀란 것도 괜찮아. 놀랄 만하니까.'

"모습 숨기고 있으려던 거 아니었어?"

"그게……."

태인은 난감했다. 감정이 시키는 대로 오긴 했지만, 막상 혜련에게 말하려니 정말 미안했다. 이틀 동안 기다려 주겠다고 말한 지 몇 시간도 지나지 않았던 것이다. 혜련 또한 서둘러서 짐을 싸고 일을 정리하고 있다는 게 뻔히 보이는데 말하려니 더욱 그랬다.

욱신. 그 순간 가슴이 다시 한 번 죄어왔다. 태인은 더 이상 주저하지 않았다.

"미안하지만 출발을 앞당겨야 할 거 같아. 느낌이 안 좋아."

"느낌? 무슨 느낌?"

조금만 불안감이 신경을 덜 자극했다면, 그래서 냉정할 수 있었다면 이쪽에 감시가 붙을 거 같다든지, 자신의 힘이 부친다든지 하는 거짓말을 태인은 생각해 낼 수 있었을 것이다. 하지만 그는 그러지 못했다.

"알에게 무슨 일이 생긴 거 같아. 느낌이 안 좋아. 서둘러 가봐야겠어."

'……!'

혜련은 손이 떨리려는 걸 억지로 참았다. 흥분하되 침착해야 했다.

"그 녀석 안전한 곳에 있다며. 그런데 무슨 일이 생겼다는 거야? 연락이라도 왔어?"

"그런 건 아니지만, 느낌이 너무 안 좋아."

"단지 느낌인 거야? 후. 태인, 너무 과보호도 안 좋아."

"그런 게 아냐! 이건 정말로 근거는 없지만 확신이 드는 그런 느낌이란 말야."

"태인, 너 예지력도 있었어? 내가 알기로 너 그런 쪽으로는 거의 전무하지 않았어? 제대로 된 예감 같은 거 든 적 없잖아?"

정곡을 찌르는 말에 태인은 잠시 입을 다물었다. 확실히 갑자기 막강한 예지력이 생긴다는 건 매우 드문 일이었다. 하지만 그 대상이 알이라면.

"그래도 이건 도저히 무시할 수 없게 강해. 혜련아, 미안하지만 지금 바로 출발하자. 도저히 이대로 있다가는 미칠 것 같아."

"이틀 기다려 준다고 했잖아. 아무리 가서 살 건 산다고 해도, 나도 정리해야 할 일들이 있다고. 보안상 미리 알려줄 수 없었다면 최소한은 기다려 줘야 할 거 아냐. 약속했잖아."

혜련은 단어를 골라 썼다. 태인이 어떤 단어에 약한지 그녀는 잘 알고 있었다. 예상대로 태인의 표정이 흔들렸다.

"그랬지만… 미안해. 제발. 억지라는 걸 알지만 내 말을 들어줘."

혜련은 잠시 입술을 깨물었다. 사실 어차피 가는 데 걸리는 시간만해도 상당했다. 바티칸이 발빠르다면 그전에 일이 처리될 가능성도 컸다. 하지만 태인이 나름대로 자신할 정도라면 그렇게 간단하지 않을지 몰랐다. 무엇보다 알 스스로도 그렇게 만만한 뱀파이어가 아니고 말이다.

'안 돼. 하루 이틀 사이에 말 그대로 천추의 한이 될지도 몰라. 강하게 나가야 해.'

자신의 대답도 기다리지 않고 당장 뒤돌아서서 달릴 것처럼 안절부절못하는 태인의 모습에 혜련은 질 수 없다고 생각했다.

"제발 이성적으로 생각해. 어차피 여기서 거기 가는 게 일이 분 만에 되는 일도 아니잖아? 갑자기 왜 그래? 정신 차려."

혜련의 말에 태인은 멈칫했다. 그 말이 맞았다. 이미 몇 번이나 스스로도 생각했던 일 아니었던가. 그럼에도 도저히 진정되지 않아서 이렇게 조급히 굴었지만 현실적으로 무의미한 일이었다. 아무 문제가 없다면 빨리 가는 게 우스운 일인 거고 지금 문제가 생겼다면 바로 떠난다고 바뀔 게 없었다.

"그렇지만 불안해. 그걸 알지만 불안해. 그 잠깐의 차이가 어쩌면 크나큰 후회를 낳을 것 같아서 기다릴 수가 없어."

태인을 보는 혜련의 눈에 복잡한 빛이 스쳐 지나갔다. 둘의 인연은 확실히 질겼다. 아무것도 모를 텐데도 태인이 저렇게나 흔들릴 정도로 느낀다는 건 부러울 정도였다.

'그러니까 더 더욱 여기서 끝내야 해.'

뭐라고 더 말하려는 태인의 손을 혜련은 꽉 잡았다. 그녀 자신의 손도 떨리고 있었다.

"알을 걱정하는 것도 좋지만 난 아무래도 좋다는 거야?"

혜련의 눈을 차마 마주 보지 못하고 태인은 고개를 돌렸다.

"그런 건 아냐."

거짓말은 아니었다. 혜련에게 만약 어떤 위기가 닥쳤다 해도 정말로 구할 생각이었다. 그럼에도 마주 볼 수가 없었다.

'그래, 알아. 아무래도 좋은 거라면 그 사막에서 날 버려두고 갔겠지.'

"그래도 결코 똑같은 무게는 아니겠지? 그래, 이해할 수 있어. 난 그 녀석만큼 널 걱정시키지도 않았을 테고, 그 녀석만큼 너와 위기를 같이 겪지도 못했으니까. 그렇지만… 나도, 나도 사실은."

그녀의 눈에 눈물이 맺히기 시작했다. 막상 말하다 보니 생각했던 것보다 훨씬 더 감정이 복받쳐 올랐다.

"그렇게 하고 싶었다고. 단지 난 네게 부담주지 않으려고 했고, 돕기에는 능력이 모자랐을 뿐이야. 그래도 내 나름대로 널 얼마나 위했는데."

지금도 위하고 있었다. 바티칸이라는 개인이 도저히 넘어설 수 없는 인간 최대의 세력 중 하나에 부딪치는 일을 막고자.

고개를 돌리고 있다 해도 혜련의 목소리만으로도 그 절절함이 태인에게 전해왔다.

"이틀이면 되는데 그 막연한 불안감이 나에 대한 책임보다 훨씬 중요하다는 거야? 나도, 나도……."

그녀는 잠시 말을 멈칫했다. 턱 선까지 가늘게 떨리고 있었다. 연기만이 아니었다. 정말로 떨렸다.

"너를 좋아한단 말이야. 흑."

그녀는 끝내 울음을 터뜨렸다. 잡혀 있던 태인의 손에서 힘이 빠져나가는 게 느껴졌다.

태인은 그 자리에서 굳었다. 아무리 그가 둔하다 해도 지금 혜련의 말이 평소에 좋아한다는 말과 어떻게 다른지 모를 정도는 아니었다. 지금도 마음 한구석에서는 알에게 달려가고 싶었다. 하지만 그러기에는 그의 손을 잡고 있는 혜련의 무게가 너무나 컸다.

"네가 관계 맺은 모든 이들에 대해 책임을 다하려는 성격인 건 알아. 그 성격 자체를 좋아하니까, 그러지 말라곤 하지 않겠어. 하지만 나도 봐달라고. 날 데리러 온 때 정도는 내 생각을 해줄 수도 있잖아."

절반은 거짓말이었다. 태인이 자신만을 봐주길 원했다. 하지만 혜련

스스로도 놀랍게도 또한 절반은 진실이었다. 그의 능력과 그의 성공 때문에 그를 원한다고 했지만, 어쩌면 그건 스스로의 자존심을 만족시키기 위한 핑계가 아니었을까 하는 생각이 혜련의 머리 속으로 스쳐 지나갔다. 그래서 그녀는 태인의 손을 더욱 꼭 잡았다. 지금 스스로의 마음을 정확히 알 수 없었지만 하나는 확실했다. 어떤 이유에서이건 간에 그녀는 지금 태인을 놓치고 싶지 않았다. 절대로 죽음이 기다리고 있을지 모를 곳으로 보낼 수 없었다.

'그래. 절대로.'

순간적으로 태인은 온몸에서 기운이 빠져나가는 느낌이 들었다. 그랬다. 그의 책임은 알만이 아니었다. 혜련도, 그리고 그의 사문이 내려준 은혜도 전부 그가 책임을 져야 할 것들이었다. 그는 천천히 손을 들어 울먹이는 혜련을 끌어당겨 안았다. 가볍게 토닥여 주며 그는 가만히 속으로 한숨을 쉬었다.

'미안하다, 알. 이 일이 끝나면 바로 달려갈게. 제발 무사히 있어 줘.'

여전히 불안감은 가시지 않았지만, 어째서일까, 조금씩 약해지고 있었다. 혜련의 말이 맞았다. 정말로 알이 위험하다는 확증이 있다면 달리 행동했겠지만 막연한 불안감을 이유로 다음에 다시 올 테니, 일단 알에게 가봐야겠다고 할 수는 없었다. 열흘도 더 걸리는 거리였다. 처음 생각대로 이틀이 차이를 만들어낼 확률은 낮았다.

"미안. 내가 잘못했어. 기다릴게. 그러니까 울지 마."

태인의 가슴에 얼굴을 파묻은 상태에서 혜련은 미소 지었다.

'이틀. 그 이틀 늦어진 게 태인과 그들의 충돌을 방지해 주어야 할 텐데.'

태인이 알을 걱정하는 만큼 그녀도 태인이 걱정되었다.

"우리가 우리에게 죄지은 자를."
'죽는 거야? 여기서? 죽어야 해? 싫어. 하지만 지금 이 상황에서 대체 누가 날 구해줄 수 있지? 태인은 오지 못하는데. 그럼 누가?

공포에 질려 알은 눈을 감았다. 두려움. 두려움. 두려움. 이성을 압도해 버리는 공포가 아득한 본능 속에 새겨진 이름을 떠올리게 했다.

"우리를 시험에 들지 말게 하옵시고."
있었다. 어떤 상황에서도 부르면 올 자가. 자신이 부른다면, 그 순간 달려와 목숨을 바칠 자. 그런 근거도 이유도 없었지만 확신할 수 있는 이름.

"대개 나라의 권세와."
주위를 가득 메우고서 맴돌이치는 기도 소리. 막바지에 이르러 가는 기도는 그 끝을 향해 달리고 있었다. 저게 끝나면 백여 명의 합쳐진 신성력이 자신 같은 작은 뱀파이어 따위 그대로 지옥 깊은 곳으로 내쳐버리리라. 그렇게 죽고 싶지 않았다. 정말로 죽고 싶지 않았다.

그러나 평소의 수호자는 부를 수 없었다. 그럼 대체 누굴 불러야 하나? 드뤼셀? 수수께끼지만 좋은 그의 벗? 아니, 하지만 그도 안 되었다. 그와의 연락은 자신이 끊어버렸다. 그때 자신은 태인을 선택하면서 드뤼셀과의 연결을 포기했었다.

그러면 마지막으로 남는 이름은? 그 순간 알의 영혼 깊은 곳, 무의식 너머에 새겨진 머나먼 과거 기억의 한 이름이 그의 잠재의식을 자각했다. 제대로 된 근거 같은 것은 없었지만, 그는 지금 이 순간 알고 있었다. 있었다. 자신이 무슨 짓을 했든, 어떤 상황이든, 그리고 뭘 요구하든 올 마음의 소유자가.

맹목적이기에, 올바른 것이 아니라고 했던 그 마음. 하지만 막상 위기의 순간에 그 맹목은 얼마나 그리운 것인가.

그래서 알은 지금 한순간 생각나 버린 그 이름에 매달렸다. 물에 빠진 자가 본능적으로 지푸라기라도 잡고 보듯이. 자신이 무엇을 부르는지 명확히 의식하지도 못한 채. 그러나 입에서 나서는 순간 또렷한 각인이 되어 다시 그의 영혼에 새겨지도록.

"세리우스, 살려줘."

크게 외치지도 못하고 두려운 마음에 내뱉듯이 겨우 한마디, 있는 힘을 쥐어짜 말한 작은 부름. 기도 소리에 파묻혀 바로 옆에 있는 사제들조차 누구도 듣지 못한 한마디. 그러나 그 한마디의 부름은 태초의 맹약을 따라, 혹은 지금도 그 맹약을 따르는 영혼의 의지를 따라 나아갔다. 머나먼 공간의 괴리도, 주위를 둘러싼 신성력의 장막도, 다시 겹겹이 쳐진 비샵의 봉인도 뚫고서 그의 기사는 부름에 응답했다.

"그러니까 말입니다. 이 화장품으로 말씀드리면."

쾅!

처음 보는 신비한 가게에 들어와 한참 신화장품에 대해 설명 듣던 여자 손님은 갑자기 터진 폭발음에 놀라서 점원을 바라보았다. 점원은 그런 그녀를 안심시키는 미소를 지어 보이며 말했다.

"아아, 별거 아닙니다. 잠버릇이 좀 고약한 친구가 안에서 자고 있어서요. 그 녀석이 조금 난동을 부린 모양입니다."

"하, 하지만 뭔가 터진 소리 같은데요?"

"신경 쓰지 마십시오. 사소하게 묶여 있던 걸 풀어헤치는 소리일 겁니다. 그보다 이 화장품 설명을 마저 들으시죠. 사용한 지 하루면 옛날의 젊은 모습을 되찾을 수 있는 물건으로서……."

설명을 계속하며 드뤼셀은 속으로 쓸쓸하게 웃었다.

'결국 어떻게 재우고 무엇으로 막아놓아도 자네는 왕의 부름을 듣고 왕에게 달려가는군. 자네가 원한다면 자네의 운명은 달라질 수도 있을 텐데. 작별이로군, 친구여.'

킹즈 콜(King's Call). 거리와 공간을 넘어 불러내는 왕의 특권. 참으로 오랜 세월이 지나서 다시금 깨어난 과거의 영광. 그러나 그건 또한 죽음으로의 영광이었다. 비록 나이트의 죽음이 그가 원하는 바이기는 했지만.

'결코 바라는 바는 아니었는데. 어쩔 수 없겠지. 그게 가장 자네다운 길이니.'

기도 소리가 점점 더 높아지는 가운데 둘러싼 사제들의 앞에 이제 신성력이 형태를 갖추며 드러났다. 순백의 색으로 빛나는 광구들. 신의 심판을 담은 그 광구는 점점 더 밝고 커졌다. 그리고 한순간 그 광구에서 광선이 쏘아지며 알을 중심으로 모여들었다.

"아멘."

두려움에 질려 알은 눈조차 감지 못하고 뱀 앞의 개구리처럼 그 광경을 바라보았다. 고개라도 돌리고 싶은데 사방에서 똑같은 빛이 쏘아져 왔다. 한순간에 쏘아지면 차라리 더 이상의 고통 없이 최후를 맞이하련만, 서서히 다가오는 빛은 알의 정신을 극한의 바닥까지 밀어 넣으며 두려움을 주었다.

'싫어! 무서워. 정말로 난 죽기 싫어.'

그러나 빛은 운명의 선고처럼 알을 향해 모여들었고 알은 바들바들 떠는 것밖에 할 수 없었다. 모든 것이 결정되어 있었다. 신의 권세를 빌어 내려지는 심판은 절대적인 것이었고, 그를 기다리고 있는 건 지옥에서도 가장 깊은 유배지였다. 이제 체념하기 싫어도 체념할 수밖에 없었다.

그 순간 이변이 일어났다.

"아?"

파아앗.

천상의 광휘를 그대로 가르며 나타난 여덟 자루 새하얀 검. 거칠 것 없는 기세로 검은 조용히, 그러나 일말의 떨림도 밀림도 없이 그대로 빛을 가르고 지나갔고 검이 지나간 자리에 천상의 빛은 더 이상 남아있지 못했다. 여덟 자루 검이 그대로 광구에 가 박히고 그 순간 빛은 폭발하듯 비산했다. 그러나 알의 주위로 생겨난 차디찬 빙강이 새로운 빛의 접근을 일말도 허락하지 않았다. 그리고 알의 앞에 나타난 은발의 검사는 무릎 꿇으며 말했다.

"주군의 기사, 세리우스. 부름을 받고 달려와 부복합니다. 왕의 높으신 뜻을 제게 이르소서. 그리하면 그것을 저의 영광으로 삼아 수행하겠습니다."

『뱀파이어 생존 투쟁기』 6권에 계속…

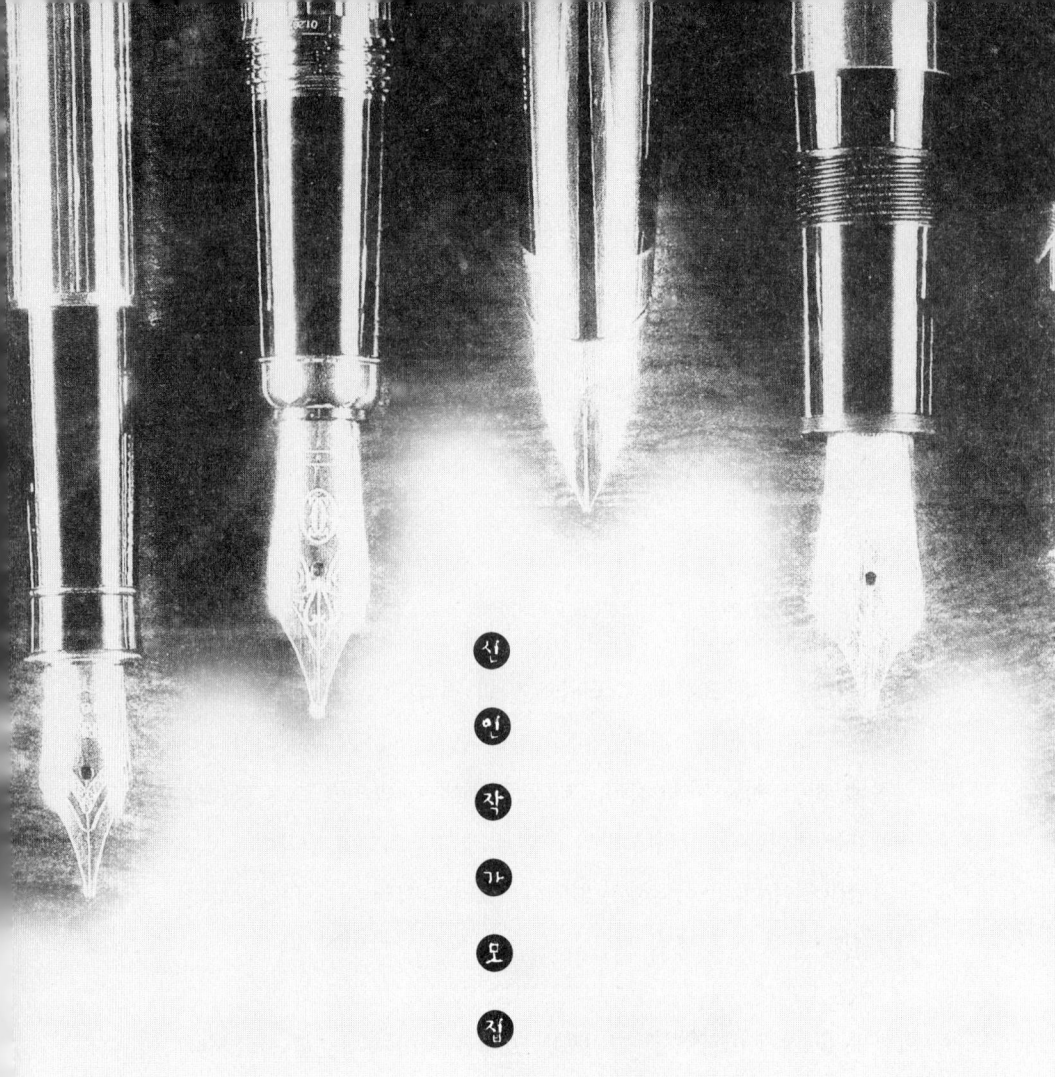

신

인

작

가

모

집

시작이 반이라고 했습니다.
작가의 길에 대한 보이지 않는 벽을 과감히 깨뜨리십시오!
청어람은 작가 지망생 여러분들의
멋진 방향타가 되어드리겠습니다.

저희 도서출판 청어람에서는
소설 신인 작가분들을 모집합니다.
판타지와 무협을 사랑하시는 분들의 많은 참여를 바랍니다.
소정의 원고(A4용지 150매)를 메일이나 우편으로 보내주시면
검토 후 출판 여부를 알려드리겠습니다.

주소:경기도 부천시 원미구 심곡1동 350-1 남성B/D 3F 우편번호420-011
TEL:032-656-4452 · **FAX**:032-656-4453
http://www.chungeoram.com
e-mail:chungeoram@chungeoram.com